前言

Introduction/

语文素养的提高必须通过阅读，这一点家长和教师是有深刻认识的。而阅读名著，对于成长中的青少年，其作用、意义之重大和无可替代，是中外有识之士的共识。经典名著的阅读，不仅可以达到呼唤心灵、启迪智慧和激发情感的目的，而且通过对名著的感悟从而达到良好的语言与文字直觉能力的飞跃。

正是基于此，国家教育部颁布的《语文新课程标准》中对名著提出了必读的要求。

对名著进行了市场上的综合考察以及对家长和教师进行调研之后，我们发现，只有将阅读与写作以及语文知识的积累结合起来，才能真正达到既能应付学生的考试需要，同时又能提高学生整体的语文素养的目的。本套书的制作，正是基于这个宗旨，具体特色如下：

1．完全满足新课标的要求

第一辑80本中涵盖了国家教育部最新推荐的50多种中外名著。

2．权威翻译版本

本套书精选了最权威的翻译版本，在力争保持文学名著原汁原味的基础上做了极细微的删减，以利于中小学生在尽量短的时间内快速理解掌握名著的精髓。

3．编写体例新颖

本丛书采用全包围式的编排方式。章节前有导读，以引领全章，激发学生阅读兴趣；章节侧面有旁批旁注，随时解读学生在阅读过程中遇到的各类问题，包括文学常识、字词句段解析、语文知识、写作技巧、含义解读等等；章节后有对整章作品的立意、布局、谋篇的全局性的赏析等。

4．栏目设计全面

为了使读者对名著的思想内容、谋篇布局、艺术特色有更深刻的领会，本书设计栏目全面，既有作者简介、创作背景、思想内容、艺术成就、阅读要旨、故事梗概、人物点评（多角度）等的综合鉴赏、深度分析，也有阅读指南、导读、旁批旁注、注释、名师鉴赏、读后感、真题回放、新题预测等栏目，即使没有家长陪伴，孩子照常可以轻松地阅读理解名著。

5．一线优秀语文教师直接编写

本书作者都是每年参加中考、高考命题的教学名师，对名著的阅读、写作、考题设计有独到的见解，同时小学部分编写的教师都是省市重点小学的特级、高级教师。

6．真题回放、新题预测等栏目为备考充电

此栏目主要针对中考、高考考生，内容涵盖了全国各个省市最近几年的中考、高考语文试题中名著阅读部分的各种题型，并在此基础上预测未来名著考查的趋势和命题方式。

7．卡通插图

本书配有生动有趣的卡通插图，加深学生对名著的理解，减少阅读疲劳感，激发阅读乐趣。

8．大字清晰版，不伤害视力

无论小学、初中还是高中的版本，采用的都是5号以上的字，尤其对于小学生的版本，均是4号以上的字体，而且采用稀疏的排版方式，以利于孩子的视力。尤其对于老年读者，阅读更加便捷轻松。

编　者

2013．6

阅读指南

走近作者

契诃夫（Anton Chekhov，1860—1904 年）是 19 世纪末期俄国著名的批判现实主义作家，也是与法国作家莫泊桑齐名的短篇小说大师，同时也是著名的戏剧革新家。中国学生对他的了解大多是从中学课本中的《变色龙》和《套中人》（又译《装在套子里的人》）两篇小说开始的。

契诃夫于 1860 年 1 月 29 日出生在俄国一个小杂货店老板家里。他从小生活困苦，靠当家庭教师维持生活和求学。1884 年从莫斯科大学医学系毕业后当了一名医生。与社会和人民的广泛接触，丰富了他的阅历，为日后的创作积累了素材。从入学的第二年开始，契诃夫便在一些幽默刊物上发表短篇小说。在 20 多年的创作活动中，他共写了 400 多篇中、短篇小说，10 多个剧本，创造了一种风格独特、言简意赅、艺术精湛的抒情心理小说。他截取平凡的日常生活片段，凭借精巧的艺术手法对生活和人物作真实描绘和刻画，不动声色地展示重要的社会内容。他认为“天才的姊妹是简练”，“写作的本领就是把写得差的地方删去的本领。”

契诃夫的小说内容丰富，其代表作有揭露统治阶级奴才的暴戾无耻的《变色龙》、《普里希别叶夫中士》等；反映小市民庸俗与丑恶的《匿名者的故事》、《跳来跳去的女人》等；《哀伤》、《苦恼》、《万卡》等真切地写出了劳动人民的痛苦生活和悲剧命运；而《没意思的故事》《套中人》等则深刻地揭示出知识分子的空虚苦闷、向往新生的内心世界。他的剧作《万尼亚舅舅》、《三姊妹》等与他的小说一样表面上并无离奇之处，大都讲述很普通的生活故事，然而细细品味，作品中蕴含着深邃的思想，人物的对白常常包含着丰富的潜台词。他的最后一个剧本《樱桃园》发出了年轻的俄罗斯的声音：“永别了，旧生活！”“你好，新生活！”1904 年 7 月 15 日，契诃夫病逝于德国。

作为俄国19世纪末最后一位杰出的现实主义文学巨匠，契诃夫以对“小人物”命运空前的关注和对专横和虚伪的沙皇制度的无情揭露赢得了巨大的国际声誉。契诃夫的作品在欧美许多国家都有广泛的影响。契诃夫逝世不久，他的作品便被译成中文，介绍给中国读者。剧本《万尼亚舅舅》、《三姊妹》、《樱桃园》也早在1921年、1925年先后由文学家郑振铎、曹靖华译成中文。延安鲁迅艺术学院经常上演契诃夫的作品。现在他的小说和戏剧几乎都有中译本。

背景搜索

契诃夫的创作发展经历了三个阶段。

在第一个阶段，契诃夫写的主要是幽默作品。但是，在1883年以后的一些幽默作品里，已经蕴含着一种新的短篇小说体裁的萌芽——抒情心理短篇小说。这种萌芽在契诃夫的创作实践中逐步茁壮、发展，以至在1886年形成为一种崭新的抒情心理短篇小说体裁，它的代表性作品是《苦恼》等。这类作品以平凡的日常生活现象为情节基础，叙述笔法客观而又含蓄，运用构思巧妙的艺术细节和精心勾勒的生活背景，而作家所注重的又是在展示人物的心理状态中反映社会生活的重要方面，作家的浓郁情意则平淡地融化在作品的全部形象体系之中。这种短篇小说体裁将随着契诃夫创作的发展而日趋完美。

从1886年到发表《第六病室》的1892年，这是小说家契诃夫创作发展的第二阶段。自19世纪80年代下半期起，契诃夫声誉日增。契诃夫第二阶段的创作题材比以前丰富，对生活的挖掘也比以前深广，但这些作品大多是从道德的角度揭示生活矛盾。例如，短篇小说《仇敌》描写老爷阿鲍金和医生基里洛夫的道德冲突。在《命名日》、《公爵夫人》、《恐怖》等短篇小说中，契诃夫暴露有财有势者的伪善和虚荣，批评阿谀和奉承。《跳来跳去的女人》则淋漓尽致地展示了一个爱慕虚荣的妇女的可笑和可悲的贫乏心灵。

《第六病室》是一部思想性与艺术性完美结合的佳作。首先，契诃夫将对于“疯子”格罗莫夫和“有头脑的”格罗莫夫的描绘巧妙地穿插起来，而且独具匠心地安排了“疯子”格罗莫夫同“健康人”拉京医生之间的争论，自然给读者造成一种印象：在沙皇专制的俄国，善于思索并敢于直言者被认作“疯子”，而洞察专制制度罪恶的恰好是这些“疯子”和“狂人”。“疯子”格罗莫夫的形象无疑是契诃夫在沙皇书报检查制度控制下取得的重大艺术成果。

1893年到1903年，是契诃夫创作的第三阶段，也是他的创作高峰。以《套中人》为例。在这个作品里，契诃夫描绘了一个害怕接触实际、害怕新生事物、死心守卫政府法令的别里科夫的形象，他讽刺和鞭挞了别里科夫之流以及造成这种畸形性格的反动80年代；同时，他还塑造了一个情绪激昂、善于思索的兽医伊凡·伊凡内奇的形象，正是这个兽医的形象反映了19世纪90年代后期的重要历史情况："进步的革命阶级中的激昂情绪正在扩展到其他的阶级和社会阶层。"而篇幅不过十余页的《套中人》却反映出两个根本不同的时代的本质特点，由此可见契诃夫第三阶段短篇小说的巨大艺术概括力。

"不能再这样生活下去！"是当年俄国的一种典型的社会情绪，它几乎渗透在契诃夫晚年创作的每个作品之中。在《醋栗》中，兽医伊凡·伊凡内奇无情地否定了不合理的生活，斥责那些过着这种生活而又感到幸福的自私自利者，他急切盼望革新的生活。《农民》等短篇小说是以工厂和农村生活为题材的，它们都渗透着"不能再这样生活下去"的社会情绪。在19世纪末和20世纪初的俄国，正酝酿着1905年的大革命，"不能再这样生活下去"的社会情绪十分强烈，而契诃夫艺术地反映了这种情绪，这无疑是现实主义在契诃夫创作中的胜利。

阅读导航

淡淡的幽默　辛辣的讽刺

——《契诃夫短篇小说精选》导读

契诃夫是一位罕见的艺术家。列夫·托尔斯泰给了小说家契诃夫极高的评价，称他是"无与伦比的艺术家"，而且还说："我撇开一切虚伪的客套肯定地说，从技巧上讲，契诃夫，远比我要高明！"

谈论契诃夫的小说艺术，不能忽视他的笑、他的幽默和讽刺。列夫·托尔斯泰称赞契诃夫是"第一流的幽默作家"。

契诃夫天生有强烈的幽默感。这种幽默感同各种生活现象碰撞并展示其本质，就产生一种有审美价值的笑。契诃夫的笑的艺术是随着他的思想和创作的不断成熟而发展和完善起来的。

年轻时的契诃夫就显示出非凡的诙谐才华，写下了大量令人捧腹的笑话和趣事。《在理发店里》、《不平的镜子》、《艺术品》等小说都闪耀着诙谐的才华，使读者听到了年轻作家的欢乐和爽朗的笑声。当然，十分明显的是：这类作品所涉及的只是复杂人生的表面现象。但是，随着时日的推移，契诃夫对人生的认识有了深刻的变化，在他的笑声中也就隐含着一层苦意。《胖子和瘦子》等幽默作品中，契诃夫巧做安排，嘲讽了一些不知自重的人，这里的笑声已经包含着轻微的蔑视。《变色龙》等短篇小说则表明，契诃夫辛辣地嘲讽了欺压黎民百姓的恶势力。《苦恼》和《万卡》等作品使读者感受了一种友善的笑，它使读者产生对人物的爱怜和同情。

成熟了的契诃夫对生活的观察、理解和发掘更加深刻。在他的锐利目光下，任何饰有漂亮外衣的丑恶都难以隐遁。他或是促使人物进行自嘲，如《第六病室》中拉京医生的自我解嘲；或是运用巧妙的细节，如《在峡谷里》的区长和书记脸上特有的光彩；或是造成陪衬和对比，如《跳来跳去的女人》中的女主角和她的丈夫；或是借助漫画式的夸张，如《套中人》就运用了这种手法，目的在于展示形式与内容之脱节和矛盾而造成笑的效果。爽朗的欢乐、淡淡的幽默和辛辣的讽刺巧妙交织，显示出作家的高超艺术。契诃夫在描绘劳动者时发出的总是善意的和同情的笑声，而他一向冷嘲热讽的则是生活中形形色色的丑恶现象。契诃夫的笑再一次证明他创作的民主主义性质。

形成于《苦恼》、《万卡》等早期作品中的抒情心理短篇小说是契诃夫独创的一种体裁。它不仅蕴含丰富的思想内容，而且具有独特的艺术形式。

最醒目的特色是情节淡化，作家着重于日常生活中普通现象的描绘，从中展示人物的思想变化和性格发展，或觉醒，或矛盾，或堕落。契诃夫笔下人物的精神面貌的变化，诸如《醋栗》里的兽医的思想转折和《新娘》中娜佳的出走等，都有其生活基础，因而都具有浓厚的生活气息。

在展现人物内心世界方面，契诃夫的独到之处在于他不侧重细致和全面地描绘、刻画人物的心理活动，只求读者从人物的言行举止中看出其内心活动和精神状态。这使契诃夫完全不同于托尔斯泰和陀思妥耶夫斯基这两位心理大师。艺术细节和景色描写也都是契诃夫揭示人物心理状态的重要手段。

浓郁的抒情意味是契诃夫短篇小说的又一重要特色。

作家不仅真实地反映现实生活和社会情绪，描写人物的觉醒和堕落，而且巧妙和多样地流露他对觉醒者的同情及赞扬，对堕落者的厌恶和否定，对美好未来的向往以及对丑恶现实的抨击。契诃夫高超的抒情艺术，表现在他善于找到适当的时机和场合，把感情的流露巧妙地安排在作品中，而他所描写的生活或人物性格已为它准备了成熟的条件。例如，《套中人》的结尾是一段乡村月夜景色的描写，它突出了自然界的广阔，作家借此表达对那个只是在棺材中才找到了自己“理想”的套中人的厌恶和谴责。

契诃夫的抒情心理小说是一个艺术整体。除了上述的心理刻画和抒情阐发这两个基本特征之外，还有另外一些特点，如：围绕中心人物勾勒一个生活背景，构思精巧、深邃的艺术细节，“客观”而含蓄的叙述笔法等。幽默和讽刺在这种小说里也是描绘生活和展示性格的手段。必须强调的是，所有这一切描绘手段都同心理刻画和抒情流露有机地融为一体，使契诃夫的小说成为一种独特的文学现象。

契诃夫的短篇小说还有一个公认的重要特点，那就是紧凑精练、言简意赅，“内容比文字多得多”。契诃夫本人也说，“我善于长事短叙。”他认为，“越是严密，越是紧凑，就越富有表现力，就越鲜明”。为了使作品严密和紧凑，他主张“用刀子把一切多余的东西都剔掉”。他说：“要知道，在大理石上刻出人脸来，无非是把这块石头上不是人脸的地方都剔除罢了。”他的另一个重要见解是，“在短小的短篇小说里，留有余地要比说过头为好”，“小说里所欠缺的主观成分读者自己会加进去的。”契诃夫在写作实践中认真贯彻了这些主张，因而他的中短篇小说总是紧凑和简练的，而形象又总是鲜明的。读他的作品，读者总有独立思考的余地，总会感到回味无穷。

特色人物

别里科夫（《套中人》）

19世纪90年代末，属于黎明前的黑暗时期。俄国工人运动此起彼伏，革命风暴即将来临。沙皇当局为防范革命，变本加厉地强化反动的国家机器，使全国笼罩在一片白色恐怖之中。这样在两大对立阶级大决战的前夜，相当一部分知识分子因慑于反动当局的暴力，把“奉公守法”、“安分守己”当做个人苟且偷生的护身符，一切言行唯“政府的文告、通知”是瞻。这种做法实际上是迎合了沙皇当局维护其反动统治的需要。从这一意义上讲，这类人确乎是沙皇专制制度的不自觉的卫道士。别里科夫即属于这样一种人物的典型。孤僻是别里科夫规范性格的基本特征——总爱钻进某种“套子”里，过与世隔绝的生活：日常生活中总是用雨鞋、雨伞、棉大衣、墨镜等把自己里里外外包裹得密不透风；工作上则选择以讲授早已死亡、在现实中毫无用处的古希腊文为职业，以此来逃避外界的任何影响。别里科夫思想性格最显著的特征，则在于那种因循守旧、害怕变革，并仇视一切越轨言行。他对待自己是这样，对待别人也如此。每当看到有什么越轨行为的新鲜的人和事，总令他忧心忡忡；他生怕社会上出什么乱子，将政府的一切文告、通令奉为金科玉律，到处兜售他那种“套子”理论，以此来辖制别人。如果有人不服从他的辖制，他就偷偷向上面打报告、进谗言，俨然摆出一副对现有制度忠实维护者的架势，结果使“全城的人都受到他的某种辖制，变得什么都怕。”从上述别里科夫的行为举止来看，他无疑不自觉地充当了反动沙皇政府的忠实附庸和走狗帮凶。

奥楚蔑洛夫（《变色龙》）

奥楚蔑洛夫的典型形象是一个寡廉鲜耻、欺下媚上的“变色龙”，他身上集中体现了沙皇政权的爪牙们的专横霸道、欺压人民、阿谀权贵、见风使舵的丑恶行径。

奥楚蔑洛夫的形象具有广泛的概括性。他是一个专横的沙皇警犬，但同时也是一个见风使舵的变色龙。作为一个沙皇政权的走狗，他具有专制、蛮横、欺凌百姓等特点。但这只是他性格的一个方面，他同时还具有趋炎附势、对弱者耀武扬威、欺下媚上、见风使舵等特点。因此他也是一个厚颜无耻的两面派。这两方面的特点构成了他的完整的性格——“变色龙”。不过，这个形象的意义，远远超出了奥楚蔑洛夫这一类沙皇警犬这一特定的范围。在当时，这一形象的塑造，无疑也揭露和批判了在反动政治条件下迎合现实、转向变节的妥协派和投降派。

切尔维亚科夫（《小公务员之死》）

小公务员切尔维亚科夫看戏时打了个喷嚏，凑巧将唾沫星溅到前排一位将军的秃头上。他三番五次地凑上前去向将军道歉，恳求能得到将军的原谅；但将军对他妨碍自己看戏的做法很不耐烦，根本没有理会他的恳求。唯恐将军惩罚自己的巨大恐惧占据了他全部的心思，他从此心惊胆战，惶惶不可终日，不久便一命呜呼了！小公务员的死，究其根本是死于对大人物的恐惧，死于他的奴才心理，而这种恐惧和奴才心理正是由“大人物”的长期奴役造成的。那些高高在上的大人物们随意欺压、凌辱“小人物”，乃是社会上司空见惯的现象。小公务员颇富荒诞色彩的死，暴露了俄国社会的不公平与现实的黑暗。

涅维拉齐莫夫（《小人物》）

小官吏涅维拉齐莫夫向上司乞求增加两个卢布的薪水，但经过整整十年，仍然没有实现自己的愿望，虽然为此他常常放弃节日休息，顶替别人值班。涅维拉齐莫夫只想生活过得好一些，但毫无指望，因为他不会偷窃，又不善于告密。他苦闷到了极点，只得把怨气发泄到一只无辜的蟑螂身上。

约纳·波塔波夫（《苦恼》）

马车夫约纳·波塔波夫因为儿子病死，非常痛苦。他迫于生计，冒雪赶车拉客。他辛苦了一整天，却连喂马的燕麦钱也没有挣到。他很想找一个人倾诉自己内心的痛苦，但是这个城市中，竟然没有一个人愿意听他诉说。最后，他只好走到马的跟前，倾吐自己的满腹苦水。

目录

Contents/

导 读

小文官伊万在剧院里“不慎”将唾沫溅到了坐在前排的将军级文官身上，他唯恐大官人会将此举视为对自己的冒犯而一而再再而三地道歉，弄得那位大官人由哭笑不得到真的大发雷霆，小文官在遭遇大官人的不耐烦与呵斥后竟一命呜呼。一个人竟然丧命于自己的喷嚏，还是另有隐情？

小公务员之死（精读）

在一个挺好的傍晚，有一个也挺好的庶务官，名叫伊万·德米特里奇·切尔维亚科夫[①]，坐在戏院正厅第二排，举起望远镜，看《哥纳维勒的钟》[②]。他一面看戏，一面感到心旷神怡（心境开阔，精神愉快）。可是忽然间—— 在小说里常常可以遇到这个“可是忽然间”。作者们是对的：生活里充满多少意外的事啊！可是忽然间，他的脸皱起来，眼珠往上翻，呼吸停住……他取下眼睛上的望远镜，低下头去，于是……啊嚏！！！诸位看得明白，他打了个喷嚏（tì）。不管是谁，也不管是在什么地方，打喷嚏总归是不犯禁的。农民固然打喷嚏，警察局长也一样打喷嚏，就连三品文官偶尔也要打喷嚏。大家都打喷嚏。切尔维亚科夫一点也不慌，拿出小手绢来擦了擦脸，照有礼貌的人的样子往四下里瞧一眼，看看他的喷嚏搅扰别人没有。可是这一看不要紧，他心慌了。他看见坐在他前边，也就是正厅第一排的一个小老头正用手套使劲擦他的秃顶和脖子，嘴里嘟嘟哝哝。切尔维亚科夫认出小老头是在交通部任职的文职将军[③]布里兹扎洛夫。

小说开篇直接引出主人公切尔维亚科夫，没有对他的外貌、家庭背景、个人经历等做详细描写，而是直接引出打喷嚏这一举止及结果，语言简练、直接。

“我把唾沫星子喷在他身上了！”切尔维亚科夫暗想，“他

① 这个姓可意译为“蛆”。

② 一出三幕小歌剧。

③ 帝俄的文官，相当于三品或四品文官。

不是我的上司，是别处的长官，可是这仍然有点不合适，应当赔个罪才是。”

切尔维亚科夫就咳一下喉咙，把身子向前探出去，凑着将军的耳根小声说：

“对不起，大人，我把唾沫星子溅在您身上了……我是出于无心……”

“没关系，没关系……”

“请您看在上帝面上原谅我。我本来……我不是有意这样！”

“哎，您好好坐着，劳驾！让我听戏！”

切尔维亚科夫心慌意乱，傻头傻脑地微笑，开始看舞台上。他在看戏，可是他再也感觉不到心旷神怡了。他开始惶惶不安，定不下心来。到休息时间，他走到布里兹扎洛夫跟前，在他身旁走了一会儿，压下胆怯的心情，叽叽咕咕说：

对切尔维亚科夫的语言、动作、神态、心理等描写，细腻地表现了他忐忑不安的内心世界。

“我把唾沫星子溅在您身上了，大人……请您原谅……我本来……不是要……”

“哎，够了……我已经忘了，您却说个没完！”将军说，不耐烦地撇了撇下嘴唇。

心理描写体现主人公小心谨慎、胆小怕事的性格。

“他忘了，可是他眼睛里有一道凶光啊，”切尔维亚科夫暗想，怀疑地瞧着将军。“他连话都不想说。应当对他解释一下，说我完全是无意的……说这是自然的规律，要不然他就会认为我是有意啐（cuì）他了。现在他不这么想，可是过后他会这么想的！”

切尔维亚科夫回到家里，就把他的失态告诉他的妻子。他觉得妻子对待所发生的这件事似乎过于轻率。她先是吓一跳，可是后来听明白布里兹扎洛夫是“在别处工作”的，就放心了。

“不过你还是去一趟，赔个不是的好，”她说，“他会认为你在大庭广众之下的举动不得体！”

“说的就是啊！我已经赔过不是了，可是不知怎么，他那样子有点古怪……他连一句合情合理的话也没说。不过那时候也没有工夫细谈。”

理发、穿新制服的行为足见他的郑重其事与性格的小心谨慎。

第二天，切尔维亚科夫穿上新制服，理了发，到布里兹扎洛夫那儿去解释……他走进将军的接待室，看见那儿有很多人请托各种事情，将军本人夹在他们当中，开始听取各种请求。将军问过几个请托事情的人以后，就抬起眼睛看着切尔维亚科夫。

“昨天，大人，要是您记得的话，在‘乐园’① 里，”庶务官开始报告说，“我打了个喷嚏，而且……无意中溅您一身唾沫星子……请您原……”

切尔维亚科夫一而再再而三地道歉，将他的唯唯诺诺的性格及惶惶不可终日的心理状态展露无遗。

“简直是胡闹……上帝才知道是怎么回事！您有什么事要我效劳吗？”将军扭过脸去对下一个请托事情的人说。

“他连话都不愿意说！”切尔维亚科夫暗想，脸色发白。“这是说，他生气了……不行，这种事不能就这样丢开了事……我要对他解释一下……”

神态和心理刻画精当准确、生动形象。

等到将军同最后一个请托事情的人谈完话，举步往内室走去，切尔维亚科夫就走过去跟在他身后，叽叽咕咕说：

“大人！倘使我斗胆搅扰大人，那我可以说，纯粹是出于懊悔的心情！这不是故意的，您要知道才好！”

将军做出一副要哭的脸相，摇了摇手。

事不过三，一点无关紧要的小事反反复复地找将军道歉，很容易激怒他。

① 帝俄时代夏季露天花园和剧院常用的名字。

“您简直是在开玩笑，先生！”他说着，走进内室去，关上身后的门。

“这怎么会是开玩笑呢？”切尔维亚科夫暗想，“根本连一点开玩笑的意思也没有啊！他是将军，可是竟然不懂！既是这样，我也不想再给这个摆架子的人赔罪了！去他的！我给他写封信就是，反正我不想来了！真的，我不想来了！”

切尔维亚科夫这样想着，走回家去。那封给将军的信，他却没有写成。他想了又想，怎么也想不出这封信该怎样写才对。他只好第二天亲自去解释。

“我昨天来打搅大人，”他等到将军抬起问询的眼睛瞧着他，就叽叽咕咕说，“并不是像您所说的那样为了开玩笑。我是来道歉的，因为我打喷嚏，溅了您一身唾沫星子……至于开玩笑，我想都没想过。我敢开玩笑吗？如果我开玩笑，那么结果我对大人物就……没一点敬意了……”

由于一个“喷嚏”而“死了”，这篇小说的结局颇有荒诞意味，但这正是契诃夫借以表现的俄国当时的畸形社会心理：在专制压迫下的惶惶不可终日的恐惧。

“滚出去！”将军脸色发青，周身发抖，突然大叫一声。

“什么？”切尔维亚科夫低声问道，吓得愣住了。

“滚出去！”将军顿着脚，又说一遍。

切尔维亚科夫肚子里似乎有个什么东西掉下去了。他什么也看不见，什么也听不见，退到门口，走出去，到了街上，慢腾腾地走着……他信步走到家里，没脱掉制服，往长沙发上一躺，就此……死了。

名师鉴赏

《小公务员之死》描写了一个执著申诉自己毫无冒犯之心的小文官切尔维亚科夫，将当时社会存在着的极端恐怖所造成的精神异化、性格扭曲、心理变态与行为荒诞反映出来，也表现了一个下等官员可悲的屈从、可鄙的奴性与可怜的结局。

契诃夫借助“打喷嚏”这一细节，借助艺术夸张的手法构思故事情节，虽然没有直接描写切尔维亚科夫的外貌，但通过切尔维亚科夫向将军五次请罪的情景，精确地刻画出了他的精神状态——小官吏的奴性心理及对强权和暴力的恐惧与服从。作家尖锐地解剖了俄国社会大官欺小官、官富民穷的丑恶现实，鞭挞了俄国社会严重的等级观念，具有深刻的社会意义。

导 读

两个儿时的朋友——胖子和瘦子偶然邂逅在尼古拉铁路的一个站台上，他们一见面就非常亲近地聊起了家常。然而，当得知胖子已是三品文官的时候，瘦子惊讶不已，马上换了一副低三下四的模样，这让胖子从心底感到恶心。临分别时，瘦子只敢伸出三根手指同胖子道别。

胖子和瘦子

尼古拉铁路①一个火车站上，有两个朋友相遇：一个是胖子，一个是瘦子。胖子刚在火车站上吃过饭，嘴唇上粘着油而发亮，就跟熟透的樱桃一样。他身上冒出白葡萄酒和香橙花的气味。瘦子刚从火车上下来，拿着皮箱、包裹和硬纸盒。他冒出火腿和咖啡渣的气味。他背后站着一个长下巴的瘦女人，是他的妻子。还有一个高个子的中学生，眯缝着一只眼睛，是他的儿子。

“波尔菲里！”胖子看见瘦子，叫起来，“真是你吗？我的朋友！有多少个冬天，多少个夏天没见面了！”

“哎呀！”瘦子惊奇地叫道。“米沙！小时候的朋友！你这是从哪儿来？”

两个朋友互相拥抱，吻了三次，然后彼此打量着，眼睛里含满泪水。两个人都感到愉快和惊讶。

“我亲爱的！”瘦子吻过胖子后开口说，“这可没有料到！真是出其不意（趁对方没有料到就采取行动）！嗯，那你就好好地看一看我！你还是从前那样的美男子！还是那么风流倜傥（tì tǎng）（有才学而英俊杰出），还是那么讲究穿戴！啊，天主！嗯，你怎么样？很阔气吗？结了婚吗？我呢，你看得明白，已经结婚了……这就是我的妻子路易丝，娘家姓万采巴赫……她是新教徒……这是我儿子纳法奈尔，中学三年级学生。这个人，纳法尼亚②，是我小时候的朋友！我们一块儿在中学里念过书！”

纳法奈尔想了一会儿，脱下帽子。

---

① 在莫斯科和彼得堡之间的一条铁路，以沙皇尼古拉一世命名。

② 纳法奈尔的爱称。

“我们一块儿在中学里念过书！”瘦子继续说，“你还记得大家怎样拿你开玩笑吗？他们给你起个外号叫赫洛斯特拉托斯①，因为你用纸烟把课本烧穿一个洞。他们也给我起个外号叫厄菲阿尔忒斯②，因为我喜欢悄悄到老师那儿去打同学们的小报告。哈哈……那时候咱们都是小孩子！你别害怕，纳法尼亚！你自管走过去，离他近点……这是我妻子，娘家姓万采巴赫……新教徒。”

纳法奈尔想了一会儿，躲到父亲背后去了。

“嗯，你的境况怎么样，朋友？”胖子问，热情地瞧着朋友。“你在哪儿当官？做到几品官了？”

“我是在当官，我亲爱的！我已经做了两年八品文官，还得了斯坦尼斯拉夫勋章。我的薪金不多……哎，那也没关系！我妻子教音乐课，我呢，私下里用木头做烟盒。很精致的烟盒呢！我卖一卢布一个。要是有人要十个或者十个以上，那么你

① 希腊人，公元前356年放火烧掉了以弗所城狄安娜神庙，因而闻名。

② 希腊人，公元前5世纪，为波斯军队带路，出卖同胞，引敌入境。

知道，我就给他打个折扣。我们好歹也混下来了。你知道，我原来在衙门里做科员，如今调到这儿同一类机关里做科长……我往后就在这儿工作了。嗯，那么你怎么样？恐怕已经做到五品文官了吧？啊？”

“不，我亲爱的，你还要说得高一点才成，”胖子说，“我已经做到三品文官……有两枚星章了。”

瘦子突然脸色变白，呆若木鸡（形容因恐惧或惊讶而发呆的样子），然而他的脸很快就往四下里扯开，做出顶畅快的笑容，仿佛他脸上和眼睛里不住迸出火星来似的。他把身体缩起来，哈着腰，显得矮了半截……他的皮箱、包裹和硬纸盒也都收缩起来，好像现出皱纹来了……他妻子的长下巴越发长了。纳法奈尔挺直身体，做出立正的姿势，把他制服的纽扣全都扣上……

“我，大人……很愉快！您，可以说，原是我儿时的朋友，现在忽然间，青云直上（比喻官职升得很高很快），做了这么大的官，您老……嘻嘻。”

“哎，算了吧！”胖子皱起眉头说，“何必用这种腔调讲话呢？你我是小时候的朋友，哪里用得着官场的那套奉承！”

“求上帝饶恕我……您怎能这样说呢，您老……”瘦子赔笑道，把身体缩得越发小了。“多承大人体恤关注……犹如使人再生的甘霖……这一个，大人，是我的儿子纳法奈尔……这是我的妻子路易丝，在某种程度上说，是新教徒……”

胖子本来打算反驳他，可是瘦子脸上露出那么一副尊崇敬畏、阿谀谄媚（ē yú chǎn mèi）（迎合别人，说好听的话，贬义词）、低三下四的丑相，弄得三品文官恶心得要呕。他扭过脸去不再看瘦子，光是对他伸出一只手来告别。

瘦子握了握那只手的三个手指头，弯下整个身子去深深一鞠躬，嘴里发出“嘻嘻嘻”的笑声。他妻子微微一笑。纳法奈尔并拢脚跟立正，把制帽掉在地下了。三个人都感到愉快和震惊。

导读

一条丑陋的小狗咬破了首饰匠赫留金的手指，警官奥楚蔑洛夫决定管一管这件事。可是他的态度却在短短几分钟里发生了五次变化，原因在于这条狗的主人是不是日加洛夫将军。奥楚蔑洛夫的一系列自相矛盾的滑稽表演，活脱脱就是一条变色龙；但是，其他人的见怪不怪，是更值得我们深思的社会问题。

变色龙（精读）

警官奥楚蔑洛夫穿着新的军大衣，手里拿着个小包，穿过市集的广场。他身后跟着个警察，生着棕红色头发，端着一个粗箩，里面盛着没收来的醋栗，装得满满的。四下里一片寂静……广场上连人影也没有。小铺和酒店敞开大门，无精打采地面对着上帝创造的这个世界，像是一张张饥饿的嘴巴。店门附近连一个乞丐都没有。

契诃夫创作认为"内容比文字多得多"，所以他的小说中通常都是开门见山，没有半点多余的描写，小说就进入主题了。这一段的环境描写，给人一种压抑感，形象地写出了冷清萧条的社会景象。

"你竟敢咬人，该死的东西！"奥楚蔑洛夫忽然听见说话声。"伙计们，别放走它！如今咬人可不行！抓住它！哎哟……哎哟！"

狗的尖叫声响起来。奥楚蔑洛夫往那边一看，瞧见商人皮丘金的木柴场里蹿出来一条狗，用三条腿跑路，不住地回头看。在它身后，有一个人追出来，穿着僵硬的花布衬衫和敞开怀的坎肩。他紧追那条狗，身子往前一探，扑倒在地，抓住那条狗的后腿。紧跟着又传来狗叫声和人喊声："别放走它！"带着睡意的脸纷纷从小铺里探出来，不久木柴场门口就聚了一群人，像是从地底下钻出来的一样。

"脸纷纷探出来"，活脱脱一群闲人，他们是会制造事端的人，为下文事件发展做好铺垫。

"仿佛出乱子了，长官！"警察说。

奥楚蔑洛夫把身子微微往左边一转，迈步往人群那边走过去。在木柴场门口，他看见上述那个敞开坎肩的人站在那儿，举起右手，伸出一根血淋淋的手指头给那群人看。他那张半醉

通过对赫留金的动作和语言描写，表现了他庸俗的心理。

的脸上露出这样的神情："我要揭你的皮，坏蛋！"而且那根手指头本身就像是一面胜利的旗帜。奥楚蔑洛夫认出这个人就是首饰匠赫留金。闹出这场乱子的祸首是一条白毛小猎狗，尖尖的脸，背上有一块黄斑，这时候坐在人群中央的地上，前腿劈开，浑身发抖。它那含泪的眼睛里流露出苦恼和恐惧。

"这儿出了什么事？"奥楚蔑洛夫挤到人群中去，问道，"你在这儿干什么？你干吗竖起手指头？是谁在嚷？"

威严的口气，连珠炮似的发问，表明了奥楚蔑洛夫的身份、职业和性格特征。

"我本来走我的路，长官，没招谁没惹谁……"赫留金凑着空拳头咳嗽，开口说，"我正跟米特里·米特里奇谈木柴的事，忽然间，这个坏东西无缘无故把我的手指头咬一口……请您原谅我，我是个干活的人……我的活儿细致。这得赔我一笔钱才成，因为我也许一个星期都不能动这根手指头了……法律上，长官，也没有这么一条，说是人受了畜生的害就该忍着……要是人人都遭狗咬，那还不如别在这个世界上活着的好……"

"嗯……好……"奥楚蔑洛夫严厉地说，咳嗽着，动了动眉毛。"好……这是谁家的狗？这种事我不能放过不管。我要拿点颜色出来叫那些放出狗来闯祸的人看看！现在也该管管不愿意遵守法令的老爷们了！等到罚了款，他，这个混蛋，才会明白把狗和别的畜生放出来有什么下场！我要给他点厉害瞧瞧！叶尔德林，"警官对警察说，"你去调查清楚这是谁家的狗，打个报告上来！这条狗得打死才成。不许拖延！这多半是条疯狗……我问你们，这是谁家的狗？"

在断案过程中，奥楚蔑洛夫根据狗是或不是将军家的这一基点而不断改变自己的面孔，露出了一条"变色龙"的丑恶卑鄙的原形。

"这条狗像是日加洛夫将军家的！"人群里有个人说。

"日加洛夫将军家的？嗯！你，叶尔德林，把我身上的大衣脱下来……天好热！大概快要下雨了……只是有一件事我不懂，它怎么会咬你呢？"奥楚蔑洛夫对赫留金说，"难道它够得到你的手指头？它身子矮小，可是你，要知道，长得这么高大！你这个手指头多半是让小钉子扎破了，后来却异想天开，要人家赔你钱了。你这种人啊……谁都知道是个什么路数！我可知道你们这些魔鬼！"

"天好热！大概快要下雨了……"表现出奥楚蔑洛夫在转变态度。

"他，长官，把他的雪茄烟戳到它脸上去，拿它开心。它呢，不肯做傻瓜，就咬了他一口……他是个无聊的人，长官！"

"你胡说，独眼龙！你眼睛看不见，为什么胡说？长官是明白人，看得出来谁胡说，谁像当着上帝的面一样凭良心说话……我要胡说，就让调解法官[1]审判我好了。他的法律上写得明白……如今大家都平等了……不瞒您说……我弟弟就在当宪兵……”

“少说废话！”

“不，这条狗不是将军家的……”警察深思地说，“将军家里没有这样的狗。他家里的狗大半是大猎狗……”

“你拿得准吗？”

“拿得准，长官……”

入木三分地刻画出一个欺下媚上、见风使舵的沙皇走狗形象。

“我自己也知道，将军家里的狗都名贵，都是良种，这条狗呢，鬼才知道是什么东西！毛色不好，模样也不中看……完全是下贱货……他老人家会养这样的狗？你的脑筋上哪儿去了？要是这样的狗在彼得堡或者莫斯科让人碰上，你们知道会怎样？那才不管什么法律不法律，一转眼的工夫就叫它断了气！你，赫留金，受了苦，这件事不能放过不管……得教训它们一下！是时候了……”

“不过也可能是将军家的狗……”警察把他的想法说出来。“它脸上又没写着……前几天我在他家院子里就见到过这样一条狗。”

“没错儿，是将军家的！”人群里有人说。

“变色龙”奥楚蔑洛夫随着气温的变化而变化，体现了契诃夫的辛辣讽刺与幽默的夸张。

“嗯！你，叶尔德林老弟，给我穿上大衣吧……好像起风了……怪冷的……你带着这条狗到将军家里去一趟，在那儿问一下……你就说这条狗是我找着，派你送去的……你说以后不要把它放到街上来。也许它是名贵的狗，要是每个猪猡都拿雪茄烟戳到它脸上去，要不了多久就能把它作践死。狗是娇弱的动物嘛……你，蠢货，把手放下来！用不着把你那根蠢手指头摆出来！这都怪你自己不好！

“将军家的厨师来了，我们来问问他吧……喂，普罗霍尔！你过来，亲爱的！你看看这条狗……是你们家的吗？”

将军家厨师的到来即将决定狗的命运。

“瞎猜！我们那儿从来也没有过这样的狗！”

“那就用不着费很多工夫去问了，”奥楚蔑洛夫说，“这是条野狗！用不着多说了……既然他说是野狗，那就是野狗……弄死它算了。”

---

① 帝俄时代的保安法官，只审理小案子。

“这条狗不是我们家的，”普罗霍尔继续说，“可这是将军哥哥的狗，他前几天到我们这儿来了。我们的将军不喜欢这种狗。他老人家的哥哥却喜欢……”

“莫非他老人家的哥哥来了？弗拉基米尔·伊万内奇来了？”奥楚蔑洛夫问，他整个脸上洋溢着动情的笑容。“可了不得，主啊！我还不知道呢！他要来住一阵吧？”

“住一阵……”

“可了不得，主啊！他是惦记弟弟了……可我还不知道呢！那么这是他老人家的狗？很高兴……你把它带去吧……这条小狗怪不错的……挺伶俐……它把这家伙的手指头咬了一口！哈哈哈！咦，你干吗发抖？呜呜……呜呜……它生气了，小坏包……好一条小狗……”

奥楚蔑洛夫在短短的几分钟内，经历了五次变化，一听狗主是将军或将军哥哥，他便奉承拍马，邀赏请功，威吓百姓。

普罗霍尔把狗叫过来，带着它离开了木柴场……那群人就对着赫留金哈哈大笑。

周围人的幸灾乐祸略见一斑，他们对首饰匠的嘲笑体现出他们思想的麻木。

“我早晚要收拾你！”奥楚蔑洛夫对他威胁说，然后把身上的大衣裹紧，穿过市集的广场，径自走了。

名师鉴赏

这篇不过三千余字的《变色龙》，讲述了警官奥楚蔑洛夫在断案过程中根据狗是或不是将军家的这一基点而不断改变自己的面孔。奥楚蔑洛夫在短短的几分钟内，经历了五次变化。作品以善于适应周围物体的颜色且很快地改变肤色的“变色龙”作比喻，起了画龙点睛的作用。如果狗主是普通百姓，那么他严惩小狗，株连狗主，中饱私囊；如果狗主是将军或将军哥哥，那么他奉承拍马，邀赏请功，威吓百姓。他的谄媚权贵、欺压百姓的反动本性是永远不变的。契诃夫以精湛的艺术通过奥楚蔑洛夫形象地嘲讽了社会上虚伪逢迎和见风使舵的恶习，使“变色龙”一词有了深刻的内涵，他是一个两面派的人。

在表现手法上，《变色龙》主要是通过对话来刻画人物的。奥楚蔑洛夫的语言就是一种极其鲜明的个性化语言，他的巡官身份和气派，他的“变色龙”一样的性格面貌，全是通过他的一连串对话表现出来的。《变色龙》在这方面所达到的艺术成就也是一个生动的范例。

导 读

年迈的约纳刚死了儿子，但迫于生计，他仍驾着马车在风雪中拉客，他辛苦了一整天却没有挣到一戈比，很想找人倾诉自己的悲伤。但是，客人不是因急于赶路而不加理睬，就是因为他不留心拉车而斥骂他。在他们看来，自己的赶路显然比车夫死了儿子更为重要，况且，拉车的老头与他们没有什么相干……最后，老约纳只好对着自己的瘦马倾倒苦水。

苦 恼（精读）

我向谁去诉说我的悲伤?[①] ……

环境描写，在寒冷的夜晚，约纳和他的小马像一尊不折不扣的雪之雕塑，表现了约纳在光怪陆离的街景与茫茫人海中的孤独，揭示了现实生活中人与人之间的冷漠。

暮色昏暗。大片的湿雪绕着刚点亮的街灯懒洋洋地飘飞，落在房顶、马背、肩膀、帽子上，积成又软又薄的一层。车夫约纳·波塔波夫周身雪白，像是一个幽灵。他在赶车座位上坐着，一动也不动，身子往前伛（yǔ，弯着）着，伛到了活人的身子所能伛到的最大限度。即使有一个大雪堆倒在他的身上，仿佛他也会觉得不必把身上的雪抖掉似的……他那匹小马也是一身白，也是一动都不动。它那呆呆不动的姿态，它那瘦骨嶙峋的身架，它那棍子般直挺挺的腿，使它活像那种花一个戈比就能买到的马形蜜糖饼干。它多半在想心思。不论是谁，只要被人从犁头上硬拉开，从熟悉的灰色景致里硬拉开，硬给丢到这儿来，丢到这个充满古怪的亮光、不停的喧嚣（xiāo）、熙攘的行人的漩涡当中来，那他就不会不想心事……

表现了约纳生意的冷清。也交代了他和马几乎成为雕塑的原因。

约纳和他的瘦马已经有很久停在那个地方没动了。他们还在午饭以前就从大车店里出来，至今还没拉到一趟生意。可是现在傍晚的暗影已经笼罩全城。街灯的暗淡的光已经变得明亮生动，街上也变得热闹起来了。“赶车的，到维堡区[②]去！”约

① 引自宗教诗《约瑟夫的哭泣和往事》——俄文本编者注。

② 地名，在彼得堡。

纳听见了喊声，“赶车的！”

约纳猛地哆嗦了一下，从粘着雪花的睫毛里望出去，看见一个军人，穿一件带风帽的军大衣。

“到维堡区去！”军人又喊了一遍，“你睡着了还是怎么的？到维堡区去！”

为了表示同意，约纳就抖动一下缰绳，于是从马背上和他肩膀上就有大片的雪撒下来……那个军人坐上了雪橇。车夫吧嗒着嘴唇叫马往前走，然后像天鹅似的伸长了脖子，微微欠起身子，与其说是由于必要，不如说是出于习惯地挥动一下鞭子。那匹瘦马也伸长脖子，弯起它那像棍子一样的腿，迟疑地离开原地走动起来了……

用环境描写体现人物孤寂的内心。

“你往哪儿闯，鬼东西！”约纳立刻听见那一团团川流不息［（行人、车马等）像流水一样连续不断］的黑影当中发出了喊叫声。“鬼把你支使到哪儿去啊？靠右走！”

语言个性化，符合人物的身份特点，具有强烈的生活真实性。

“你连赶车都不会！靠右走！”军人生气地说。

一个赶轿式马车的车夫破口大骂。一个行人恶狠狠地瞪他一眼，抖掉自己衣袖上的雪，行人刚刚穿过马路，肩膀撞在那匹瘦马的脸上。约纳在赶车座位上局促不安，像是坐在针尖上似的，往两旁撑开胳膊肘，不住转动眼珠，就跟有鬼附了体一样，仿佛他不明白自己是在什么地方，也不知道为什么在那儿似的。

比喻句，生动形象地写出了约纳的不安与迷惘。

“这些家伙真是混蛋！”那个军人打趣地说，“他们简直是故意来撞你，或者故意要扑到马蹄底下去。他们这是互相串通好的。”

约纳回过头去瞧乘客，努动他的嘴唇……他分明想说话，然而从他的喉咙里却没吐出一个字来，只发出咝咝的声音。

“什么？”军人问。

约纳撇着嘴苦笑一下，嗓子眼用一下劲儿，这才沙哑地说出口：

约纳渴望有机会向人倾诉他儿子是怎么死的，当那位乘车的军人似乎想听他倾诉时，约纳局促不安的赶车动作也变得稳重优雅了，但是希望落空后，反而是更巨大的孤独与失落。

“老爷，那个，我的儿子……这个星期死了。”

“哦！他是害什么病死的？”

约纳掉转整个身子朝着乘客说：

“谁知道呢！多半是得了热病吧……他在医院里躺了三天就死了……这是上帝的旨意哟。”

“你拐弯啊，魔鬼！”黑地里发出了喊叫声，“你瞎了眼还是怎么的，老狗！用眼睛瞧着！”

“赶你的车吧，赶你的车吧……”乘客说，“照这样走下去，明天也到不了。快点走！”

描写人与马时，处处加以对应，暗示着人与马共同的可怜的命运，为结尾时人与马的对话做了艺术准备。

车夫就又伸长脖子，微微欠起身子，用一种稳重的优雅姿势挥动他的鞭子。后来他有好几次回过头去看他的乘客，可是乘客闭上眼睛，分明不愿意再听了。他把乘客拉到维堡区以后，就把雪橇赶到一家饭馆旁边停下来，坐在赶车座位上伛下腰，又不动了……湿雪又把他和他的瘦马涂得满身是白。一个钟头过去，又一个钟头过去了……

人行道上有三个年轻人路过，把套靴踩得很响，互相诟骂，其中两个人又高又瘦，第三个却矮而驼背。

“赶车的，到警察桥去！”那个驼子用破锣般的声音说，“一共三个人……二十戈比！”

三个年轻人满口污言秽语，把车价砍到极低，然而约纳已经麻木了，完全不在乎了。

约纳抖动缰绳，吧嗒嘴唇。二十戈比的价钱是不公道的，然而他顾不上讲价了……一个卢布也罢，五戈比也罢，如今在他看来都是一样，只要有乘客就行……那几个青年人就互相推搡（sǎng）（推来推去）着，嘴里骂声不绝，走到雪橇跟前，三个人一齐抢到座位上去。这就有一个问题需要解决：该哪两个坐着，哪一个站着呢？经过长久的吵骂、变卦、责难以后，他们总算做出了决定：应该让驼子站着，因为他最矮。

"好，走吧！"驼子站在那儿，一边用破锣般的嗓音说，一边对着约纳的后脑壳喷气。"快点跑！嘿，老兄，瞧瞧你的这顶帽子！全彼得堡也找不出比这更糟的了……"

驼子的嘲笑并没有激怒约纳，可见他习以为常。

"嘻嘻……嘻嘻……"约纳笑着说，"凑合着戴吧……"

"喂，你少废话，赶车！莫非你要照这样走一路？是吗？要给你一个吗？"

"我的脑袋痛得要炸开了……"一个高个子说，"昨天在杜克马索夫家里，我跟瓦西卡一块儿喝了四瓶白兰地。"

有钱人挥霍无度的享乐生活与约纳的贫苦形成鲜明对比，有辛辣的讽刺性。

"我不明白，你何必胡说呢？"另一个高个子愤愤地说，"他胡说八道，就跟畜生似的。"

"要是我说了假话，就叫上帝惩罚我！我说的是实情……"

"要说这是实情，那么，虱子能咳嗽也是实情了。"

"嘻嘻！"约纳笑道，"这些老爷真快活！"

"呸，见你的鬼！"驼子愤慨地说，"你到底赶不赶车，老不死的？难道就这样赶车？你抽它一鞭子！唷，魔鬼！唷！使劲抽它！"

约纳感到他背后驼子的扭动的身子和颤动的声音。他听见那些骂他的话，看到这几个人，孤单的感觉就逐渐从他的胸中消散了。驼子骂个不停，诌（zhōu，编造）出一长串稀奇古怪的骂人话，直骂得透不过气来，连连咳嗽。那两个高个子讲起一个叫娜杰日达·彼得罗夫娜的女人。约纳不住地回过头去看他们。正好他们的谈话短暂地停顿一下，他就再次回过头去，嘟嘟哝哝说：

驼子的骂声竟然起到了冲淡约纳孤单的效果，可见约纳是多么的寂寞。

"我的……那个……我的儿子这个星期死了！"

"大家都要死的……"驼子咳了一阵，擦擦嘴唇，叹口气说，"得了，你赶车吧，你赶车吧！诸位先生，照这样的走法我再也受不住了！他什么时候才会把我们拉到呢？"

三个乘客有自己喜欢的谈话内容，又急着赶路，他们怎会有耐心倾听老约纳的倾诉呢？

"那你就稍微鼓励他一下……给他一个脖儿拐！"

"老不死的，你听见没有？真的，我要揍你的脖子了！……跟你们这班人讲客气，那还不如索性走路的好！……你听见没有，老龙[①]？莫非你根本就不把我们的话放在心上？”

约纳与其说是感到，不如说是听到他的后脑勺上啪的一响。

“嘻嘻……”他笑道，“这些快活的老爷……愿上帝保佑你们！”

“赶车的，你有老婆吗？”高个子问。

“我？嘻嘻……这些快活的老爷！我的老婆现在成了烂泥地啰……哈哈哈！在坟墓里！现在我的儿子也死了，可我还活着……这真是怪事，死神认错门了……它原本应该来找我，却去找了我的儿子……”

约纳太需要人安慰了，可是每个人都在关注自己的行程，没人过问约纳的生活。

约纳回转身，想讲一讲他儿子是怎样死的，可是这时候，驼子轻松地呼出一口气，声明说，谢天谢地，他们终于到了。约纳收下二十戈比以后，久久地看着那几个游荡的人的背影，后来他们走进一个黑暗的大门口，不见了。他又孤身一人，寂寞又向他侵袭过来……他的苦恼刚淡忘了不久，如今重又出现，更有力地撕扯他的胸膛。约纳的眼睛不安而痛苦地打量街道两旁川流不息的人群：在这成千上万的人当中，有没有一个人愿意听他倾诉衷曲呢？然而人群奔走不停，谁都没有注意到他，更没有注意到他的苦恼……那种苦恼是广大无垠的。如果约纳的胸膛裂开，那种苦恼滚滚地涌出来，那它仿佛就会淹没全世界，可是话虽如此，它却是人们看不见的。这种苦恼竟包藏在这么一个渺小的躯壳里，就连白天打着火把也看不见……

用约纳的心理状态含蓄地展示了社会的人情淡漠，有巨大的艺术概括力，体现了契诃夫抒情心理短篇小说的特色。

约纳瞧见一个扫院子的仆人拿着一个小蒲包，就决定跟他攀谈一下。

“老哥，现在几点钟了？”他问。

“九点多钟……你停在这儿干什么？把你的雪橇赶开！”

约纳把雪橇赶到几步以外去，弯下腰，听凭苦恼来折磨他……他觉得向别人诉说也没有用了……可是五分钟还没过完，他就挺直身子，摇着头，仿佛感到一阵剧烈的疼痛似的；他拉了拉缰绳……他受不住了。

动作与心理描写，“仿佛感到的疼痛”是心中的苦痛无处诉说的压抑。

“回大车店去，”他想，“回大车店去！”

① 原文是“高雷内奇龙”，俄国神话中的一条怪龙，在此用做骂人的话。

那匹瘦马仿佛领会了他的想法，就小跑起来。大约过了一个半钟头，约纳已经在一个肮脏的大火炉旁边坐着了。炉台上，地板上，长凳上，人们鼾声四起。空气又臭又闷。约纳瞧着那些睡熟的人，搔了搔自己的身子，后悔不该这么早就回来……

环境描写可体现约纳的生存状态之恶劣。

“连买燕麦①的钱都还没挣到呢！”他想，“这就是我会这么苦恼的缘故了。一个人要是会料理自己的事……让自己吃得饱饱的，自己的马也吃得饱饱的，那他就会永远心平气和（心里平和，不急躁，不生气）……”

墙角上有一个年轻的车夫站起来，带着睡意咳一咳喉咙，往水桶那边走去。

“你是想喝水吧？”约纳问。

“是啊，想喝水！”

“那就痛痛快快地喝吧……我呢，老弟，我的儿子死了……你听说了吗？这个星期在医院里死掉的……竟有这样的事！”

约纳说话时话题的转换，体现他渴望被关切的内心世界。

约纳看一下他的话产生了什么影响，可是一点影响也没看见。那个青年人已经盖好被子，连头蒙上，睡着了。老人就叹气，搔他的身子……如同那个青年人渴望喝水一样，他渴望说话。他的儿子去世快满一个星期了，他却至今还没有跟任何人好好地谈一下这件事……应当有条有理、详详细细地讲一讲才是……应当讲一讲他的儿子怎样生病，怎样痛苦，临终说过些什么话，怎样死掉……应当描摹一下怎样下葬，后来他怎样到医院里去取死人的衣服。他有个女儿阿尼西娅住在乡下……关于她也得讲一讲……是啊，他现在可以讲的还会少吗？听的人应当惊叫、叹息、掉泪……要是能跟娘们儿谈一谈，那就更好。她们虽然都是蠢货，可是听不上两句就会哭起来。

“去看一看马吧，”约纳想，“要睡觉，有的是时间……不用担心，总能睡够的。”

他穿上衣服，走到马房里，他的马就站在那儿。他想起燕麦、草料、天气……关于他的儿子，他独自一人的时候是不能

回到大车店，坐在一个肮脏的大火炉旁，没有了恶劣的自然环境，可苦恼依旧。起来喝水的年轻车夫，也不听他倾诉。约纳没有办法，只好与自己的瘦马倾述。讽刺了当时俄国黑暗的社会风气、世态炎凉、冷酷无情。

① 马的饲料。

想的……跟别人谈一谈倒还可以，至于想他，描摹他的模样，那太可怕，他受不了……

> 约纳只能向马诉说自己的苦恼，这样一件平凡而又平凡的小事，这样一种微不足道、司空见惯的哀伤，却触及了沙皇专制制度冷酷的、反人民的本质。

“你在吃草吗？”约纳问他的马说，看见了它的发亮的眼睛。“好，吃吧，吃吧……既然买燕麦的钱没有挣到，那咱们就吃草好了……是啊……”我已经太老，不能赶车了……该由我的儿子来赶车才对，我不行了……他才是个地道的马车夫……要是他活着就好了……”

约纳沉默了一会儿，继续说：

“就是这样嘛，我的小母马……库兹马·约内奇不在了……他去世了……他无缘无故死了……比方说，你现在有个小驹子，你就是这个小驹子的亲娘……忽然，比方说，这个小驹子去世了……你不是要伤心吗？”

> 人向动物倾诉，这样的结尾方式可引起读者共鸣，耐人寻味。

那匹瘦马嚼着草料，听着，向它主人的手上哈气。

约纳讲得入了迷，就把他心里的话统统对它讲了……

名师鉴赏

《苦恼》中，年老的约纳驾着马车在风雪中的彼得堡拉客，他刚刚死了相依为命的儿子，急于找人倾诉自己的悲伤。军人急着赶路，不听故事。三个年轻人来坐车了，只付二十戈比，这价钱虽是不公道的，然而约纳顾不上讲价了，向人诉说比让人给钱更迫切。但这三名乘客，他们有自己喜欢的谈话内容，他们还要赶路，又怎会听约纳倾诉呢？三人下车后，刚淡忘不久的苦恼又向约纳袭来，更有力地撕扯着他的胸膛。他不能被动地等人来听倾诉了，他必须主动找人倾诉，但扫院子的那位仆人却拒绝了他。约纳等不及了，他不考虑拉客人挣钱了，他必须回到大车店，向同行的车夫们倾诉，他们或许能理解他的心情……但结果，老约纳无奈地抱着拉车的瘦马倾诉了好一阵子：“比方说，你现在有个小驹子……比方说，这个小驹子去世了……你不是要伤心吗？”

《苦恼》揭露了黑暗社会的冷漠无情和劳动人民孤苦无依的悲惨命运，具有震撼人心的艺术力量，人向马诉苦，这是具有强烈生活真实性的艺术虚构，有力地反映了当时社会的世态炎凉。

导 读

女主人公奥莉加生活观念与众不同：她认为人的美和价值就在于他的不同凡响，而她的丈夫只是个普普通通的医生，于是她整天都在寻觅英雄，甚至还背着丈夫跟一位画家里亚博夫斯基谈情说爱，殊不知，她所崇拜的英雄们一个接一个地露出了虚伪、无耻的嘴脸，而真正的英雄原来就是她的丈夫——在故事中一直充当配角的德莫夫医生。最后，当奥莉加翻然悔悟时，一切却都已经来不及了，他的丈夫因亲自给病人吸毒而感染鼻腔白喉症，最后因病重而死亡。

跳来跳去的女人

一

在奥莉加·伊万诺夫娜的婚礼上，她所有的朋友和相好的熟人都来参加了。

“瞧瞧他吧，真的，他不是有点与众不同吗？”她往她丈夫那边点一点头，对朋友说，仿佛要解释她为了什么才嫁给这个普通的、平常的，在无论哪一方面都没有什么了不起的男人似的。

她的丈夫奥西普·斯捷潘内奇·德莫夫是医师，论官品是九品文官。他在两个医院里做事，在一个医院里做编制外的主任医师，在另一个医院里做解剖师。每天从早晨九点钟到中午，他给门诊病人看病，查病房，午后搭上公共马车到另一个医院去，解剖死去的病人。他私人也行医，可是收入很少，一年不过有五百卢布光景，如此而已。此外关于他还有什么可说的呢？另一方面，奥莉加·伊万诺夫娜与她的朋友和相好的熟人，却不是十分平常的人。他们每个人都在某一方面有出众的地方，多多少少有点名气，有的已经成名，给人看做名流了；有的即使还没有成名，将来却有成名的灿烂希望。有一个剧院的演员，早已是公认的大天才，他是一个优雅、聪明、谦虚的男子，又是出色的朗诵家，教奥莉加·伊万诺夫娜朗诵。有一个歌剧演员，是个性情温和的胖子，叹口气对奥莉加·伊万诺夫娜郑重说明，她毁了自己，要是她不发懒，肯下决心，她就会成为出色的歌唱家。其次，有好几个画家，其中打头的一个是风俗画家、动物画家、风景画家里亚博夫斯基，他是很漂亮的金发青年，年纪在二十五岁左右，画展开得很成功，把最近画成的一张画卖了五百卢布，他修改奥莉加·伊万诺夫娜的画稿，说她将来很可能有所成就。此外，还有一个拉大提琴的音乐家，他的乐器总是发出呜咽的声音，他公开声明：在他认识的一切女人当中，能够给他伴奏的只有奥莉加·伊万诺夫娜一个人。再其次，有一个文学家，年纪轻轻，可是已经出了名，写过中篇小说、剧本和短篇小说。此外还有谁呢？喏，还有瓦西里·瓦西里奇，是地主、乡绅，业余的插图家和饰图家，深深爱好古老的俄罗斯风格、民谣和史诗，在纸上，瓷器上，用烟熏黑的盘子上，他简直都能够创造奇迹。这伙逍遥自在（没有什么约束，自由自在）的艺术家已经被命运宠坏，尽管文雅而谦虚，可是只有在生病的时候才会想起天下还有医师这种人，德莫夫这个姓氏在他们听起来就跟西多罗夫或者塔拉索夫差不多。在这伙人当中，德莫夫显得陌生、多余、矮小，其实他个子挺高、肩膀挺宽。看上去，他仿佛穿着别人的礼服，长着店员那样的胡子。不过如果他是作家或者画家，那人家就会说他凭他的胡子，会叫人联想到左拉①了。

有一个演员对奥莉加·伊万诺夫娜说：她配上她那亚麻色的头发和结婚礼服，很像是一棵到了春天开满娇嫩的白花、仪态万方的樱桃树。

“不，您听着！”奥莉加·伊万诺夫娜对他说，挽住他的胳臂。“这件事怎样突然发生的呢？您听着，听着……我得告诉您，爸爸跟德莫夫同在一个医院里做事。可怜的爸爸害了病，德莫夫就在他的床边一连守了几天几夜。了不起的自我牺牲啊！您听着，里亚博夫斯基……还有您，作家，听着。这事很有意思。您走过来一点。了不起的自我牺牲啊，真诚的关心！我也一连好几夜没睡觉，坐在爸爸身旁。忽然间，了不得，公主赢得了英雄的心！我的德莫夫没头没脑地掉进了情网。真的，有时候，命运就是这么离奇。嗯，爸爸死后，他有时候来看我，有时候在街上遇见我。有这么一个晴朗的傍晚，冷不防，他忽然向我求婚了……就跟晴天霹雳（pī lì）（比喻突然发生的事故）似的……我哭了一夜，我自个儿也没命地掉进了情网。现在呢，您瞧，我做他的妻子了。他结实、强壮，跟熊似的，不是吗？现在，他的脸有四分之三对着我们，光线暗，看不清楚，不过，等到他把脸完全转过来，那您得瞧瞧他的脑门子。里亚博夫斯基，您说说看，那脑门子怎么样？德莫夫啊，我们正在讲你呐！”她向丈夫叫道。“上这儿来。把你那诚实的手伸给里亚博夫斯基

① 左拉（1840—1902），法国著名作家，留一把大胡子。

……这就对了。你们交个朋友吧。”

德莫夫温和而纯朴地微笑着，向里亚博夫斯基伸出手，说：

“幸会幸会。当年有个姓里亚博夫斯基的跟我同班毕业。他是您的亲戚吗?”

二

奥莉加·伊万诺夫娜二十二岁，德莫夫三十一岁。他们婚后过得挺好。奥莉加·伊万诺夫娜在客厅的四面墙上挂满了她自己的和别人的画稿，有的配了镜框，有的没配。靠近钢琴和放家具的地方，她用中国的阳伞、画架、花花绿绿的布片、短剑、半身像、照片……布置了一个热闹而好看的墙角……在饭厅里，她用民间版画裱糊墙壁，挂上树皮鞋和小镰刀，墙角立一把大镰刀和一把草耙，于是布置成了一个俄罗斯风格的饭厅。在寝室里，她用黑呢蒙上天花板和四壁，在两张床的上空挂一盏威尼斯式的灯，门边安一个假人，手拿一把戟，好让这房间看上去像是一个岩穴。人人都认为这对青年夫妇有一个很可爱的小窝。

每天上午十一点钟起床以后，奥莉加·伊万诺夫娜就弹钢琴，或者要是天气晴朗，就画点油画。然后，到十二点多钟，她坐上车子去找女裁缝。德莫夫和她只有很少一点钱，刚够过日子，因此她和她的裁缝不得不想尽花招，好让她常有新衣服穿，而引人注目。往往她用一件染过的旧衣服，用些不值钱的零头网边、花边、长毛绒、绸缎，简直就会创造奇迹，做出一种迷人的东西来，不是衣服，而是梦。从女裁缝那儿出来，奥莉加·伊万诺夫娜照例坐上车子到她认识的一个女演员那儿去，打听剧院的新闻，顺便弄几张初次上演的新戏或者福利演出站的戏票。从女演员家里一出来，她还得到一个什么画家的画室去，或者是去看画展，然后去看一位名流，要么是约请他到自己家里去，要么是回拜，再不然就光是聊聊天儿。人人都快活而亲切地欢迎她，口口声声说她好，很可爱，很了不起……那些她叫做名人和伟人的人，都把她看做自己人，看做平等的人，异口同声地向她预言说，凭她的天才、趣味、智慧，她只要不分心，不愁没有大成就。她呢，唱歌啦，弹钢琴啦，画油画啦，雕刻啦，参加业余的演出啦，可是所有这些，她干起来并不是凑凑数，而是表现了才能。不管她扎彩灯也好，梳妆打扮也好，给别人系领带也好，她做得都非常有艺术趣味、优雅、可爱。可是有一方面，她的才能表现得比在别的方面更明显，那就是，她善于很快地认识名人，不久就跟他们混熟。只要有个人刚刚有点小名气，刚刚引得人们谈起，她就马上认识他，当天跟他交成朋友，请他到她家里来。每结交一个新人，在她都是一件十足的喜事。她崇拜名人，为他们骄傲，天天晚上梦见他们。她如饥似渴（形容非常迫切）地寻找他们，而且永远也不能满足她这种饥渴。旧名人过去了，忘掉了，新名人来代替了他们，可是对这些新人，她不久也就看惯，或者失望了，就开始热心地再找新人、新伟人，找到以后又找。这是为了什么呢？

到四点多钟，她在家里跟丈夫一块儿吃饭。他那种朴实、那种健全的思想，那种和蔼，引得她感动、高兴。她常常跳起来，使劲抱住他的头，不住嘴地吻他。

“你啊，德莫夫，是个聪明而高尚的人，”她说，“可是你有一个很严重的缺点。你对艺术一点兴趣也没有。你否定了音乐和绘画。”

“我不了解它们，”他温和地说，“我这一辈子专心研究自然科学和医学，根本没有工夫对艺术产生兴趣。”

“可是，要知道，这可很糟呢，德莫夫！”

“怎么见得呢？你的朋友不了解自然科学和医学，可是你并没有因此责备他们。各人有各人的本行嘛。我不了解风景画和歌剧，不过我这样想：如果有一批聪明的人为它们献出毕生的精力，另外又有一批聪明的人为它们花大笔的钱，那它们一定有用处。我不了解它们，可是不了解并不等于否定。”

“来，让我握一下你那诚实的手！”

饭后，奥莉加·伊万诺夫娜或者坐车去看朋友，然后到剧院去，或者到音乐会去，过了午夜才回家。天天是这样。

每到星期三，她家里总要举行晚会。在这些晚会上，女主人和客人们不打牌、不跳舞，借各种艺术来消遣。剧院的演员朗诵、歌剧演员唱歌、画家们在纪念册上绘画（这类纪念册奥莉加·伊万诺夫娜有很多）、大提琴家拉大提琴，女主人自己呢，也画画、雕刻、唱歌、伴奏。遇到朗诵、奏乐、唱歌的休息时间，他们就谈文学、戏剧、绘画，争辩起来。在座的没有女人，因为奥莉加·伊万诺夫娜认为所有的女人，除了女演员和她的女裁缝以外都乏味、庸俗。这类晚会没有一回不出这样的事：女主人一听到门铃声就吃一惊，脸上带着得意的神情说：“这是他！”这所谓“他”指的是一个应邀而来的新名流。德莫夫是不在客厅里的，而且谁也想不起有他这么一个人。不过，一到十一点半钟，通到饭厅去的门就开了，德莫夫总是带着他那好心的温和笑容出现，搓着手说：

“诸位先生，请吃点东西吧。”

大家就走进饭厅，每一回看见饭桌上摆着的老是那些东西：一碟牡蛎、一块火腿或者一块小牛肉、沙丁鱼、奶酪、鱼子酱、菌子、白酒、两瓶葡萄酒。

“我亲爱的maître d'hôtel①！”奥莉加·伊万诺夫娜说，快活得合起掌来。“你简

① 法语：管家。

直迷人啊！诸位先生，瞧他的脑门子！德莫夫，把你的脸转过来。诸位先生，瞧，他的脸活像孟加拉的老虎，可是那神情，却善良可爱的跟鹿一样。啊，宝贝儿！”

客人们吃着，瞧着德莫夫，心想：“真的，他是个挺好的人。”可是不久就忘了他，只顾谈戏剧、音乐、绘画了。

这一对年轻夫妇挺幸福。他们的生活，水一样地流着，没一点挂碍。不过，他们蜜月的第三个星期却过得不十分美满，甚至凄凉。德莫夫在医院里传染到丹毒，在床上躺了六天，不得不把他那漂亮的黑发剃光。奥莉加·伊万诺夫娜坐在他身旁，哀哀地哭。可是等到他病好一点，她就用一块白头巾把他那剃掉头发的头包起来，开始把他画成沙漠地带以游牧为生的阿拉伯人。他俩都快活了。他病好以后又到医院去，可是大约三天以后，他又出了岔子。

“我真倒霉，奥莉加！”有一天吃饭的时候，他说，“今天我做了四次解剖，我一下子划破两个手指头。直到回家我才发现。”

奥莉加·伊万诺夫娜吓慌了。他却笑着说，这没什么要紧，他做解剖的时候常常划破手。

“奥莉加，我一专心工作，就变得大意了。”

奥莉加·伊万诺夫娜担心他会害血中毒症，就天天晚上做祷告，可是结果总算没出事。生活又和平而幸福地流着，无忧无虑。眼前是幸福的，而且紧跟着春天就要来了，它已经在远处微微地笑，许下了一千种快活事。幸福不会有尽头的！四月、五月、六月，到城外远处一座别墅去，散步、素描、钓鱼、听夜莺唱歌。然后，从七月直到秋天，画家们到伏尔加流域去旅行，奥莉加·伊万诺夫娜要以这团体不能缺少的一分子的身份参加这次旅行。她已经用麻布做了两身旅行服装，为了旅行还买下颜料、画笔、画布、新的调色板。里亚博夫斯基差不多每天都来找她，看她的绘画有了什么进步。每逢她把画儿拿给他看，他就把手深深地插进衣袋里，紧闭嘴唇，哼了哼鼻子，说：

“是啊……您这朵云正在叫唤，它不是夕阳照着的那种云。前景有点嚼烂了，有点地方，您知道，不大对劲……您那个小木房有点透不过气来，悲惨惨地哀叫着……那个角儿应当画得暗一点。不过大体上还不错……我很欣赏。”

他越是讲得晦涩难解，奥莉加·伊万诺夫娜反倒越容易听懂。

降灵周①第二天，午饭后，德莫夫买了点凉菜和糖果，到别墅去看他的妻子。他已经有两个星期没看见她，十分惦记。他起先坐在火车车厢里，后来在一大片树林里找他的别墅，时时刻刻觉着又饿又累，渴望待一会儿，他会多么逍遥自在地跟

① 基督教的节日，复活节后的第七周。

他的妻子吃一顿晚饭，然后睡一大觉。他看着他带的一包东西，心里挺高兴，里面包着鱼子酱、奶酪、白鲑鱼。

等到他找着别墅，认出是它，太阳已经在下山了。一个老女仆说，太太不在家，大概不久就回来。那别墅样子难看，天花板很低，糊着写字的纸，地板不平，尽是裂缝。那儿一共有三个房间。一个房间里摆一张床，另一个房间里有画布啦、画笔啦、脏纸啦，男人的大衣和帽子啦，随意丢在椅子和窗台上。在第三个房间里，德莫夫看见三个不认得的男子。有两个长着黑头发，留着胡子，另一个刮光了脸，身材很胖，大概是演员。桌子上有一个茶炊，水已经烧开了。

“您有什么事?”演员用男低音问，不客气地瞧着德莫夫。“您要找奥莉加·伊万诺夫娜吗？等一等吧，她马上就要来了。”

德莫夫就坐下来，等着。有一个黑发的男子睡意朦胧、无精打采地瞧着他，给自己斟了一杯茶，问道：

“您也许想喝茶吧?”

德莫夫又渴又饿，可是他谢绝了茶，怕的是把吃晚饭的胃口弄坏。不久，他就听到了脚步声和熟悉的笑声。门砰的一响，奥莉加·伊万诺夫娜跑进房间里来了，戴一顶宽边草帽，手里提一个盒子，她身后跟着里亚博夫斯基，脸蛋绯红，兴高采烈，拿着一把太阳伞和一个折凳。

“德莫夫!”奥莉加·伊万诺夫娜叫道，快活得涨红了脸。“德莫夫!”她又叫一遍，把她的头和两只手都放到他的胸口上。“你来了！为什么你这么久没有来?为什么？为什么?”

“我哪儿有空儿，亲爱的？我老是忙，好容易有点空儿，不知怎么火车钟点又老是不对。”

“可是看见了你，我多么高兴啊！我整夜整夜地梦见你，我一直担心你别害了病。啊，你再也不知道你有多么可爱，你来得多么凑巧！你要做我的救星了。也只有你才能救我！明天这儿要举行一个鼎鼎别致的婚礼，”她接着说，笑了，给她丈夫系好领带。“火车站上有一个年轻的电报员，姓契凯尔杰耶夫，要结婚了。他是个漂亮的小伙子，是啊，并不愚蠢。你要知道，他脸上有一种强有力的、熊一样的表情……可以把他画成一个年轻的瓦利亚格人[①]呢。我们这班消夏的游客，对他产生了好感，答应他说，我们一定参加他的婚礼……他是个没有钱的、孤单单的、胆小的人。当然，不同情他是罪过的。想想吧，做完弥撒（天主教的一种仪式，用面饼和葡萄酒表示耶稣的身体和血来祭祀天主）就举行婚礼，然后大家从教堂里出

① 古代北欧的一个漂泊民族名，相传古俄罗斯最早的王公就是它的后裔。

来，步行到新娘家里去……你知道，树木苍翠，鸟儿啼叫，一束束阳光照在青草上，我们这些人呢，被绿油油的背景衬托着，成了五颜六色的斑点，这可很别致，有法国印象派的味道呢。可是，德莫夫，我穿什么衣服到教堂去呢？”奥莉加·伊万诺夫娜说，做出要哭的脸相。“在这儿，我什么也没有，简直是什么也没有！衣服没有，花也没有，手套也没有……你务必要救救我才好。既然你来了，那就是命运吩咐你来救我了。拿着这个钥匙，我的好人儿，回家去，把衣柜里我那件粉红色连衣裙拿来。你知道那件衣服，它就挂在前面……然后，到堆房里，在右边地板上，你会瞧见两个硬纸盒。打开上面的盒子，那里面全是花边、花边、花边，还有各种零头的料子，在那下面就是花了。把那些花统统小心地拿出来，可别压坏它们，亲爱的，回头我要在那些花里挑选一下……另外再给我买副手套。”

“好吧，”德莫夫说，“明天我去取了，派人给你送来。”

“明天怎么成啊？”奥莉加·伊万诺夫娜问，惊奇地瞧着他。“明天怎么来得及啊？明天头一班火车九点钟才开，可是十一点钟就举行婚礼了。不行，亲爱的，要今天去才行，务必要今天去！要是明天你来不了，那就打发一个人送来也行。是啊，去吧……那班客车马上就要开到了。别误了车，宝贝儿。”

“好吧。”

“唉，我多么舍不得放你走啊，”奥莉加·伊万诺夫娜说，眼泪涌到她的眼眶里。“我这个傻瓜呀，为什么应许了那个电报员呢？”

德莫夫赶紧喝下一杯茶，拿了一个面包圈，温和地微笑着，到车站去了。那些鱼子酱、奶酪、白鲑鱼，都给那两位黑头发的先生和那个胖演员吃掉了。

四

七月里一个平静的月夜，奥莉加·伊万诺夫娜站在伏尔加河一条轮船的甲板上，一会儿瞧着河水，一会儿瞧着美丽的河岸。里亚博夫斯基站在她身旁，对她说，水面上的黑影不是阴影，而是梦。他还说，迷人的河水以及那离奇的光辉，深不可测的天空和忧郁而沉思的河岸，都在述说我们生活的空虚，述说人世间有一种高尚、永恒、幸福的东西，人要是忘掉自己，死掉，变成回忆，那多么好啊。过去的生活庸俗而乏味，将来呢，也毫无价值，而这个美妙的夜晚一辈子只有一回，不久也要过去，消融在永恒里。那么，为什么要活着呢？

奥莉加·伊万诺夫娜一会儿听着里亚博夫斯基的说话声，一会儿听着夜晚的宁静，暗自想着：她自己是不会死的，永远也不会死。她以前从没见过河水会现出这样的蓝宝石色，还有天空、河岸、黑影，她灵魂里洋溢着的控制不住的喜悦，都在告诉她，说她将来会成为大艺术家，说在远方那一边，在月光照不着的那一边，在一个广漠无垠（广大空旷、无边无际）的天地里，成功啦，荣耀啦，人们的爱戴啦，都在等她……她眼也不眨地凝神瞧着远方，瞧了很久，好像看见成群的人、亮光、听见胜利的音乐的节奏、痴迷的喊叫，看见她自己穿一身白色连衣裙，花朵从四面八方像雨点般落在她身上。她还想到跟她并排站着、用胳膊肘倚着船边栏杆的这个人，是个真正伟大的人、天才、上帝的臣民……这以前他的一切创作都优美、新颖、不平凡，可是等到他那绝世的天才成熟了，绚烂起来，他的创作就会惊天动地，无限高超，这是只要凭他那张脸，凭他的说话方式，凭他对大自然的态度就看得出来的。他用他自己的话语，照他所独有的方式，讲到黑影、黄昏的情调、月光，使人不能不感到他那驾驭大自然的威力是多么摄（shè）人心魄（吸取人的心魂）。他本人很漂亮，有独创能力。他的生活毫无牵挂，自由自在，超然于一切世俗烦恼之外，跟鸟儿的生活一样。

“天凉了。”奥莉加·伊万诺夫娜说着打了个冷战。

里亚博夫斯基拿自己的斗篷给她披上，凄凉地说：

“我觉着我落在您的掌心里了。我成了奴隶。为什么您今天这样迷人啊？”

他一直凝神瞧着她，动也不动。他的眼睛可怕，她不敢看他了。

“我发疯地爱您……”他凑着她的耳朵说，他的呼吸吹着她的脸蛋儿。“只要对我说一个字，我就不活下去，丢开艺术了……”他十分激动，嘟嘟哝哝说，“您爱我吧，爱我吧……”

“不要说这种话，”奥莉加·伊万诺夫娜说，闭上眼睛。“这真可怕。而且，那德莫夫怎么办呢？”

“德莫夫是什么人？为什么跑出来一个德莫夫？德莫夫跟我什么相干？这儿只有伏尔加、月亮、美丽、我的爱、我的痴迷，压根儿就没有什么德莫夫不德莫夫……唉！我什么也不知道……我不管过去，只求眼前给我一会儿……一会儿的快乐吧！”

奥莉加·伊万诺夫娜的心跳起来。她用心想一想她的丈夫，可是她觉得一切往事，以及她的婚姻、德莫夫、她的晚会，都显得渺小、琐碎、朦胧，不必要，远而又远了……真的，德莫夫是什么人？为什么跑出来一个德莫夫？德莫夫跟她什么相干？而且，他究竟是实有其人呢，还是只不过是个梦？

“对他那么一个普通而又平凡的人来说，过去他享受到的幸福也就足够了，”她想，用手蒙上脸。“随他们批评我好了，随他们诅咒我好了。我呢，偏要这样，情愿灭亡。偏要这样，情愿灭亡！生活里的一切都该体验一下才对。天呐，多么可怕，可又多么痛快啊！”

“啊，怎么着？怎么着？”画家喃喃地说，搂住她，贪婪地吻她的手，她软绵绵地想推开他。“你爱我吗？爱吗？爱吗？啊，什么样的夜晚！美妙的夜晚啊！”

“是啊，什么样的夜晚！”她小声说，瞧着他那双含着眼泪而发亮的眼睛。然后她很快地往四下里看一眼，搂住他，使劲吻他的嘴唇。

“我们靠近基涅西莫了！”在甲板的那一头，有人说。

他们听到沉重的脚步声。那是饮食间里的仆役走过他们身旁。

“听着，”奥莉加·伊万诺夫娜对那人说，幸福得又哭又笑，“给我们拿点葡萄酒来。”

画家激动得脸色发白，坐在凳子上，用爱慕而感激的眼睛瞧着奥莉加·伊万诺夫娜，然后闭上眼睛，懒洋洋地微笑着说：

“我累了。”

他把脑袋倚在栏杆上。

五

九月二日天气温暖，没有风，可是天色阴沉。一清早，伏尔加河上飘着薄雾，九点钟以后下起小雨来了。天色一点也没有晴朗的希望。喝早茶的时候，里亚博夫斯基对奥莉加·伊万诺夫娜说，画画儿是顶吃力不讨好、顶枯燥乏味的艺术，说他算不得画家，说只有傻瓜才会认为他有才能，说啊说的，忽然无缘无故拿起一把小刀，划破了他的最好的一张画稿。喝完茶以后，他满脸愁容，坐在窗口，眺望伏尔加。可是伏尔加没有一点光彩，混浊暗淡，看上去冷冰冰的。一切，一切，都使人想起凄凉萧索的秋天就要来了。两岸苍翠的绿毯、日光灿烂的反照、透明的蓝色远方，以及大自然一切华丽的盛装，现在仿佛统统从伏尔加那里搬走，收在箱子里，留到来春再拿出来似的。乌鸦在伏尔加附近飞翔，讥诮（qiào）（讽刺）它：“光啦！光啦！”里亚博夫斯基听着它们聒（guō）噪（声音杂乱），想到自己已经走下坡路，失去了光彩，想到在人世间，一切都是有条件的、相对的、愚蠢的，想到他不应该缠上这个女人……总之，他心绪不好，胸中郁闷。

奥莉加·伊万诺夫娜坐在隔板那一面的床上，用手指头梳理她那美丽的亚麻色头发，一会儿幻想自己在客厅里，一会儿在卧室里，一会儿在丈夫的书房里。她的想象带她到剧院里，到女裁缝家里，到出名的朋友家里。现在他们在干什么？他们想念她吗？筹备晚会的时令已经开始了。还有德莫夫呢？亲爱的德莫夫！他在信上多么温存，多么稚气而哀伤地求她赶快回家呀！他每月给她汇来七十五卢布。她写信告诉他说，她欠那些画家一百卢布，他就把那一百卢布也汇来了。多么善良而慷慨的人！旅行使得奥莉加·伊万诺夫娜厌倦了，她觉着无聊，恨不能赶快躲开这些乡下人，躲开河水的潮气，摆脱周身不干净的感觉才好，这种不干不净是她从这个村子迁移到那个村子，住在农民家里时时刻刻都感到的。要不是因为里亚博夫斯基已经对那些画家认真地答应过要跟他们在此地一直住到九月二十日，那他们今天就可以走了。要是今天能够走掉，那多好！

“我的上帝啊，”里亚博夫斯基唉声叹气，“到底什么时候才会出太阳呀？没有太阳，我简直没法接着画那幅阳光普照的风景画了！”

“可是你有一张画稿画的是阴云的天空，”奥莉加·伊万诺夫娜说，从隔板那一面走过来。“你记得吗，在右边的前景上是一片树林，左边是一群母牛和公鹅？现在你不妨把它画完。”

“哼！”画家皱起眉头，“画完它！难道您当我有那么笨，自己都不知道自己该做什么！”

“你对我的态度变得好厉害哟！”奥莉加·伊万诺夫娜叹口气。

“哼，那才好。”

奥莉加·伊万诺夫娜的脸抖着。她走开，到火炉那边去，呜呜地哭了。

“对，只差眼泪了。算了吧！我有一千种理由要哭，可我就不哭。”

“一千种理由！”奥莉加·伊万诺夫娜哭道，“顶重要的理由是您已经嫌弃我了。对了！”她说着，哭起来。“实话实说，您在为我们的恋爱害臊。您一个劲儿防着那些画家发现我们的关系，其实要瞒也瞒不住，他们早就全都知道了。”

“奥莉加，我只求您一件事，”画家恳求道，把手按住心口，“只求一件事：别折磨我！此外，我也不求您别的了。”

“可是请您赌咒说，您仍旧爱我！”

“这真是磨人！”画家咬着牙说，跳起来。“搞到最后，我只好去跳伏尔加河，或者发疯了事！躲开我！”

“好，打死我吧，打死我吧！”奥莉加·伊万诺夫娜叫道，“打死我吧！”

她又哭起来，走到隔板的那一面去了。雨哗哗地落在小屋的草顶上。里亚博夫斯基抱着头，在小屋里走来走去，然后现出果断的脸色，仿佛要向谁证明什么似的，戴上帽子，把枪挂在肩上，走出小屋去了。

他走后，奥莉加·伊万诺夫娜在床上躺了很久，哭着。起初，她心想索性服毒，让里亚博夫斯基一回来就发觉她死了才好。然后她的幻想把她带到客厅里，带到丈夫的书房里，她想象自己一动也不动地坐在德莫夫身旁，全身享受着安宁和洁净，到傍晚就坐在剧院里，听玛西尼[①]唱歌。她想念文明，想念城里的热闹和名人，把心都想痛了。一个农妇走进小屋来，不慌不忙地动手生炉子烧饭。屋里弥漫着木炭烧焦的气味，空中满是淡蓝的烟雾。画家们回来了，穿着泥泞的高筒靴，脸上沾着雨水，凝神瞧着画稿，用安慰的口气自言自语，说是哪怕遇到坏天气，伏尔加也自有它的妩媚。墙上，那个不值钱的钟滴答滴答响……受了冻的苍蝇聚在墙角里的圣像四周，嗡嗡地叫。人可以听见蟑螂在凳子底下那些大皮包中间爬来爬去……

里亚博夫斯基直到太阳下山才回到家。他把帽子丢在桌子上，没脱他那泥泞的靴子，脸色苍白，筋疲力尽地倒在长凳上，闭上眼睛。

“我累了……”他说，皱着眉头，竭力想抬起眼皮来。

奥莉加·伊万诺夫娜为要对他亲热，表示她没生气，就走到他面前，默默地吻他一下，把梳子放到他金色的头发里。她想给他梳一梳头。

“怎么回事？”他说，打个冷战，睁开了眼睛，仿佛有什么凉东西碰到他身上似的。“怎么回事？请您躲开我，我求求您。”

他推开她，走掉了。她觉着他脸上现出憎恶和厌烦的神情。这当儿，一个农妇小心翼翼地用两只手给他端来一盆白菜汤，奥莉加·伊万诺夫娜看见她那大手指头浸到汤里去了。腆（tiǎn，挺起）起肚子的肮脏的农妇，里亚博夫斯基吃得津津有味的白菜汤，那小屋，这整个生活（她起先由于这生活的简朴和艺术性的杂乱而深深喜爱过），现在都使她觉得可怕。她忽然觉得受了侮辱，就冷冷地说：

“我们得分开一段时间才行，要不然，由于无聊，我们会大吵一架的。我可不愿意这样。我今天要走了。”

“怎么走法？骑着棍子走？”

“今天是星期四，因此九点半钟有一班轮船到这儿。”

“哦？不错，不错……嗯，好，走吧……”里亚博夫斯基轻声说，用毛巾代替食巾擦了擦嘴。“你在这儿闷得慌，没事可干。谁要留你，谁就一定是个大利己主义者。走吧，到本月二十号以后我们就可以见面了。”

奥莉加·伊万诺夫娜兴高采烈地收拾行李。她的脸蛋儿甚至高兴得发红了。她问她自己：难道真的她不久就要在客厅里画画，在寝室里睡觉，在铺着桌布的桌上吃饭了？她心里轻松，她不再生画家的气了。

---

① 当时在俄国演唱的一个意大利歌唱家。

“我把颜料和画笔统统留给你，里亚博夫斯基，”她说，“凡是留下来的，你都带着就是……注意，我走以后，别犯懒，别闷闷不乐，要工作。你是个好样的，里亚博夫斯基！”

到九点钟，里亚博夫斯基给了她临别的一吻，她心想，这是为了免得在轮船上当着那些画家的面吻她。然后，他就送她到码头去。轮船不久就开来，把她装走了。

过了两天半，她回到家里。她兴奋得直喘，没脱掉帽子和雨衣就走进客厅，从那儿又走到饭厅。德莫夫没穿上衣，只穿着坎肩，敞着怀，靠饭桌坐着，正在用叉子磨快刀子。他面前的碟子上放着一只松鸡。奥莉加·伊万诺夫娜走进住宅的时候，相信她得把一切事情瞒住丈夫才成，她相信自己有那个力量，也有那个本事。可是现在，她一看见他那欢畅、温和、幸福的微笑和那双亮晶晶的、快活的眼睛，就觉得瞒住这个人跟毁谤、偷窃、杀人一样的卑鄙、可恶，不可能，而且她也没有力量这样做。一刹那间她决定把一切发生过的事向他和盘托出。她让他吻她，搂她，然后在他面前跪下来，蒙上脸。

“怎么了？怎么了，亲爱的？”他温存地问，“你想家了吧？”

她抬起臊得通红的脸，用惭愧的、恳求的眼光瞧他。可是恐惧和羞耻不容她说出实话来。

“没什么……”她说，“我没什么……”

“我们坐下来吧，”他说，搀起她来，扶她在桌子旁边坐下。“这就对了……你吃松鸡吧。你饿了，小可怜。”

她贪婪地吸进家里的亲切的空气，吃着松鸡。他呢，温存地瞧着她，高兴地笑了。

六

大概直到冬季过了一半，德莫夫才开始怀疑自己受着欺骗。倒仿佛他自己良心不清白似的，他每回遇见妻子，再也不能够面对面地瞧她的眼睛，也不再快活地微笑了。为了少跟她单独待在一块儿，他常常带着他的同事科罗斯捷列夫回家来吃饭，那是个身材矮小、头发剪短、满脸皱纹的男子，每逢跟奥莉加·伊万诺夫娜说话，总是窘得把他那件上衣的所有纽扣一会儿解开，一会儿扣上，然后用右手捻左边的唇髭（zī）（唇上的胡子）。吃饭时候，两个医生谈到横膈膜一升高，有时候就会使心脏发生不规则的跳动，或者谈到近来常常遇到很多神经炎病例，再不然就讲到，前一天德莫夫在解剖一个经诊断害“恶性贫血”的病人尸体的时候，却在胰腺里发现了癌。他们所以谈医学，仿佛只是为了给奥莉加·伊万诺夫娜一个沉默的机会，也就是不必撒谎的机会似的。饭后，科罗斯捷列夫在钢琴那儿坐下来，德莫夫就叹口气，对他说：

“唉，老兄！对，可不是！弹个悲调的曲子吧。”

科罗斯捷列夫就耸起肩膀，伸开手指头，弹了几个音，用男高音唱起来：“指给我看啊，有什么地方俄罗斯农民不呻吟。”① 德莫夫就又叹一口气，用拳头支着头，沉思起来。

奥莉加·伊万诺夫娜近来的举动非常不检点。她每天早晨醒来，心绪总是很坏，心想她已经不爱里亚博夫斯基，因此，谢谢上帝，事情就此了结了。可是喝完咖啡，她又寻思：里亚博夫斯基使她失去了丈夫，现在呢，她既失去了丈夫，又失去了里亚博夫斯基。然后她想起她那些熟人说，里亚博夫斯基正在为画展准备一张惊人的画儿，是用波列诺夫②风格画成的、风俗和风景的混合画，凡是到过他画室的人，看见那幅画儿，都看得入迷。不过她心想：他是在她的影响下才创造出这张画儿来的，总之多亏有她的影响，他才大大地变得好起来。她的影响是那么有益，那么重要，要是她离开他，那他也许会完蛋。她又想起上回他来看她的时候，穿一件带小花点的灰色上衣，系一根新领带，懒洋洋地问她：“我漂亮吗？”凭他那种潇洒的风度、长长的鬈发、蓝蓝的眼睛，他也真的很漂亮（或者，也许只是乍一看才显得漂亮吧），而且他对她很温柔。

奥莉加·伊万诺夫娜想起许多事情，盘算了一阵，就穿好衣服，十分激动地坐上马车，到里亚博夫斯基的画室去了。她发现他兴高采烈，为他那幅真正美丽的画儿得意。他蹦蹦跳跳，十分顽皮，不管人家提出多么严肃的问题，总是打个哈哈了事。奥莉加·伊万诺夫娜嫉妒里亚博夫斯基画出那张画儿，痛恨那张画儿，可是她出于礼貌，只好在那张画儿面前默默地站了五分钟光景，仿佛见到什么神圣的东西似的叹一口气，轻轻地说：

“是啊，这样的画儿以前你还从来没有画过。要知道，简直叫人生出满腔敬畏的心呢。”

然后，她开始要求他爱她，别丢开她，要求他怜悯她这个可怜而不幸的人。她哭，吻他的手，逼他发誓说他爱她，还对他说：缺了她的好影响，他就会走上岔路，完蛋。等到她扫了他的兴，觉着她自己有说不尽的委屈，就坐上车到女裁缝那儿去，或者到她认识的女演员那儿去要戏票。

---

① 俄国诗人涅克拉索夫的诗句。

② 波列诺夫（1844—1927），俄罗斯的现实主义风景画家。

要是她在他的画室里没找到他，就给他留下一封信，信上发誓说：如果他当天不来看她，她准定服毒自尽。他害了怕，就去看她，留下来吃午饭。虽然她的丈夫在座，他却并不顾忌，用话顶撞她，她也照样还敬他。两个人都觉得彼此要拆也拆不开，都觉得对方是暴君和敌人，都气愤，在气愤中却没留意到，他们两人的举动很不得体，连头发剪短的科罗斯捷列夫也全看明白了。饭后，里亚博夫斯基匆匆告辞，走了。

“您上哪儿去？”奥莉加·伊万诺夫娜在前厅带着憎恨瞧着他，问道。

他皱起眉头，眯细眼睛，信口念出一个他俩都认得的女人的名字。他明明在讪(shàn)笑（讥笑）她的醋意，有意惹她生气。她就回到她的寝室，倒在床上。她由于嫉妒、烦恼，有委屈又羞耻的感觉，咬着枕头，哇哇地哭起来。德莫夫在客厅里丢下科罗斯捷列夫，走进寝室来，又慌张又着急，低声说：

“别哭得这么响，亲爱的……这是何苦呢？这种事千万不要声张出去……千万别让人看出来……你知道，已经发生的事是不能挽救的了。”

沉重的嫉妒简直要弄得她的太阳穴炸开来，她不知道怎样才能平息这种嫉妒，同时，她又觉着事情仍旧可以挽回，于是她把泪痕斑斑的脸洗一下，扑上粉，飞快地跑到刚才提到过的那个女人家里去了。她在那女人家里没找到里亚博夫斯基，就坐上车，到另一个女人家里，然后又到第三个女人家里……起初，照这样乱跑，她还觉着难为情，可是后来她跑惯了，往往一个傍晚跑遍她认识的一切女人的家，为的是找到里亚博夫斯基。大家也都明白这是怎么回事。

一天，她对里亚博夫斯基讲起她的丈夫：

“这个人用宽宏大量压迫我！”

她很喜欢这句话，她遇到那些知道她跟里亚博夫斯基的关系的画家，一谈起她的丈夫，她就把胳膊用力地一挥，说道：

“这个人用宽宏大量压迫我！”

他们的生活方式跟去年一模一样。每到星期三，他们总是举行晚会。演员朗诵、画家绘画、大提琴家弹奏、歌唱家演唱。照例一到十一点半钟，通到饭厅去的门就开了，德莫夫带着笑容说：

“诸位先生，请吃点东西吧。”

奥莉加·伊万诺夫娜照旧找名流，找到了又不满足，就再找。她每天晚上照旧很迟才回来。可是德莫夫却不像去年那样已经睡觉，他坐在他的书房里，在写什么东西。他三点钟左右才上床睡觉，八点钟就起来了。

一天傍晚，她正准备到剧院去，站在穿衣镜面前，忽然德莫夫走进她的寝(qǐn)室（卧室）来，穿着礼服，打着白领结。他温和地微笑着，跟从前那样快活地瞧着他妻子的眼睛。他的脸放光。

“我刚才宣读了我的学位论文。”他说，坐下来，揉着他的膝头。

“宣读?”奥莉加·伊万诺夫娜问。

“呵呵!”他笑了，伸出脖子瞧镜子里他妻子的脸，因为她仍旧背对着他站在那儿，理她的头发。“呵呵!”他又笑一遍，“你知道，他们很可能给我病理总论的讲师资格。看样子恐怕会的。”

从他那神采焕发的、幸福的面容上看得出来，只要奥莉加·伊万诺夫娜跟他一块儿高兴、一块儿得意，那他样样事情都会原谅她，不但现在原谅，将来也一样，他会把一切都忘掉。可是她不懂什么叫做“讲师资格”，或者“病理总论”，此外，她担心误了戏，就什么话也没说。

他在那儿坐了两分钟，然后，带着自觉有罪的笑容走出去了。

七

那是很不平静的一天。

德莫夫头痛得厉害。他早晨没喝茶，也没去医院，一直躺在书房里一张土耳其式长沙发上。中午十二点多钟，奥莉加·伊万诺夫娜照例出门去找里亚博夫斯基，想给他看她画的静物写生画，还要问他昨天为什么没来看她。她觉得这张画儿并没什么价值，她画它，只不过要找一个不必要的借口到画家那儿去一趟罢了。

她没有拉铃就照直走进门去看他。她在门道脱雨鞋的时候，仿佛听见一个什么东西轻轻跑进画室去了，带着女人衣襟的沙沙声。她赶紧往里一看，只瞧见一段棕色的女裙闪了一闪，藏到一幅大画后面去了。有一块黑布蒙着那张画儿和画架，直盖到地板上。没有问题，有个女人躲起来了。想当初她奥莉加·伊万诺夫娜自己就常在那张画儿后面避难！里亚博夫斯基分明很窘，仿佛对她的光临觉着奇怪似的，向她伸出两只手，赔着笑脸说：

“呵呵！看见您很高兴。有什么好消息吗?”

奥莉加·伊万诺夫娜的眼睛里满是泪水。她又害羞又心酸。哪怕给她一百万卢布，她也绝不肯当着那个陌生的女人，那个情敌，那个虚伪的女人的面讲一句话，那女人现在正站在画儿背后，多半在恶毒地暗笑吧。

“我带给您一幅画稿……”她用细微的声音怯生生地说，嘴唇发抖。“Nature morte.①”

“哦哦！画稿吗？”

画家用手接过那幅素描，一边瞧着，一边走，仿佛不经意地走进了另一个房间。

奥莉加·伊万诺夫娜乖乖地跟着他走。

“Nature morte……上等货，”他嘟嘟哝哝地说，渐渐押起韵来了，“罗……莫……祸……”

从画室里传来匆匆的脚步声和衣襟的沙沙声。这样看来，她已经走了。奥莉加·伊万诺夫娜恨不能大叫一声，拿起一个重东西照准画家的脑袋打过去，然后走掉，可是她泪眼模糊，什么也看不见，羞得什么似的，觉得自己已经不是奥莉加·伊万诺夫娜，也不是画家，只是个小小的甲虫了。

“我累了……”画家瞧着那幅画稿，懒洋洋地说，摇晃脑袋，好像要打退睡意似的。“当然，这幅画儿挺不错，不过今天一幅，去年一幅，过一个月又一幅……您怎么会画不腻呢？换了我是您，我就不画这东西了，认真搞音乐什么的了。您本来就不能做画家，您是音乐家。可是您知道，我多累啊！我马上去叫他们拿点茶来……好吗？”

他走出房间，奥莉加·伊万诺夫娜听见他对他的听差交代几句话。为了避免告辞和解释，尤其是为了避免哭出来，她趁里亚博夫斯基还没回来，赶快跑到门道，穿上雨鞋，走到街上。这时候，她呼吸才算畅快，觉得她跟里亚博夫斯基，跟绘画，跟方才在画室里压在她心上的沉重的羞辱感觉，从此一刀两断了。什么都完了！

她坐上车子到女裁缝那儿，然后去看昨天刚到此地的巴尔纳伊②，又从巴尔纳伊那儿到一家乐谱店，心里时时刻刻盘算怎样给里亚博夫斯基写一封又冷又狠、充满个人尊严的信，怎样到开春或是夏天跟德莫夫一块儿到克里米亚去，在那儿跟过去的生活一刀两断，从头过起新的生活。

傍晚很迟了，她才回到家。她没有脱掉外衣就走进客厅，坐下来写信。里亚博夫斯基对她说什么她做不了画家，现在为了报复，她就还敬他几句，写道，他年年画的老是那一套东西，天天讲的老是那一套话。她还写道，他已经站住不动，除了

---

① 法语：静物。

② 德国话剧演员。

已有的成绩以外，此后他休想有什么成绩了。她还想写下去，说他过去大大沾了她的好影响的光，如果他从此走下坡路，那只是因为她的影响被各式各样的暧昧人物，例如今天藏在画儿背后的那个家伙，抵消了。

“亲爱的!”德莫夫在书房里叫道，没有开门。“亲爱的!”

“你有什么事?”

“亲爱的，你不要上我屋里来，只在门口站住好了。是这么回事……前天我在医院里传染了白喉，现在……我病了。快去请科罗斯捷列夫来。”

奥莉加·伊万诺夫娜对丈夫素来称呼姓，她对她熟识的男人都是这样称呼的。她不喜欢他的教名奥西普，因为那名字总叫她联想到果戈理的奥西普[①]，和一句俏皮话：“奥西普，爱媳妇；阿西福，开席铺。”现在她却叫道：

“奥西普，不会的!”

“快去吧！我病了……”德莫夫在门里面说，她可以听见他走回去，在长沙发上躺下来。“快去吧!”他的声音含糊地传来。

“这是怎么回事?”奥莉加·伊万诺夫娜想，吓得周身发凉。“这病危险得很呐!”

她完全不必要地举着蜡烛走进寝室。在那儿，她盘算着她该怎么办，无意中往穿衣镜里看自己一眼。她瞧见她那苍白的、惊骇的脸，高袖口的短上衣，胸前的黄褶子，裙子上特别的花条，觉着自己又可怕又难看。她忽然热辣辣地感到对不起德莫夫，对不起他对她的那种深厚无边的爱情，对不起他年轻的生命，甚至对不起他好久没来睡过的那张空荡荡的小床。她想起他那常在的、温和的、依顺的笑容。她哀哀地哭了一场，给科罗斯捷列夫写一封央求的信。那已经是夜里两点钟了。

八

早晨七点多钟，奥莉加·伊万诺夫娜由于没有睡足而脑袋发沉，头发没有梳，模样很不好看，脸上带着惭愧的神情，走出寝室来。这时候有一位先生，留着一把黑胡子，大概是医师，走过她面前，到前堂去了。屋里有药气味。科罗斯捷列夫站在书房的门旁，用右手捻着左边的唇髭。

“对不起，我不能让您进去看他，”他阴沉地对奥莉加·伊万诺夫娜说。“这病会传染人的。况且，实际上，您也不必进去。反正他在发高烧，说昏话。”

“他真的得了白喉吗?”奥莉加·伊万诺夫娜小声问。

---

① 果戈理的剧本《钦差大臣》中的一个仆人。

“老实说，他是自作孽，不可活，”科罗斯捷列夫嘟嘟哝哝地说，没有回答奥莉加·伊万诺夫娜问的话。“您知道他怎样传染到这病的？星期二那天，他用吸管吸一个害白喉的男孩子的薄膜。这是为什么？这是愚蠢……是啊，胡闹……”

“他病得重吗？很重吗？”奥莉加·伊万诺夫娜问。

“对了，据说这是顶厉害的那种白喉。真的，应当把希列克请来才对。”

一个矮小的红发男子来了，鼻子很长，讲话带犹太人的口音。然后来了一个高大、伛偻、头发蓬松的人，看样子像是医生。随后又来了一个很胖的青年，生一张红脸，戴着眼镜。这是医师们到他们的同事身旁来轮流值班。科罗斯捷列夫值完班，并不回家，却留在这儿，像阴影似的在各房间里穿来穿去。女仆忙着给值班的医师端茶，常跑到药房去，因此没有人收拾房间了。到处都安安静静、阴阴惨惨。

奥莉加·伊万诺夫娜坐在自己的寝室里，心想这是上帝来惩罚她了，因为她欺骗她的丈夫。那个沉默寡言（说话很少）、从不诉苦、使人不能理解的人，脾气温柔得失去了个性，又过分的忠厚，变得缺乏意志，为人软弱，这时候却独自待在一个地方，冷冷清清，躺在他那长沙发上受苦，一句抱怨的话也不说。要是他说出抱怨的话来，哪怕是在高烧中，值班的医师也会知道毛病并不是单单出在白喉上。他们就会去问科罗斯捷列夫。他是什么都知道的，难怪他瞧着他朋友的妻子的时候，眼神好像在说：她才是真正的主犯，白喉不过是她的同谋犯罢了。现在她不再回想伏尔加河上的那个月夜，也不再回想那些爱情的剖白，更不回想他们在农舍里的诗意生活，而只回想：她，由于无聊的空想，由于娇生惯养，已经用一种又脏又黏的东西把自己从头到脚统统弄脏，从此休想洗得干净了……

“哎呀，我做假做得太厉害了！”她记起她跟里亚博夫斯基那段烦心的恋爱，不由得想道：“这种事真该死！”

到四点钟，她跟科罗斯捷列夫一块儿吃午饭。他一点东西也不吃，光是喝红葡萄酒，皱着眉头。她也什么都没吃。她有时候暗自祷告，向上帝起誓：要是德莫夫病好了，她一定再爱他，做他的忠实妻子。有时候她又暂时忘了自己，瞧着科罗斯捷列夫，暗想：“做一个默默无闻的普通人，没有一点出众的地方，再加上生着那么一张满是皱纹的脸，一点也不懂礼貌，难道不乏味吗？”有时候她又觉着上帝一定会立刻来弄死她，因为她担心传染，一次也没到她丈夫的书房里去过。总之，她心绪麻木阴郁，相信她的生活已经毁掉，再怎么样也没法挽救了……

饭后，天擦黑了。奥莉加·伊万诺夫娜走进客厅，科罗斯捷列夫正躺在睡椅上睡觉，把一个金线绣的绸垫子枕在脑袋底下。“希——普——啊，”他在打鼾，“希——普——啊。”

医师们来值班，进进出出，却始终没有留意这种杂乱。一个陌生的人躺在客厅里睡觉和打鼾也好，墙上挂着那么多的画稿也好，房间布置得那么别致也好，这房子的女主人头发蓬松，衣冠不整也好，总之，现在，这一切全引不起一丁点儿兴趣了。有一位医师偶尔不知因为什么笑了一声，那笑声带一种古怪而胆怯的音调，听了甚至叫人害怕。

等到奥莉加·伊万诺夫娜第二回走进客厅里来，科罗斯捷列夫已经不再睡觉了，而是坐着抽烟了。

“他得了鼻腔白喉症，”他低声说，“心脏已经跳得不正常了。真的，事情不妙。”

“那么您去请希列克吧。”奥莉加·伊万诺夫娜说。

“他已经来过了。发现白喉转到鼻子里去的，就是他。唉，希列克有什么用！真的，希列克一点用也没有。他是希列克，我是科罗斯捷列夫，如此而已。”

时间拖得长极了。奥莉加·伊万诺夫娜在一张从早上起就没收拾过的床上和衣躺下，迷迷糊糊睡着了。她梦见整个宅子里，从地板到天花板，装满一大块铁，只要能够把那块铁搬出去，大家就会轻松快活了。等到醒过来，她才想起那不是铁，而是德莫夫的病。

“Nature morte，祸……”她想，又变得什么都想不起来了。“罗……莫……希列克怎么样？西列克……东列克……南列克……现在我的朋友们在哪儿啊？他们知道我们遭了难吗？主啊，救救我……可怜我。西列克……东列克……”

那块铁又来了……时间拖得很长，可是楼下的钟常常敲响。门铃一个劲儿响，医师们陆陆续续进来……女仆走来，端着盘子，上面摆着一个空玻璃杯。她问道：

“要我把床收拾一下吗，太太？”

听不到答话，她就走了。下面的钟敲着。她梦见伏尔加河上的雨。又有人走进寝室来，仿佛是一个陌生人。奥莉加·伊万诺夫娜跳起来，认出那人是科罗斯捷列夫。

“现在什么时候？”她问。

“将近三点钟。”

“哦，什么事？”

“还有什么好事！我是来告诉您，他去世了……”

他呜呜地哭了，在床边挨着她坐下，用袖口擦眼泪。她一下子还明白不过来，可是紧跟着周身发凉，开始慢慢地在胸前画十字。

“他去世了……”他用细微的声音再说一遍，又哭了。“他死，是因为他牺牲了自己……对科学来说，这是多大的损失啊！”他沉痛地说，“要是拿我们全体跟他比一下，他真称得起是伟大的人，不平凡的人！什么样的天才啊！他给我们大家多大的希望呀!"科罗斯捷列夫接着说，绞着手。"我的上帝啊，像这样的科学家，现在我们就是打着火把也找不着了。奥西卡·德莫夫，奥西卡·德莫夫，你凭什么落到这个地步啊！唉，我的上帝啊!"

科罗斯捷列夫灰心得用两只手蒙上脸，摇头。

"而且他有那么大的道德力量!"他接着说，好像越来越气恼什么人似的。"这是一个善良、纯洁、仁慈的灵魂，不是人，是水晶！他为科学服务，为科学而死。他一天到晚跟牛一样地工作，谁也不怜惜他。这个年轻的科学家，未来的教授，却不得不私人行医，晚上做翻译工作，好挣下钱来买这些……无聊的废物!"

科罗斯捷列夫带着憎恨瞧着奥莉加·伊万诺夫娜，伸出两只手抓起被单，气冲冲地撕扯它，倒好像都怪被单不好似的。

"他不怜惜自己，别人也不怜惜他。唉，真的，空谈一阵有什么用!"

"对，真是一个天下少有的人!"客厅里有人用男低音说。奥莉加·伊万诺夫娜回想她跟他一块儿过的全部生活，从头到尾所有的细节一个也不漏。她这才忽然明白：他果然是一个天下少有的、不平凡的人，拿他跟她认识的任何什么人相比，真要算是伟大的人。她想起去世的父亲以及所有跟他共事的医师怎样看待他，她这才明白，他们都认定他是一个未来的名人。墙啊，天花板啊，灯啊，地板上的地毯啊，好像一起对她投来讥讽的眼光，仿佛要说："错过机会啰！错过机会啰!"她哭着冲出寝室，跑过客厅里一个不相识的男子身边，奔进丈夫的书房里去。他一动也不动地躺在一张土耳其式长沙发上，从腰部以下盖着一条被子。他的脸消瘦干瘪(biě)（干而收缩，不丰满）得可怕，脸色又黄又灰，活人脸上是看不见那种颜色的。只有凭了那个额头、凭了黑眉毛、凭了那熟悉的微笑，才认得出他就是德莫夫。奥莉加·伊万诺夫娜赶快摸他的胸、他的额头、他的手。胸口还有余温，可是额头和那双手却凉得摸上去不舒服了。那对半睁半闭的眼睛没有瞧着奥莉加·伊万诺夫娜，却瞧着被子。

"德莫夫!"她大声喊叫，"德莫夫!"

她想对他说明过去的事都是错误，事情还不是完全没法挽救，生活仍旧可以又美丽又幸福。她还想对他说，他是一个天下少有的、不平凡的、伟大的人，她会一生一世地尊崇他，向他膜拜，感到神圣的敬畏……

"德莫夫!"她叫他，拍他的肩膀，不相信他从此不会再醒来了。"德莫夫！德莫夫啊!"

客厅里，科罗斯捷列夫正在对女仆发话：

"干吗一个劲儿地死问？您上教堂看守人那儿去，问一声靠养老院养活的那些老太婆住在哪儿。她们自会擦洗尸身，装殓起来，该做的事都会做好。"

导 读

仆役尼古拉身患重病，带着他的妻子和女儿回到老家，和父母兄弟一起生活，希望得到好的疗养。然而，当他们回到农村时，却引出一系列的矛盾。尼古拉的父母兄弟都各有自己生活上的困境，也都各有自己性格上的缺陷，亲人们的愚昧让尼古拉的死亡加速。所以尼古拉死后，他的妻子和女儿很快就从这个让人窒息的地方逃回到城市打工。

农 民（精读）

一

莫斯科旅馆“斯拉夫商场”的一个仆役尼古拉·契基尔杰耶夫害病了。他的两条腿麻木，脚步不稳，因此有一天他手里托着一个盘子，盘子里盛着一份火腿加豌豆，顺过道走着，绊一个筋斗，摔倒了。他只好辞去职务。他已经把他自己和他妻子所有的钱都花在治病上，他们没法生活了，而且闲着没事做也无聊，就决定应该回家乡，回村子里去。在家里不但养病便当些，生活也便宜些。俗语说，“在家千日好，出门一时难”①，这话不是没有道理的。

没有繁琐的铺陈，直接引出故事主人公，直入情节是契诃夫一贯的写作风格。

将近黄昏，他到了他的故乡茹科沃。据他小时候的记忆，故乡的那个家在他的心目中是个豁亮、舒服、方便的地方，可是现在一走进木房，他简直吓一跳，那么黑，那么窄，那么脏。他妻子奥莉加和他女儿萨莎是跟他同路来的，她们瞧着那个不像样的大炉子发了呆，它差不多占据半间屋子，给煤烟和苍蝇弄得污黑。好多的苍蝇哟！炉子歪了，墙上的原木歪歪斜斜，好像小木房马上就要塌下来似的。在前面墙角靠近圣像的

乡村的脏乱与城市形成鲜明的对比。

① 原文直译是“在家庭的四面墙壁里有帮助”。

地方，贴着瓶子上的商标纸和剪下来的报纸，这些是用来代替画片的。穷啊，穷啊！大人一个也不在家。大家都收庄稼去了。炉台上坐着一个八岁上下的、淡黄色头发的姑娘，没洗脸，露出冷冷淡淡的神情，她甚至没有看一眼这些走进来的人。下面，一只白猫正在炉叉上蹭痒痒呢。

精练的语言，简洁地勾勒出悲惨的农村生活图景。

“猫咪，猫咪！”萨莎叫它，“猫咪！”

“我们这只猫听不见，”那小姑娘说，“它聋了。”

“为什么？”

“是啊。它挨了打。”

尼古拉和奥莉加头一眼就瞧出来这儿的生活是什么样子，可是彼此都没说话。他们一声不响地放下包袱，一声不响地走出门外，到街上去了。从尽头数起他们的木房算是第三家，看上去好像是顶穷苦、顶古老的一家。第二家也好不了多少。可是尽头的一家却有铁皮房顶，窗上挂着窗帘。那所木房孤零零地立在那儿，四周没有围墙，那是一个小饭铺。所有的木房排成一单行，整个小村子安静而沉思，从各处院子里伸出柳树、接骨木、山梨树的枝子，有一种愉快的景象。

对比的描写：破乱的木头房和有窗帘的铁皮房顶房子，突出穷人和富人之间的贫富差距。

在农民住房的背后，有一道土坡溜到河边，直陡而险峻，这儿那儿的黏（nián）土里露出一块块大石头。在陡坡上，有一条小路顺着那些石头和陶工所挖的坑旁边蜿蜒出去。一堆堆碎陶器的破片，有棕色的，有红色的，在各处垒得很高。坡下面铺展着一片广阔、平整、碧绿的草场，草已经割过，如今农民的牲口正在那儿蹓跶（liū da）（溜达、走来走去）。那条河离村子有一俄里远，在美丽的、树木茂密的两岸中间弯弯曲曲流过去。河对岸又是一个广阔的草场，有一群牲口和长长的好

安静详和、美丽怡人的自然环境与贫穷的生活形成鲜明对比。

儿排白鹅。过了草场，跟河这边一样，有一道陡坡爬上山去。坡顶上有一个村子和耸起五个拱顶的教堂，再远一点是一个老爷的房子。

“你们这儿真好！”奥莉加说，对着教堂在胸前画十字，“主啊，多么宽敞啊！”

正好这当儿，钟声响起来，召人去做彻夜祈祷（这是星期六的黄昏）。下面有两个小姑娘，抬着一桶水，回过头去瞧着教堂，听那钟声。

“这会儿，‘斯拉夫商场’正在开饭……”尼古拉沉思地说。

尼古拉和奥莉加坐在陡坡的边上，观赏日落，看金黄和绯红的天空怎样映在河面上，映在教堂的窗子上，映在空气中。空气柔和、沉静、难以形容的纯净，这在莫斯科是从来也没有的。太阳下山，成群的牲口走过去，咩（miē）咩（羊叫声）地、哞（mōu）哞（牛叫的声音）地叫着，鹅从对岸飞过河来，然后四下里又沉静了。柔和的亮光融解在空气里，昏暗的暮色很快地降下来。

农村的自然环境，保存着那份原生态的美，这里借人物活动的环境来强化人物性格中诗意的情感。

这当儿，尼古拉的父母，两个干瘦的、驼背的、掉了牙的老人，身材一般高，回家来了。两个女人，儿媳妇玛丽亚和菲奥克拉，本来在对岸的地主庄园上工作，也回家来了。玛丽亚是尼古拉的哥哥基里亚克的妻子，有六个孩子。菲奥克拉是他弟弟杰尼斯的妻子，有两个孩子，杰尼斯出外当兵去了。尼古拉一走进木房，看见全家的人，看见高板床上、摇篮里、各处墙角里那些动弹着的大大小小的身体，看见两个老人和那些女人怎样用黑面包泡在水里，狼吞虎咽地吃下去，他就暗想：他这么生着病，一个钱也没有，回到这里来，而且带着家眷，是做错了，做错了！

肖像描写，用简练的语言描绘了一对年老的夫妇。

直接的正面的场景描写突出他们一家艰难的生活，为下文一系列矛盾的展开做好铺垫。

“哥哥基里亚克在哪儿？”他们互相招呼过后，他问。

“他在一个商人那儿做看守人，”他父亲回答，“他住在那边树林子里。他呢，倒是个好样儿的庄稼汉，就是酒喝得太厉害。”

“他不是挣钱的人！”老太婆辛酸地说，“咱们这一家的庄稼汉都倒霉，都不带点什么回家来，反倒从家里往外拿。基里亚克喝酒，老头子呢，也认得那条上小饭铺去的路，这种罪孽(niè)（罪过）也用不着瞒了。这是圣母生了咱们的气。”

生动而形象地描写了农村极度贫困的生活现状。

由于来了客人，他们烧起茶炊来。茶有鱼腥气，糖是灰色的，而且已经有人咬过。蟑螂在面包和碗盏上爬来爬去。喝这种茶叫人恶心，谈话也叫人不舒服，谈来谈去总离不了穷和病。可是他们还没喝完一杯茶，忽然院子里传来响亮的、拖长的、醉醺醺的声音：

“玛——丽亚！”

“看样子好像基里亚克来了，”老头子说，“说起他，他就来了。”

一片沉寂。过了不大工夫，嚷叫声又响起来，又粗又长，好像是从地底下发出来的：

“玛——丽亚！”

玛丽亚的神态显示出了她内心的恐惧，侧面也折射出了基里亚克的凶暴。

大儿媳妇玛丽亚脸色变白，缩到炉子那边去。这个结实的、宽肩膀的、难看的女人的脸上会现出这么害怕的神情，看上去很有点古怪。她女儿，那个原先坐在炉台上、神情淡漠的小姑娘，忽然大声哭起来。

“你叫什么，讨厌鬼！”菲奥克拉对她吆喝道。她是一个漂亮的女人，身体也结实，肩膀也宽。“他不会打死她，不用怕！”

通过别人看到基里亚克的反映，从侧面衬托此人的粗暴、可恶。

尼古拉已经从老头子口里听说玛丽亚不敢跟基里亚克一块儿住在树林子里。每逢他喝醉酒，他总来找她，大吵大闹，死命地打她一顿。

“玛——丽亚！”嚷叫声从门口传来。

玛丽亚的表现显示了她对丈夫极端的畏惧。

“看在基督面上，救救我，亲人们，”玛丽亚嘟嘟哝哝地说，喘着气，仿佛浸在很冷的水里似的。“救救我，亲人们……”

通过几段的描写，把基里亚克的外貌与性格逐次展现，不集中描写这是契诃夫最惯用的手法之一。

木房里的孩子有那么多，他们一齐哭起来。萨莎学他们的样，也哭起来。先是传来一声醉醺醺的咳嗽，随后有一个身材高大、满脸黑胡子的农民，戴着一顶冬天的帽子走进木房里来，由于小灯射出昏暗的光，他的脸看不清，显得很吓人。这人就是基里亚克。他走到妻子跟前，抡起胳膊，一拳头打在她脸上。她没喊出一点声音就给这一拳打昏了，一屁股坐下去，她的鼻子里立刻流出血来。

“好不害臊，好不害臊，”老头子嘟哝着，爬到炉台上去，“而且当着客人的面！造孽哟！”

老太婆一声不响地坐在那儿，躬着身子想心事。菲奥克拉摇着摇篮……显然，基里亚克感到自己招人害怕，心里得意，索性抓住玛丽亚的胳膊，拉她到门口，像野兽似的吼叫，为了显得更可怕些，可是这当儿，他忽然瞧见客人，就停住手。

“哦，他们已经来了……”他说，放了妻子。“亲兄弟跟他家里的人……”

他在圣像前面念完祷告，摇摇晃晃，睁大他那发红的醉眼，接着说：

“亲兄弟跟他家里的人到爹娘家里来了……就是说，打莫斯科来的。就是说，莫斯科那个古时候的京城，所有的城市的母亲……原谅我……”

他在靠近茶炊的一张长凳上坐下，开始喝茶，在一片沉寂里，独有他凑着小碟大声地喝茶……他喝了十来杯，然后在长凳上躺下，打起鼾来。

粗陋、无教养的基里亚克。

他们分头睡下。尼古拉因为有病，就跟老头子一块儿睡在炉台上。萨莎躺在地板上，奥莉加跟别的女人一块儿到板棚里去了。

“算了，算了，亲人儿，”她说，挨着玛丽亚在干草上躺下来，“眼泪消不了愁！忍一忍就行了。《圣经》上说：谁要是打你的右脸，就把左脸也送上去……算了，算了，亲人儿！”

这是《马太福音》第五章第四十三节和第四十四节中阐述的一个观点。

然后，她压低嗓音，用唱歌样的声调跟她们讲莫斯科，讲她的生活，讲她怎样在那些带家具的房间里做女仆。

“在莫斯科呀，房子都挺大，是用石头砌的，”她说，“教堂好多好多哟，四十个四十都不止，亲人儿。那些房子里都住着上等人，真好看，真文雅！”

玛丽亚说她不但从来没有到过莫斯科，就连故乡的县城也没去过。她认不得字，也不会祷告，就连“我们的父”① 也不

农村不仅生活贫困，而且精神贫乏，而妇女的地位更是低下，通过对玛丽亚的描写可鲜明体现。

① 祈祷文的开头几个字。

知道。她和她的弟媳菲奥克拉（这时候她坐在不远的地方听着呢）都十分不开窍，什么也不懂。她们俩都不喜欢自己的丈夫。玛丽亚怕基里亚克。每逢只剩下她一个人跟他待在一块儿，她就害怕得发抖，而且一挨近他，就总是被他喷出的浓烈的酒气和烟气熏得头痛。菲奥克拉一听到人家问起丈夫不在，是不是闷得慌，就没好气地回答说：

“滚蛋!”

她们谈了一会儿，就不响了……

天气凉了。一只公鸡在板棚附近逼尖了喉咙喔喔地啼着，搅得人睡不着。等到淡蓝色的晨光射进每条板缝，菲奥克拉就悄悄地爬起来，走出去，随后听见她匆匆地跑到什么地方去了，她那双光脚踩出一片吧嗒吧嗒的声音。

二

奥莉加到教堂里去，带着玛丽亚一路去了。她们顺小路下坡，向草场走去，两个人兴致都挺好。奥莉加喜欢空旷的乡野。玛丽亚觉着这个妯娌是一个贴心的亲人。太阳升上来了。一只带着睡意的鹰在草场上面低低地飞翔，河面黯淡无光，有些地方有雾飘浮，可是从对面的高岸上面已经伸过一长条亮光来。教堂发亮了，白嘴鸦在地主的花园里哇哇地叫得很欢。

清新优美的景物描写，从侧面衬托了奥莉加与玛丽亚的愉快的心情。

“老头子倒没什么，”玛丽亚讲起来，“可是老奶奶挺凶，总是吵架。咱们自己的粮食只够吃到谢肉节，现在我们在小饭铺里买面粉，所以她不痛快。她说：‘你们吃得太多了。’”

“算了，算了，亲人儿！忍一忍就行了。经上写着：上我这儿来吧，所有你们这些辛苦劳累的人。”

富于个性化的语言，反映出奥莉加对宗教的虔诚。

奥莉加用唱歌样的声调平心静气地说着，她的步子像参拜圣地的女人的那种步子，又快又急。她每天念《福音书》，念得挺响，学教堂执事的那种腔调，有很多地方她看不懂，可是那些神圣的句子却把她感动得流泪，她一念到“如果”和“暂且”那类字，就觉着晕晕乎乎，心都不跳了。她信仰上帝，信仰圣母，信仰圣徒。她相信不管欺负什么人，普通人也好，德国人也好，茨冈人也好，犹太人也好，都不应该。她相

心理描写表现了奥莉加作为一个信徒的宽容、温顺、同情。

信甚至不怜恤动物的人都会倒霉。她相信这些是写在圣书上的，因此，每逢她念《圣经》上的句子，即使念到不懂的地方，她的面容也会变得怜悯、感动、放光。

“你是哪儿的人？”玛丽亚问她。

“我是弗拉基米尔省的人。可是我早就到莫斯科去了，那时候我才八岁。”

她们走到河边。河对岸有个女人站在水边上，正在脱衣服。

“那是咱们家的菲奥克拉，”玛丽亚认出来了，“她刚才过河到老爷的庄园上去了。她去找老爷手下的男管事。她胡闹，爱骂人，真不得了！”

眉毛乌黑，头发蓬松的菲奥克拉年纪还轻，身体跟姑娘家一样结实，从岸坡上跳下去，用脚拍水，向四面八方送出浪花去。

动作描写，写出菲奥克拉的年轻与活力。

“她爱胡闹，真不得了！”玛丽亚又说一遍。

河上架着一道摇晃的小木桥，桥底下清洁透亮的河水里游着成群的、宽额头的鲦（tiáo）鱼。碧绿的灌木丛倒映在水里，绿叶上的露珠闪闪发亮。天气暖起来，使人感到愉快。多么美丽的早晨啊！要是没有贫穷，没有那种可怕的、无尽头的、使人躲也没处躲的赤贫，大概人世间的生活也会那样美丽吧！这时候只要回头看一眼村庄，昨天发生的一切事情就会生动地想起来，她们本来在四周的风光里感到的那种令人陶醉的

自然清新的环境与人物贫穷生活形成鲜明对比，更能体现他们对幸福的可望而不可即。

幸福，这时候就一下子消失了。

她们走进教堂。玛丽亚站在门口，不敢再往前走。虽然要到八点多钟教堂才会打钟做弥撒，她却不敢坐下去。她始终照这样站在那儿。

正在念《福音书》的时候，人群忽然分开，闪出一条路来，让地主一家人走过去。有两个姑娘穿着白色连衣裙，戴着宽边帽子，走进来，跟她们一块儿来的还有一个脸蛋儿又胖又红的男孩，穿着海军服。他们一来，感动了奥莉加。她第一眼看去，就断定她们是上流社会的、有教养的、优雅的人。可是玛丽亚皱起眉头阴沉而郁闷地瞟着她们，仿佛进来的不是人，而是妖怪，要是她不让出路来，就会被踩死似的。

通过外貌描写可看出农村的贫富分化现象比较严重，地主与农民的悬殊很大。

每回辅祭用男低音高声念着什么，她总觉着仿佛听见了一声喊叫："玛——丽亚!"她就打冷颤。

三

村子里的人已经听说这些客人来了，做完弥撒以后，马上有许多人聚到那小木房里去。列昂内切夫家的人，玛特维伊切夫家的人，伊里巧夫家的人，都来打听他们那些在莫斯科做事的亲戚。茹科沃村所有的青年，只要认得字、会写字，就都送到莫斯科去，专门在旅馆或者饭馆里做仆役（就跟河对面那个村子里的青年都送到面包房里去做学徒一样）。这早已成了风气，从农奴制时代①就开始了。先是有一个茹科沃的农民名叫卢卡·伊万内奇的，现在已经成为传奇人物了，那时候在莫斯科的一个俱乐部里做食堂的侍役，只肯推荐同乡去做事。等到那些乡亲得了势，就找他们的亲戚来，把他们安插在旅馆和饭馆里。从那时候起，附近一带的居民就把茹科沃这个村子不叫做别的，只叫做下贱村或者奴才村了。尼古拉在十一岁那年给送到莫斯科去，由玛特维伊切夫家的伊万·马卡雷奇谋了个事，当时伊万·马卡雷奇在隐居饭店当差。现在，尼古拉带着一本正经的神情对玛特维伊切夫家的人说：

交代了这个村子的人做仆役历史悠久。

绝妙的讽刺，反映了当时俄国农村人的愚昧。

① 农奴解放令是在1861年颁布的。

"伊万·马卡雷奇是我的恩人，我得日日夜夜为他祷告上帝，因为多亏他提拔，我才成了上流人。"

"我的爷啊，"伊万·马卡雷奇的妹妹，一个身材很高的老太婆，含着泪说，"我们一直没得着一点他的消息，那个亲人。"

微薄的收入，贫穷的生活，让亲人们失去了联系。

"去年冬天他在奥蒙那一家当差，听说这一季他到城外一个花园饭店去了……他老了！是啊，往年夏天，他每天总要带着大约十个卢布回家，可是现在生意到处都冷淡，这就苦了老人家了。"

女人们和那些老太婆瞧着尼古拉的穿了毡靴的脚，瞧着他那苍白的脸，悲凉地说：

"悲凉"表现了人们对尼古拉的同情。

"你不是挣钱的人了，尼古拉·奥西培奇，你不是挣钱的人了！真的不行了！"

大家全都疼爱萨莎。她已经满十岁了，可是她个子小，很瘦，看上去不过七岁的样子。别的小姑娘，都是脸蛋儿晒得黑黑的，头发胡乱地剪短，穿着褪了色的长衬衫。她夹在她们当中，却脸蛋儿白白的，眼睛又大又黑，头发上系着红丝带，显得滑稽可笑，倒好像她是一头小野兽，在旷野上给人捉住，带到小木房里来了似的。

"她认得字呐！"奥莉加夸道，温柔地瞧着她的女儿。"念一念吧，孩子！"她说，从墙角拿出一本《福音书》来。"你念，让那些正教徒听一听。"

萨莎继承了母亲的柔顺、善良和对宗教的虔诚。

那本《福音书》又旧又重，皮封面，书边摸脏了。它带来一种空气，仿佛修士们走进房里来了似的。萨莎抬起眉毛，用唱歌样的声音响亮地念起来：

"'他们去后有主的使者……向约瑟梦中显现，说：起来，带着小孩子同他母亲……'"

"'小孩子同他母亲，'"奥莉加跟着念了一遍，激动得涨红了脸。

"'逃往埃及……住在那里，等我吩咐你，因为希律必寻找小孩子，要除灭他……'"①

① 见《新约·马太福音》。"小孩子"是耶稣，"约瑟"是耶稣母亲玛利亚的丈夫，当时希律王要捉耶稣，所以全家逃了。

听到这里，奥莉加再也忍不住，就哭起来。玛丽亚看着她那样子，就也抽抽搭搭地哭了，随后伊万·马卡雷奇的妹妹也跟着哭。老头子不住咳嗽起来，跑来跑去要找一件礼物送给孙女，可是什么也没找到，只好挥一挥手，算了。等到念完经，邻居们就走散，回家去了。他们都深受感动，十分满意奥莉加和萨莎。

会读书的萨莎赢得了大家的赞赏，从侧面反衬农村教育体制的落后，人民的愚昧无知。

由于这天是节日，一家人就在家里待了一天。老太婆（不管丈夫也好，儿媳妇也好，孙子孙女也好，统统都叫她老奶奶）样样事情都要亲自做。她亲自生炉子，烧茶炊，甚至自己给田里的男人们送午饭去，事后却又抱怨说累得要死。她老是担心家里人吃得太多，担心丈夫和儿媳妇闲坐着不做事。一会儿，她仿佛听见饭铺老板的鹅从后面溜进她的菜园里来了，她就捞起一根长棍子跑出小木房，到那些跟她自己一样瘦小干瘪的白菜旁边尖声喊上半个钟头；一会儿，她又觉着仿佛有一只乌鸦偷偷来衔她的小鸡，就一边骂着，一边向乌鸦冲过去。她一天到晚生气，发牢骚，常常叫骂得那么响，弄得街上的行人都站住脚听。

写出了老奶奶的腐朽、专横、暴戾。

贫穷的生活让老奶奶有些神经质，不但要防着动物，还要提防着身边的亲人。

她待她的老头子很不和气，一会儿骂他懒骨头，一会儿骂他瘟疫。他是个没有主张而很不可靠的人，要不是因为她经常督促他，也许他真就什么活也不干，光是坐在炉台上扯淡了。他对儿子说起他的一些仇人，讲个没完没了，抱怨邻居每天欺负他，听他讲话是乏味的。

“是啊，”他的话头拉开了，手叉在腰上。“是啊……在圣十字架节[①]以后，过了一个星期，我把干草按一普特三十戈比的价钱卖出去了，是我自个儿要卖的……是啊……挺好……所以，你瞧，有一天早晨我把干草搬出去，那是我自个儿要干，我又没招谁惹谁。偏偏赶上时辰不利，我看见村长安契普·谢杰尔尼科夫打小饭铺里出来。‘你把它拿到哪儿去，你这混蛋？’他说啊说的，给我一个耳光。”

基里亚克害着很厉害的醉后头痛，在他弟弟面前觉得不好意思。

① 基督教的节日，在9月14日。

“这白酒害得人好苦啊。唉，我的天！”他嘟哝着，摇着他那胀痛的脑袋。“看在基督的分上，原谅我，亲兄弟和亲弟妹。我自己也不快活啊。”

“我自己也不快活啊”，穷困的生活让他把这种压力施加在别人身上，粗暴地痛打老婆就是明证。

因为这天是节日，他们在小饭铺里买了一条鲱鱼，用鲱鱼头熬汤。中午，他们坐下来喝茶，喝了很久，喝得大家都出了汗。他们真好像让茶灌得胀大了。然后他们又喝鱼汤，大家都就着一个汤钵舀汤喝。至于鲱鱼，老奶奶却藏起来了。

细节描写，生动地写出了老奶奶的自私和吝啬。

傍晚，一个陶器工人在坡上烧汤钵。下面草场上，姑娘们围成一个圆圈跳舞，唱歌。有人拉手风琴。河对面也在烧窑，也有姑娘唱歌，远远听来歌声柔美而和谐。小饭铺里面和小饭铺附近，农民们闹得正有劲。他们用醉醺醺的嗓音杂七杂八地唱歌，互相咒骂，骂得非常难听，吓得奥莉加只有打抖的分儿，嘴里念着：

草场上的和谐与酒馆里的闹腾形成鲜明对比，突显了男人们的粗俗恶劣。

“啊，圣徒！……”

使她吃惊的是这种咒骂滔滔不绝，而且骂得顶响、骂得顶久的反而是快要入土的老头子。姑娘们和孩子们听着这种咒骂，一点也不难为情，他们明明从小就听惯了。

农民生活的庸俗、愚昧，真是触目惊心，让人汗颜。

过了午夜，河两岸陶窑里的火已经微下去，可是在下面的草场上，在小饭铺里，大家仍旧在玩乐。老头子和基里亚克都醉了，胳膊挽着胳膊，肩膀挤着肩膀，走到奥莉加和玛丽亚所睡的板棚那边去。

“算了吧，”老头儿劝道，“算了吧……她是挺老实的娘们儿……这是罪过……”

“玛——丽亚！”基里亚克嚷道。

“算了吧……罪过……她是个很不错的娘们儿。”

两个人在堆房旁边站了一分钟，就走了。

“我啊，爱——野地——里的花！”老头子忽然用又高又尖的中音唱起来。“我啊，爱——到草场上去摘它！”

然后他啐（cuì，用力吐出来）口痰，骂了句难听的话，走进小木房里去了。

四

老奶奶把萨莎安置在菜园附近，吩咐她看守着，别让鹅钻进来。那是炎热的八月天。小饭铺老板的鹅可能从后面钻进菜园里来，可是眼下它们正在干正经事，它们在小饭铺附近拾麦粒，平心静气地一块儿聊天，只有一只公鹅高高地昂起头，仿佛打算看一下老太婆是不是拿着棍子赶过来了。别的鹅也可能从坡下跑上来，可是眼下它们正在远远的河对面打食，在草场上排成白白的一条长带子。萨莎站了一会儿，觉着无聊，看见鹅没来，就跑到陡坡的边上去了。

用拟人的手法写鹅们的生活，画面生动形象、真实自然。

在那儿，她看见玛丽亚的大女儿莫特卡一动也不动地站在一块大石头上，瞧着教堂。玛丽亚生过十三个孩子，可是只有六个孩子还活着，全是姑娘，没有一个男孩，最大的才八岁。莫特卡光着脚，穿一件长长的衬衫，站在太阳地里。太阳直直地晒着她的脑袋，可是她不在意，仿佛化成了石头。萨莎站在她旁边，瞧着教堂，说：

“上帝就住在教堂里。人点灯和蜡烛，可是上帝点绿的、红的、蓝的小圣像灯，跟小眼睛似的。夜里上帝就在教堂里走来走去，最神圣的圣母和上帝的侍者尼古拉陪着他走——咚，咚，咚！……守夜人吓坏了，吓坏了！算了，算了，亲人儿，”她说，学她母亲的话，“等到世界的末日来了，所有的教堂就都飞上天去了。”

童话般的语言表现了萨莎的纯真。

“带——着——钟——楼——一——齐——飞？”莫特卡用低音问道，拖长每个字的字音。

“带着钟楼一齐飞。世界的末日来了，好心的人就上天堂，爱发脾气的人呢，可就要在永远燃着的、不灭的火里烧一烧了，亲人儿。上帝会对我妈和玛丽亚说：‘你们从没欺负过人，那就往右走，上天堂去吧。’可是对基里亚克和老奶奶呀，他就要说：‘你们往左走，到火里去。’在持斋的日子吃了荤腥东西的人也要送到火里去。”

萨莎天真的语言，体现了她对真善美的追求、对这个世界的憎恶。

她抬头看天，睁大眼睛，说：

“瞧着天空，别眨眼睛，那你就会看见天使。”

莫特卡也开始看天，在沉静中过了一分钟。

“看见没有？”萨莎问。

“没有。”莫特卡用低音说。

“可是我看见了。天空中有些小天使在飞，扇着小翅膀，

萨莎继承了母亲奥莉加的诗意、宗教情感和同情心。

一闪一闪的，跟小蚊子一样。”

莫特卡想了一想，眼睛瞧着地下问：

“老奶奶会遭到火烧吗？”

“会的，亲人儿。”

从这块石头直到紧底下，有一道光滑的慢坡，长满柔软的绿草，谁一看见，就想伸出手去摸一摸，或者在那上面躺一躺。萨莎躺下，滚到坡底下去了。莫特卡现出庄重而严肃的脸相喘着气，也躺下去，往下滚。她往下一滚，衬衫就卷到她肩膀上去了。

“多好玩呀！”萨莎说，高兴得很。

她们俩走到顶上预备再滚下去，可是正好这当儿那熟悉的尖嗓音响起来了。啊呀，多么可怕！那老奶奶，没了牙，瘦得皮包骨，驼着背，短短的白发在风里飘动，正拿着一根长棍子把鹅赶出菜园去，哇哇地叫着：

肖像描写，写出了老奶奶可怕的外貌与动作。

“它们糟践了所有的白菜，这些该死的东西！把你们宰了才好，你们这些该诅咒三次的恶鬼、祸害，为什么你们不死哟！”

她一眼看见那两个小女孩，就丢下棍子，拾起一根枯树枝，伸出又干又硬的手指头一把掐住萨莎的脖子，活像加了一个套包子，开始抽她。萨莎又痛又怕，哭起来，这当儿那只公鹅却伸直脖子，摇摇摆摆迈动两条腿，走到老太婆这边来，咕咕地叫了一阵，这才归到它的队里去，招得所有的雌鹅都用称赞的口气向它致敬：“嘎——嘎——嘎！”后来，老奶奶又打莫特卡。这一打，莫特卡的衬衫就又卷上去了。萨莎伤透了心，大声哭着，跑到小木房里去申诉。莫特卡跟着她跑，她也哭，可是嗓音粗得多，眼泪也不擦，脸湿得仿佛在水里泡过一样。

贫困的生活使老奶奶变得如此蛮横和暴力，对鹅不能施加暴力，所以她把自己的愤怒的情绪转嫁到两个小姑娘身上。

“我的圣徒啊！”奥莉加瞧见她俩走进小木房来，吓慌了，叫道。“圣母啊！”

萨莎刚开头讲她的事，老奶奶就尖声叫着，骂着，走进来了，然后菲奥克拉生气了，屋子里闹得乱哄哄的。

“没关系，没关系！”奥莉加脸色苍白，心里很乱，抚摸着萨莎的脑袋，极力安慰这孩子。“她是你的奶奶，生她的气是罪过的。没什么，孩子。”

尼古拉本来已经给这种不断的吵嚷、饥饿、烟子、臭气闹得筋疲力尽，本来已经痛恨而且看不起贫穷，本来已经在妻子

此处写出了尼古拉的自尊，以及他不得不屈从于贫穷的生活的无奈心理。

和女儿面前为自己的爹妈害臊，这时候就把两条腿从炉台耷拉下来，用气恼的、含泪的声音对他母亲说：

“您不能打她！您根本没有权利打她！”

“得了吧，你就待在炉台上等着咽气吧，你这病包儿！”菲奥克拉恶狠狠地顶撞他。“鬼支使你们上这儿来的，你们这些吃闲饭的！”

语言描写，体现了亲人的冷漠。

萨莎、莫特卡和家里所有的小女孩都躲到炉台上尼古拉的背后去，缩在一个角落里，在那儿一声不响，害怕地听着大人讲话，人可以听见她们的小小的心在怦怦地跳。每逢一个家庭里有人害很久的病，没有养好的希望了，就往往会发生一种可怕的情形：所有那些跟他贴近的人都胆怯地、悄悄地在心底里盼望着他死，只有小孩子才害怕亲近的人会死，一想到这个总要战战兢（jīng）兢（形容因害怕而微微发抖的样子）。现在，那些小姑娘屏住气息，脸上现出凄凉的神情，瞧着尼古拉，暗想他不久就要死了，她们就想哭，一心想对他说点什么亲切的、怜恤的话才好。

大人们因贫穷而滋生出的冷漠无情与小孩的善良天真的温情形成鲜明对比。

他呢，紧挨着奥莉加，仿佛求她保护他似的，用颤抖的声音轻轻对她说：

“奥里亚[①]，亲爱的，我在这儿住不下去了。我没有力量了。看在上帝的分上，看在天上的基督的分上，你写封信给你妹妹克拉夫季·阿勃拉莫芙娜吧。叫她把她所有的东西都卖掉，当掉，叫她把钱给我们寄来，我们好离开这儿。啊，上帝呀，”他痛苦地接着说，“哪怕让我看一眼莫斯科也好！哪怕让我梦见它也是好的，亲爱的！”

语言描写，表达了尼古拉对城市的向往。

黄昏来了，小木房里黑了，大家心里都发闷，一句话也说不出来。生气的老奶奶拿黑面包的碎皮泡在一个碗里，吃了很久，足足有一个钟头。

① 奥莉加的爱称。

玛丽亚给奶牛挤完奶，提进一桶牛奶来，放在一张凳子上。然后老奶奶把桶里的牛奶灌进罐子里，也灌了很久，不慌不忙，明明很满意，因为眼下正是圣母升天节的斋期，谁也不能喝牛奶，这些牛奶就可以原封不动地留下来了。她只在一个茶碟里倒了一点点，留给菲奥克拉的小娃娃吃。等到老奶奶和玛丽亚把罐子送到地窖里去，莫特卡却忽然跳起来，从炉台上溜下去，走到凳子那儿，瞧见凳子上摆着那个装着面包皮的木头碗，就把茶碟里的牛奶倒一点在碗里。

因为过斋期，所以谁也不能喝牛奶，老奶奶表现出从未有过的轻松、惬意，这场景令人心酸。

老奶奶回到小木房里来，又吃她的面包皮。这当儿，萨莎和莫特卡坐在炉台上瞧着她，心里暗暗高兴，因为她已经吃了荤腥，现在包管要下地狱了。她们得了安慰，就躺下去睡觉。萨莎一面迷迷糊糊地睡着，一面暗自描绘最后审判的可怕情景：有一个大炉子烧着火，那炉子像陶窑，魔鬼长着牛样的犄（jī）角，周身漆黑，用一根长棍子把老奶奶赶进火里去，就跟刚才老奶奶自己赶鹅一样。

孩子们天真的想法含蓄地表达了对老奶奶的厌恶、憎恨。

五

圣母升天节晚上十点多钟，正在坡下草场上游玩的男孩和女孩，忽然大惊小怪地叫起来，往村子那边跑。那些上边，坐在峭壁边上的人起初怎么也弄不明白这是怎么回事。

“着火了！着火了！”焦急的嚷叫声从底下传上来，“村里着火了！”

坐在坡上的人回头一看，就有一幅可怕的、不同寻常的景象映进他们的眼帘。村子尽头的几个小木房中，有一个小木房的草顶上升起一个火柱，有一丈高，火舌往上卷着，向四面八方撒出火星去，仿佛喷泉在喷水。猛然间，整个房顶燃成一片明亮的火焰，火烧的爆裂声传过来。

细节描写真实、生动，一幅火景图活化在我们面前。

月光朦胧，整个村子已经笼罩在颤抖的红光里。黑影在地面上移动，空中弥漫着烧焦的气味。从坡底下跑上来的人一个劲儿地喘气，抖得一句话也说不出来，他们互相推挤，摔倒，他们不习惯明亮的光芒，变得什么也看不见，彼此都认不清了。这真吓人。特别吓人的是，在火焰上空，烟雾里面，飞着

细节描写，表现了人们对火的惊惧与慌张。

一些鸽子。小饭铺里还不知道起火的事，大家继续在唱歌，拉手风琴，仿佛压根儿没出什么岔子似的。

“谢苗大叔家里着火了!”有人粗声粗气地大叫一声。

在玛丽亚的身上，在人的所有感情中，似乎只留下了一种感情：恐惧。她是如此的胆怯和软弱。

玛丽亚在她的小木房附近跑来跑去，哭哭啼啼，绞着手，牙齿打颤，其实火还远得很，在村子的那一头呢。尼古拉穿着毡靴走出来，孩子们穿着小衬衣一个个往外跑。乡村警察小屋附近，一块铁板敲响了。啮啮啮的声音飘过空中。这急促而不停的响声闹得人心里发紧，浑身发凉。那些老太婆站在一旁，举着圣像。母羊、小牛、奶牛，从院子里给赶到街上来了。衣箱啦，羊皮袄啦，桶啦，也搬出来了。一匹黑毛的雄马，素来跟成群的马隔开，因为它踢它们，伤它们，这时候却撒开了缰，嘶叫着，踏得咚咚响地在村子里跑来跑去，跑了一两个来回，后来忽然在一辆大车旁边猛地站住，扬起后蹄踢那车子。

对失火后的场景描写。

河对面教堂里的钟也响起来。

在起火的小木房旁边又热又亮，地上的每一根小草都可以看清楚。在一只抢救出来的衣箱上坐着谢苗，这是一个生着棕红色头发的农民，长着大鼻子，穿一件上衣，戴一顶便帽，扣在脑袋上，一直碰到耳朵。他的妻子扑在地上，脸朝下，神志昏迷，嘴里哼哼唧唧。一个八十岁上下的老头儿，身材矮小，留一把大胡子，看上去活像一个地精①。他不是本村的人，可显然跟这场火灾有关系，他在火场旁边走来走去，没戴帽子，抱着一个白包袱。火焰映在他的秃顶上。村长安契普·谢杰尔尼科夫，黑黑的脸，黑黑的头发，跟茨冈人一样，手里拿着一把斧子，走到小木房那儿，把一个个的窗子接连砍掉（谁也不知道为什么缘故)，然后开始砍门廊。

肖像与动作描写，这个八十多岁的外村人是引发火灾的罪魁祸首。

“娘们儿，拿水来!”他嚷道，“把机器弄来！快办!”

方才在小饭铺里闹酒的农民们把救火的机器拉来了。他们全醉了，不断地绊绊跌跌，脸上露出束手无策的神情，眼睛里泪汪汪的。

平时的无所畏惧与有难时的束手无策形成鲜明对比，暗示农村人的愚昧、无能。

“姑娘们，拿水来!”村长嚷着，他也醉了。 “快办，姑娘们!”

① 西欧神话中守护地下财宝的丑陋的侏儒。

妇女和姑娘跑下坡到泉水那儿，再提着装满水的大桶和小桶爬上坡，把水倒进机器里，再跑下坡去。奥莉加、玛丽亚、萨莎、莫特卡，都去取水。女人们和男孩们用唧筒压水，水龙带咝咝地响，村长把水龙带时而指着门，时而指着窗子，有时候用手指头堵住水流，这样一来，吱吱声越发尖了。

“真是一条好汉，安契普！”好些人的称赞声音嚷着，“加一把劲！”

安契普蹿进起火的过道屋，在里面哇哇地喊：

“用唧筒压水！惨遭不幸，教徒们，出力啊！”

一群农民站在旁边，什么也不干，瞧着火发呆。谁也不知道该做什么，他们什么事也不会做。而四周围全是麦子垛、干草、板棚、成堆的枯树枝。基里亚克和他父亲老奥西普，两人都带着几分醉意，也站在那儿。仿佛要为自己的袖手旁观辩护似的，老奥西普对伏在地上的女人说：

这种袖手旁观表现了这些农民的麻木与愚昧，“哀其不幸，怒其不争！”

“何必拿脑袋撞地，大嫂？这小木屋保过火险啊，那你还愁什么？”

谢苗把起火原因一会儿对这个人讲一遍，一会儿又对那个人讲一遍：

遭遇了火灾，不去救火反而到处倾诉失火原因。

“就是那个老头子，那个抱着包袱的老头子，茹科夫将军的家奴……他从前在我们的将军家里做厨子，但愿将军的灵魂升入天堂！今天傍晚他上我家来：‘留我在这儿过夜吧。’他说……是啊，当然，我们就喝了一小盅……老婆忙着烧茶炊，想请老头子喝点茶，可是活该倒霉，她把茶炊搁在门道上了，烟囱里的火星一直吹到顶棚上，吹到干草上，就这么出了事。我们自己都差点给烧死。老头子的帽子烧掉了，真罪过！”

那块铁板被人不断地敲着，河对岸教堂里的钟一个劲儿地鸣响。奥莉加周身给火光照着，气也透不出来，害怕地瞧着红色的羊和在烟雾里飞翔的粉红色鸽子。她时而跑下坡去，时而跑上来。她觉得钟声跟尖刺似的钻进她的灵魂，觉得这场火永远也烧不完，觉得萨莎丢了……等到小木屋的天花板咔嚓一声坍下来，她心想这一下子包管全村都要起火，就浑身发软，再也提不动水，在岸坡的边上坐下来，把桶子放在身旁。她的身旁和她的身后都有农妇们坐着嚎啕大哭，仿佛在哭死人一样。

写出了奥莉加的迷惘以及内心的恐惧，怕火灾会让她失去一切。

年轻人是新生力量，他们有能力来救火！

这当儿，从河对岸地主的庄园里来了两辆大车，车上坐着地主家的管事们和工人们，带着一架救火机。有一个年纪很轻的大学生骑着马赶来，穿着白色海军上衣，敞着怀。他们用斧子劈砍，声音很响，又把梯子安在起火的房架子上，立刻有五个人由大学生带头爬上去。那大学生涨红了脸，用尖利的嘶哑声调和仿佛干惯了救火的事的口气嚷着。他们拆开那个小木屋，把一根根木头卸下来，把畜栏、篱笆、附近的干草堆都移开了。

“不准他们捣毁东西！”人群里有人用很凶的声音喊叫，“不准！”

阻挠救火的守旧势力势必会失败！

基里亚克带着坚决的神气走到小木屋去，仿佛要拦阻新来的人毁掉东西似的，可是有一个工人把他一把拉回来，在他脖子上打了一拳。这引起了笑声，那工人又打他一拳，基里亚克就倒下去，四肢着地，爬回人群里去了。

从河对岸还来了两个戴帽子的漂亮姑娘，大概是大学生的姊妹。她们站在远点的地方，看这火灾。拆下来的木头不再燃烧，可是冒着浓烟。大学生操纵水龙带，先对着木头冲，然后对着农民冲，再后又对那些提水的女人冲。

“乔治！”两个姑娘责备地、不安地斥责他。“乔治！”

麻木不仁的农民啊！

火烧完了。直到人群开始走散，他们才注意到天亮了，大家的脸色苍白，有点发青，大清早残星在天空消失的时候，人的脸色总是这样的。农民们一面走散，一面笑着，拿茹科夫将军的厨子和他那顶烧掉的帽子说了一阵笑话。他们已经有意把这场火灾变成笑谈，甚至好像惋惜火熄得太快了。

“您救火很有本事，少爷！”奥莉加对大学生说，“您应当到我们莫斯科去，那儿差不多天天有火灾！”

“您莫非是从莫斯科来的？”一位小姐问。

“正是这样。我丈夫原先在斯拉夫商场当差。这是我女儿，”她说，指一指萨莎，萨莎觉着冷，正偎在她身边，“她也是莫斯科人。”

老奥西普为了二十戈比的钱而谦卑地失去了自己的尊严，显出了他的愚昧与贫乏。

两位小姐跟大学生说了一句法国话，他就给萨莎一个二十戈比的钱。老奥西普看在眼里，他的脸上顿时放出了希望的光。

“感谢上帝，老爷，幸好没风，”他对大学生说，“要不然一下子就都烧光了。老爷，好心的贵人，”他又说，声音放低了，而且觉着不好意思，“清早天冷，想法暖一暖才好……求您恩典赏几个钱买一小瓶酒喝吧。”

他没得着钱，就大声咳了咳喉咙，磨磨蹭蹭走回家去了。后来奥莉加站在岸坡的边上，瞧那两辆车子涉水过河，看那位少爷穿过草场。河对岸有一辆马车等着他们。她走进小木屋，对丈夫赞赏地说：

“那几个人真好！长得也好看！两位小姐出落得跟天使一样。”

“叫她们咽了气才好！”困倦的菲奥克拉恶狠狠地说。

菲奥克拉恶狠狠的话表现了她的仇富心理。

六

玛丽亚认定自己不幸，常说巴不得死了才好，菲奥克拉却刚好相反，觉得这生活里的样样东西，例如穷困、肮脏、不停的咒骂，都合她的胃口。人家给她什么，她不分好歹拿着就吃。不管到了哪儿，也不用被褥，她倒头就睡。她把脏水随手倒在门廊上，或者从门槛上泼出去，然后再光着脚蹚着泥水走过去。从头一天起她就恨尼古拉和奥莉加，这也正是因为他们不喜欢这生活。

农村与城市两种不同的生活方式带来了冲突，为她们回归城市做好铺垫。

“我倒要看看你们在这儿吃什么，莫斯科的贵人！”她幸灾乐祸地说，“我倒要看看！”

有一天早晨，那已经是九月初了，菲奥克拉从坡下担着两桶水回来，脸冻得发红，健康而美丽，这当儿，玛丽亚和奥莉加正坐在桌子旁边喝茶。

“又是茶，又是糖！”菲奥克拉讥诮地说，“两位贵夫人！”她放下水桶，补了一句，“她们倒养成了天天喝茶的派头。小心点，别让茶胀死！”她接着说，憎恨地瞧着奥莉加。“她在莫斯科养得肥头胖脸，这油篓子！”

语言描写体现了人物性格：尖酸、刻薄。

她抡起扁担来，一下子打在奥莉加的肩头上，弄得两个妯娌只能把两手举起，轻轻一拍，说：

“啊呀，圣徒！”

然后菲奥克拉下坡到河边去洗衣服，一路上高声痛骂，弄得木房里都听得见。

白昼过去了，然后来了秋天悠长的黄昏。他们在小木屋里缠丝线，人人都做，只有菲奥克拉例外，她过河去了。他们从附近的工厂里拿来这丝，全家人一齐工作，挣一点点钱，一个星期才挣二十戈比左右。

农民们想要的只是吃饱饭，就像鲁迅说的：做稳了奴隶的时代。

"当初，在东家手底下，日子倒好过得多，"老头子一面缠丝，一面说，"干完活就吃，吃了就睡，一样挨着一样。午饭有白菜汤和麦粥，晚饭也是白菜汤和麦粥。黄瓜和白菜多得是，随你吃，吃得你心满意足。那时候也严得多。人人都守本分。"

小木房里只点一盏小灯，灯光昏暗，灯芯冒烟。要是有人遮住灯光，一个大黑影就会落在窗上，人就能看见明亮的月光。老奥西普不慌不忙地讲起来，说到在农奴解放以前人们怎样生活，说起在这一带，现在固然穷了，生活乏味了，可是当初人们怎样带着猎犬、快腿狗、受过特别训练的猎狗去打猎，在围捕野兽的时候，农民都喝到白酒。成串的大车队怎样载着被打死的飞禽，送到莫斯科年轻的东家那边去。他又说到坏农奴怎样给人用桦树条打一顿，或者发配到特威尔的领地上去，好农奴怎样受到嘉奖。老奶奶也有话讲。她什么都记得，一样也没忘。她讲到她的女东家是一个好心的、信神的女人，她丈夫却是酒徒和浪子，他们所有的女儿都嫁给一些天晓得的人物：一个嫁给酒徒，一个嫁给小市民，一个私奔了（老奶奶当时是个年轻的姑娘，帮过她的忙），她们三个不久都郁郁地死了，她们的母亲也一样。想起这些事，老奶奶甚至洒下几滴眼泪。

老奥西普和老奶奶讲起了以往的故事，带着怀念和依恋。

忽然有人来敲门，大家都吃一惊。

"奥西普大叔，留我住一夜吧！"

随后走进来一个矮小的、秃顶的老头子，他就是茹科夫将军的厨子，也就是帽子被烧掉的那个人。他坐下，听着，然后他也开始回忆，讲各式各样的往事。尼古拉坐在炉台上，垂着两条腿，听着，详细问他旧日为老爷烧些什么菜。他们谈到肉饼、肉排、各种汤、各种作料，那厨子样样事情也都记得清楚，举出一些现在已经不烧的菜，比方说有一种用牛眼睛做的菜，名叫"早晨醒"。

有共同语言的人聚在一起，给尼古拉带来了暂时的欢乐。

“那时候你们烧‘上将肉排’吗?”尼古拉问。

“不烧。”

尼古拉不以为然地摇摇头，说：

“唉！你们这些半吊子的厨子!”

小女孩们在炉台上坐着或者躺着，眼也不眨地瞧着炉台下面。那儿好像有很多的孩子，仿佛是云端里的小天使。她们爱听故事。她们时而高兴，时而害怕，不住叹气，打冷战，脸色发白。老奶奶讲的故事比所有的故事都有趣味，她们就屏住呼吸听着，动也不敢动。

小孩和老人的表现形成对比，流露出作者对青年人的期待和希望，以及老奶奶讲故事时的快乐的心情。

大家默默地躺下去睡觉。老年人给那些故事搅得心不定，兴奋起来，心想年纪轻轻的，那是多好啊！青春，不管是什么样儿，在人的记忆里留下的总是活泼、愉快、动人的印象。至于死，那是冷酷得多么可怕，而死又不很远了，还是别想它的好！小灯熄了。黑暗啦，给月光照得明晃晃的两个小窗子啦，寂静啦，摇篮的吱吱嘎嘎声音啦，不知什么缘故，只使得他们想到生活已经过去，再也没法子把它拉回来了。……刚刚迷迷糊糊，刚刚沉入遗忘的境界，忽然不知什么人碰了碰肩膀，朝自己的脸上吹一口气，睡意就没有了，身体觉着发麻，种种有关死亡的想头钻进脑子里来。翻一个身再睡，死亡倒是忘掉了，可是关于贫穷、饲料、面粉涨价等种种早就有的枯燥而沉闷的思想又在脑子里出现了，过一会儿，又不由得想起生活已经过去，再也没法子把它拉回来了……

乐极生悲，短暂的欢乐之后只能是更大的悲哀！

贫穷、饥饿已充斥了他们的生活！

“唉，主啊!”厨子叹气。

不知什么人轻轻地，轻轻地敲着小窗子。一定是菲奥克拉回来了。奥莉加起来，打个哈欠，小声念一句祷告，开了房门，然后走到外面门道里拉开门栓。可是没有人走进来，只有一阵冷风从街上吹进来，门道忽然给月光照亮了。从敞开的门口，可以瞧见寂静而荒凉的街道和在天空浮游的月亮。

环境描写，凄冷的环境暗示着不幸的发生。

“是谁啊?”奥莉加喊一声。

“我，”传来了回答，“是我。”

靠近门口，贴着墙边，站着菲奥克拉，全身一丝不挂。她冻得打哆嗦，牙齿打战，在明亮的月光里显得很白、很美、很怪。她身上的阴影和照在皮肤上的月光，使人看来黑白分明。

菲奥克拉的遭遇暗示出了她的粗野、放荡又可怜的生活。

她的黑眉毛和结实而年轻的乳房特别清楚地显露出来。

“河对岸那些胡闹的家伙把我的衣服剥光，照这样把我赶出来了……”她说，“我只好没穿衣服，走回家来……就这么光着身子。给我拿件衣服穿上吧。”

“你倒是进屋里来啊!”奥莉加小声说，也开始发抖了。

“不要让老家伙们看见才好。”

事实上，老奶奶已经在动弹，咕噜了，老头子问：“是谁啊?”奥莉加把她自己的衬衫和裙子送出去，帮菲奥克拉穿上，然后她俩极力不出声地掩上门，轻手轻脚地走进屋里来。

老奶奶的语言、神态描写体现了奥莉加对菲奥克拉低下的品质的憎恨。

“是你吗，野东西?”老奶奶猜出是谁了，生气地咕噜着。“该死的，夜游鬼……怎么不死哟!”

“没关系，没关系，”奥莉加小声说，给菲奥克拉穿好衣服。“没关系，亲人儿。”

一切又都沉静了，这屋子里的人素来睡不稳，各人都给一种捣乱的、纠缠不已的东西闹得睡不熟：老头子背痛，老奶奶心里满是焦虑和恶意，玛丽亚担惊害怕，孩子身上疥疮发痒，肚里饥饿。现在他们的睡眠也还是不安。他们不断地翻身，说梦话，起来喝水。

菲奥克拉忽然哇的一声哭了，粗声粗气，可是立刻又忍住，只是时不时地抽抽搭搭，她的哭声越来越轻，越来越含混，到后来就完全静下来了。河对面偶尔传来报时的钟声，可是那钟敲得挺古怪，先是五下，后是三下。

“唉，主啊!”厨子叹道。

瞧着窗口，谁也弄不清究竟是月亮仍旧在照耀呢，还是天已经亮了。玛丽亚起床，走出去。可以听见她在院子里挤牛奶，说：“站稳!”老奶奶也出去了。小木屋里还黑着，可是一切物件都已经可以看清楚了。

尼古拉通宵没睡着，从炉台上下

来。他从一个绿箱子里拿出自己的燕尾服，穿上，走到窗口，展平衣袖，揪一揪燕尾服的后襟，微微一笑。然后他小心地脱下这身衣服，放回箱子里，再躺下去。

尼古拉对生活中美好的希望已经破灭了，这燕尾服是他唯一的精神寄托，凝聚着他曾有的希望和理想。

玛丽亚走进来，开始生炉子。她明明没有睡足，现在一边走才一边醒过来。她一定做了什么梦，或者也许昨晚的故事来到了她的脑海里吧，因为她在炉子前面舒服地伸了个懒腰，说：

“是啊，自由好得多!”

七

老爷来了，村里的人这样称呼县警察所所长。他什么时候来，为什么来，大家早在一个星期以前就知道了。茹科沃村只有四十家人，可是他们欠下官府和地方自治局的税款已经积累到两千多卢布了。

由巨大的数字可见苛捐杂税之多、农民受压迫之重。

县警察所所长在小饭铺里停下。在那儿，他“喝了两杯茶”，然后步行到村长家里去。村长家门的附近已经有一群欠缴税款的人等着了。村长安契普·谢杰尔尼科夫尽管年轻，只不过三十岁出点头，却很凶，总是帮着上级说话，其实他自己挺穷，也总不能按期纳税。大概他很喜欢做村长，喜欢权力的感觉，他没有别的法子，只好借严厉来表现他的权力。在全村开会时候，人人怕他，听他的话。往往，在街上，或者在小饭铺附近，他忽然抓住一个醉汉，倒绑上他的手，把他关进禁闭室里去。有一回他甚至逮捕老奶奶，把她拘留在禁闭室里，关了一天一夜，因为她替奥西普出席村会，在会上骂街。他从没在城里住过，也从没看过书，可是他不知从哪儿学来各式各样文绉（zhòu）绉（有文化味、柔和）的字眼，喜欢插在谈话里用一用，人家虽然不能常常听懂他的意思，倒也因此敬重他。

“喝了两杯茶”加了引号，暗示警察所所长依仗权势，白吃白喝的品行。

奥西普带着他的缴税底册走进村长的小木屋，那县警察所所长，一个瘦瘦的老头子，生着又长又白的络腮胡子，穿一件灰色衣服，正坐在过道屋墙角一个桌子那儿，写什么东西。小木屋里干干净净，四壁贴着从杂志上剪下来的画片，花花绿绿，在靠近圣像顶显眼的地方贴一张以前保加利亚巴丹堡公爵

肖像描写，描绘了警察所所长的外貌。

的照片。桌子旁边站着安契普·谢杰尔尼科夫，两条胳膊交叉在胸口上。

每个人欠着不少的税款，挣扎在生活的贫困线上，欠一百一十九卢布，却只能还一卢布。

“他欠一百十九个卢布，大人，”轮到奥西普的时候，他说，“在复活节以前，他付过一卢布，打那时候以后没给过一个钱。”

县警察所所长抬头看奥西普，问：

“这是为什么，老兄？”

“发发慈悲吧，大人，”奥西普开口了，激动起来。“容我回禀，去年从留托列茨基来的一位老爷对我说，‘奥西普，’他说，‘把你的干草卖给我……你卖了吧，’他说。那有什么不行？我有大约一百普特要卖呢，都是娘们儿在水草场上割来的……好，我们就成交了……这事儿干得挺好，我自己个儿要卖的……”

他抱怨村长，一个劲儿扭回头去瞧那些农民，倒好像要请他们来作见证似的，他脸红，冒汗，他的眼睛变得尖利而凶狠。

“我不懂你说这些干什么，”县警察所所长说，“我问你……我问你为什么不缴欠款？你们都不缴，难道这要我来负责吗？”

“我缴不出来嘛！”

以点带面，表明贫穷的原因在于生活方式的落后。

“这些话是岂有此理，大人，”村长说，“固然，契基尔杰耶夫家道贫寒，不过请您问问别人好了，此中症结都在白酒上，他们是一班胡作非为之徒。糊涂至极。”

县警察所所长写下几个字，然后镇静地对奥西普说话，口气平和，仿佛跟他要一杯水喝似的：

“出去。”

不久他就坐上车走了。他坐上一辆简便的四轮马车，咳嗽着，甚至只凭他那又长又瘦的背影，也看得出他已经记不得奥西普、村长、茹科沃的欠款，只在想他自己的心事了。他还没走出一里路，安契普·谢杰尔尼科夫已经从契基尔杰耶夫的小木屋里拿着茶炊走出来。老奶奶跟在后面，用尽气力尖声叫道：

“不准你拿走！不准你拿走，该死的！”

拿走老奶奶的茶炊，让她在后面艰难地追赶，这场面多么令人心酸啊！

他迈开大步，走得很快，她呢，在后面紧紧地追他，驼着背，气冲冲，喘吁吁，差点跌倒。她的头巾滑到肩膀上，她的白头发看上去好像带点绿颜色，在风里飘着。她忽然站住，像一个真正的叛党似的，握着拳头使劲捶胸，用拖长的声音比平时更响地嚷着，好像在痛哭似的：

"正教徒啊，信仰上帝的人啊！圣徒啊，他们欺侮我！亲人啊，他们挤对我！哎呀，哎呀，好人啊，替我伸冤报仇！"

"老奶奶，老奶奶！"村长厉声说，"不得无理取闹！"

契基尔杰耶夫家的小木屋里缺了茶炊显得沉闷极了。茶炊丢了不要紧，可是这却有点叫人难堪，含着点侮辱意味，仿佛这家的名誉也完了似的。要是村长拿走桌子、所有的凳子、所有的盆盆罐罐，那倒好些，这地方不会显得这么空荡荡。老奶奶哇哇地叫，玛丽亚呜呜地哭，小姑娘们看见她们流眼泪，也哭了。老头子自觉有罪，坐在墙角，无精打采，一声不响。尼古拉也一声不响。老奶奶爱他，为他难过，可是现在却忘了怜悯，忽然哇啦哇啦地骂他，责备他，对准他的脸摇拳头。她尖声叫道，这全得怪他不好，是啊，他在信上夸口，说什么在"斯拉夫商场"，他一个月挣五十卢布，那为什么他汇给他们那么一点点钱？为什么他上这儿来，而且把家眷也带来？要是他死了，上哪儿去找钱来葬他？……尼古拉、奥莉加、萨莎的样儿，看起来真叫人心酸。

客观、冷静的笔法，展示出了农民生活的困苦、混乱。

老奶奶的迁怒更为尼古拉一家的离开做了铺垫。

老头子咳了咳喉咙，拿起帽子，找村长去了。天擦黑了。安契普·谢杰尔尼科夫正在炉子旁边焊什么东西，鼓起腮帮子，屋里满是炭气。他的孩子们挺瘦，没有洗脸洗手，不见得比契基尔杰耶夫家的小孩强多少，正在地板上爬着玩。他妻子是一个难看而长着雀斑的女人，大着肚子，正在缠丝。他们是一个极穷的、不幸的家庭。只有安契普一个人看上去还算结实、漂亮。有一张长凳上摆着五个茶炊，排成一行。老头子对巴丹堡[①]念了祷告，然后说：

村长安契普的家庭也是"一个贫困的、不幸的家庭"，这反映出整个农村都是如此地落后，更加强烈地突出了农民不幸生活的普遍性与悲剧性。

"安契普，发发慈悲，把茶炊还给我吧！看在基督的面上！"

"拿三个卢布来，那你就可以取走。"

"我拿不出来嘛。"

安契普鼓起腮帮子，火呜呜地响，吱吱地叫，亮光映在茶炊上。老头子揉搓着帽子，想了一想，说：

"把它还给我吧！"

---

① 前面叙过，他是保加利亚公爵，他的相片贴在圣像旁边，老头子原该对圣像念祷告，不料忙忙乱乱地弄错了。

黑皮肤的村长好像变得完全漆黑，活像一个魔法师。他扭过头来对着奥西普发话，吐字很快，声音很凶：

对村长的神态描写体现出人物仗势欺人的性格。

“这全得由地方行政长官决定。到本月二十六日，你可以到行政会议去口头或者书面申诉你不满的理由。”

奥西普一个字也没听懂，可是也算满意，就回家去了。

过了十天光景，县警察所所长又来了，待了一个钟头就坐上车走了。那些天，天气寒冷，而且有风，河老早就结冰了，可是雪仍旧没下。道路难走，人们很痛苦。在一个节日的前夜，有几个邻居到奥西普家里来坐着闲谈。他们摸着黑说话，因为做工是有罪的，他们就没点灯。消息倒有几个，不过听着都十分不痛快。例如为了抵欠款，有两三家的公鸡被捉去送到乡公所，不料在那儿死掉了，因为没有人喂它们。羊也给捉去，而且捆在一块儿运走，每过一个村子就换一回大车，其中有一只死掉了。那么现在就有一个问题要解答：这都该怪谁呢？

“该怪地方自治局！”奥西普说，“不怪它，还怪谁？”

语言描写体现了农民找不到社会黑暗，贫困生活的根源。

“当然，该怪地方自治局。”

虽然谁也不知道地方自治局是什么东西，可是样样事情，什么欠款啦，欺压啦，歉收啦，都怪在地方自治局身上。这种情形从很早以前就开始了，那时候有些富农自己开工厂、商店、客栈，做了地方自治局的议员，却始终不满意地方自治局，便在自己的工厂和酒馆里痛骂它。

他们谈到上帝还不把雪送下来，谈到该去砍柴了，可是坑坑洼洼的道路上没法走车子，也不能步行。原先，十五年到二十年以前，在茹科沃，大家谈的话要有趣味得多。在那年月，看起来每个老人心里好像都藏着一份秘密，仿佛他知道什么，正在盼着什么似的。他们谈加金色火漆印的圣旨，土地的划分，新土地，埋藏的财宝，总之，他们的话里暗示着什么。现在呢，茹科沃的人根本没有什么秘密，他们的全部生活就像都摊在手心上一样，大家看得明明白白。他们没别的可谈，只能谈贫穷和饲料，谈天还不下雪……

对过去有趣生活的回忆与现在只谈贫穷和饲料的状况形成对比。

大家沉静了一阵。然后他们又想起公鸡和羊，又开始争论该怪谁不对。

知识的贫乏、思想的落后让他们找不到贫困的根源，只能责怪地方自治局。

"该怪地方自治局!"奥西普垂头丧气地说,"不怪它,还怪谁呢?"

八

教区的教堂在六里以外的柯索果罗沃村里,农民们只有在不得已的时候,例如给孩子施洗礼,举行婚礼,或者举行教堂葬仪,才去一趟。他们做礼拜,通常是到河对面的教堂去。到了节日,遇上好天气,姑娘们就打扮漂亮,成群结伙地去做弥撒。她们穿着红的、黄的、绿的衣服,走过草场,看上去很快活。不过遇着坏天气,她们就都待在家里了。为了忏悔和领圣餐,她们总是到教区的教堂去。在复活节后的一周内,神甫举着十字架走遍各个小木屋,向每一个在大斋期间没有能够领圣餐的人要十五戈比。

一幅色彩鲜明的风俗画,形象、生动!

对于穷人来说,钱就是命,信仰是为了钱而生。

老头子不信上帝,因为他差不多从没想到过上帝。他承认神奇的事,可是他觉得这只可能跟女人有关系。人家在他面前谈起宗教或者奇迹,向他提出关于这类事情的问题,他总是搔搔头皮,勉强地说:

"谁知道呢!"

老奶奶信上帝,可是她的信仰有点朦朦胧胧,在她的脑海里,一切事情都搀混在一起,她刚想起罪恶、死亡、灵魂的得救,贫穷和烦恼立刻就插进来,盘踞她的脑海,她马上忘了刚才在想什么。祷告词一点也记不得,通常在傍晚躺下去睡觉以前,她总站在圣像面前,小声说:

"喀山的圣母,斯摩棱斯克的圣母,三臂的圣母……"

玛丽亚和菲奥克拉经常在胸前画十字,每年持斋,可是完全是应付。孩子都没学过祷告,也没人向他们讲起过上帝,传授过训诫,只是不准他们在斋期吃荤腥罢了。别的家庭也差不多,相信的人少,理解的人也少。同时大家又都喜欢《圣经》,温柔而敬仰地喜爱它。可是他们都没有书,也没有人念《圣经》,讲《圣经》。奥莉加有时候对他们念《福音书》,他们就尊敬她,对她和萨莎都恭恭敬敬地称呼"您"。

他们愚昧无知到不知道为什么要有信仰,从未想过信仰的意义。

遇到当地教堂的命名节和祷告仪式,奥莉加常常到邻村去,奥莉加对宗教的虔诚，是她逆来顺受性格的一个原因。

到县城去，县城里有两个修道院和二十七个教堂。她痴痴迷迷，在朝圣的路上完全忘了家人，一直到回来的路上，才会忽然发现自己有丈夫，有女儿，就高兴起来，笑眯眯、喜洋洋地说：

“上帝赐福给我了！”

酗酒使农民们思想麻木，不知觉醒、愚昧。

村子里发生的事，她觉得厌恶，使她痛苦。到圣伊利亚节①，他们喝酒。到圣母升天节，他们喝酒。到圣十字架节，他们喝酒。圣母节②是茹科沃教区的节日，逢到这个节期，农民们一连喝三天酒。他们喝光了村社公积金五十卢布，然后还要挨家敛钱拿来喝酒。头一天，契基尔杰耶夫家宰了一头公羊。早晨，中午，傍晚，连吃三顿羊肉。他们吃得很多，到夜里，孩子们还要起来再找补一点。那三天，基里亚克喝得酩酊（mǐng dǐng）大醉，他把所有的东西，连帽子和靴子也在内，统统换酒喝了，而且死命地打玛丽亚，打得她昏过去，一定要往她头上浇水，她才能醒过来。事后，大家都觉得害臊、恶心。

盲目地崇拜，体现他们精神的空虚。

然而，甚至在茹科沃，在这“奴才村”，每年也总有一回隆重的真正的宗教盛典。那是在八月，他们抬着赐予生命的圣母从这村走到那村，走遍全县。到了茹科沃所盼望的这一天，正好没风，天色阴沉。姑娘们一清早就穿上鲜艳华丽的衣服，出去迎接圣像，将近傍晚才把它抬进村子来，排成严肃的行列，举着十字架，唱着歌，同时河对面教堂的钟全部响起来。一大群本村和外村的人堵住街道，吵吵嚷嚷，尘土飞扬，挤成一团……老头子也好，老奶奶也好，基里亚克也好，大家都对圣像伸出手去，热切地瞧着它，哭哭啼啼地叫道：

“保护神啊，母亲！保护神啊！”

大家好像忽然明白，人间和天堂并不是隔开的，明白有钱有势的人还没有把一切都夺去，明白他们在遭受欺侮、遭受奴役、遭受沉重而难堪的贫穷、遭受可怕的白酒的祸害的时候，还有神在保佑他们。

“保护神啊，母亲！”玛丽亚哭道，“母亲！”

可是祈祷做完，圣像抬走了，一切就又恢复老样子，小饭

① 基督教的节日，在7月20日。

② 基督教的节日，在10月1日。

铺里又传出粗鲁而酒醉的声音。

只有富裕的农民才怕死，他们越阔，就越不相信上帝和灵魂的得救，只因为害怕在人世的寿命会完结，才点蜡烛，做礼拜，以防万一。贫穷的农民并不怕死。人家当着老头子和老奶奶的面说，他们活得太久，到死的时候了，可是他们满不在乎。他们一点也不顾忌地当着尼古拉的面对菲奥克拉说，等尼古拉死了，她丈夫杰尼斯就可以得到优待从军队里退伍，回家来了。玛丽亚呢，不但不怕死，反而惋惜死亡这么久还不来。她的小孩一死，她倒高兴。

农民的无知与愚昧，在黑暗而穷困的生活中彻底失掉了亲人之间的温情与怜悯。

他们不怕死，可是对于各种疾病，他们却过分地害怕。只要生一点点小毛病，肠胃不消化啦，着了点凉啦，老奶奶就在炉台上躺下，盖得严严的，不断地大声哀叫："我要死——了！"老头子赶紧去请神甫，老奶奶就领圣餐，受临终涂油礼。他们常常谈到受凉，谈到蛔虫，谈到瘤子，说是瘤子在胃里移动，滚到心脏那儿去了。他们顶怕的是着凉，因此就是夏天也穿厚衣服，躺在炉台上取暖。老奶奶喜欢看病，常坐上车子到医院去，到了那儿，她老是说她自己才五十八岁，而不说七十岁。她认为，医生如果知道她的真岁数，就不肯给她看病，反而会说她该死了。她通常一清早就动身到医院去，随身带去两三个小姑娘，傍晚才回来，肚子挺饿，怒气冲冲，给自己带回来药水，给小姑娘带回来药膏。有一回，她把尼古拉也带去，这以后他喝了两个星期的药水，说是觉得好一点了。

老奶奶的空虚、愚昧和麻木，在此可见一斑。

为了看病，要从早到晚忍饥挨饿，体现出农村医疗条件的落后。

老奶奶认识周围三十里以内所有的医生、医士、巫医，其中她一个也不中意。在圣母节那天，神甫举着十字架走遍各个小木屋，教堂执事对她说：城里监狱附近住着一个小老头儿，做过军医士，医道很好，劝她去找他。老奶奶听了他的劝。等到头一场雪落下地，她就坐车进城，带回一个小老头子，留着胡子，穿一件长上衣，是一个皈（guī）依（信仰佛教或参加其他宗教组织）正教的犹太人，脸上满是蓝色的细血管。那当儿正好有些短工在小木屋里工作。一个老裁缝戴着极大的眼镜，正拿一件破烂的衣服裁成背心，还有两个年轻小伙子在用羊毛擀成毡靴。基里亚克因为酗酒而给革掉了差使，这时候住在家里，跟裁缝并排坐着，修理一个套包子。小木屋里又挤又

肖像描写，写了小老头与众不同的外貌。

闷，臭烘烘的。皈依正教的犹太人诊察了尼古拉，说是须得给病人放血。

他放上拔血罐去，老裁缝、基里亚克、小姑娘们站在一旁瞧着，他们觉着，他们仿佛瞧见疾病从尼古拉身子里流出来了。尼古拉也瞧着吸血的罐子附在他胸膛上，渐渐充满浓浓的血，觉得好像真有什么东西从他身子里出去似的，就满意地微笑了。

从他身子里溜走的是生命。

“这挺好，”裁缝说，“求上帝保佑，这对你有好处。”

那皈依正教的人放了十二罐血，然后又放十二罐，喝了茶，坐车走了。尼古拉开始发抖，他的脸瘦下去，照女人们的说法，缩成一个小拳头了。他的手指头发青。他盖上一条被子和一件羊皮袄，可是觉着越来越冷。将近傍晚，他觉着很不好过，要求把自己放在地板上，请裁缝不要抽烟，然后他在羊皮袄下面安安静静地躺着。将近早晨，他死了。

客观、冷静的笔调，精练、简洁的语言，按生活原有的样子描绘，简单的几个字总结了尼古拉悲剧的一生。

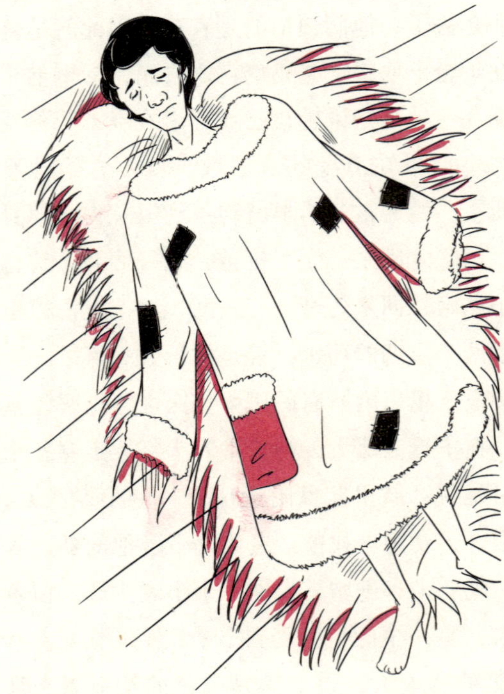

九

不仅冬天寒冷漫长，农民贫困、愚昧的现状更让人心里冰凉，这种日子何时才能到头？

啊，这个冬天多么寒冷，多么长啊！

到圣诞节，他们自己的粮食已经吃完，只好买面粉吃了。基里亚克现在住在家里，每到傍晚就吵闹，弄得人人害怕，到了早晨，又因为头痛和羞愧而难过，他那样子看上去很是可怜。饥饿的母牛的叫声昼夜不停地从畜栏那边传来，叫得老奶奶和玛丽亚的心都碎了。仿佛故意捣乱似的，天气始终非常冷，雪堆得很高，冬天拖延下去。到报喜节①，刮了一场真正的冬天的暴风雪。在复活节后的一周内又下了一场雪。

环境描写，冬天寒冷的持续给穷人带来了更悲惨的生活

不过，不管怎样，冬天毕竟过完了。到四月初，白昼变得温暖，夜晚仍旧寒冷。冬天还不肯退让，可是终于来了温暖的一天，打退了冬季，于是小河流水，百鸟齐鸣。河边的整个草场和灌木给春潮淹没，茹科沃和对岸的高坡中间那一大块地方被一片汪洋大水占据，野鸭子在水面上这儿一群那儿一群地飞起飞落。每天傍晚，火红的春霞和华美的云朵造成新的、不平凡的、离奇的景致，日后人们在画儿上看见那种彩色和那种云朵的时候简直不会相信是真的。

冬天过完了，温暖的春天终于来了，奥莉加和女儿迫不及待地想离开这如乱麻般折磨人的农村老家

仙鹤飞得很快很快，发出哀伤的叫声，声音里好像有一种召唤的调子。奥莉加站在斜坡的边上，长久地望着水淹的草场，瞧着阳光，眺望那明亮的、仿佛变得年轻的教堂，流下了眼泪，喘不过气来，因为她恨不得快快走掉，随便到哪儿去，即使到天涯海角去也行。大家已经决定让她重回莫斯科去当女仆，叫基里亚克也跟她一路去，谋个差使，做个管院子的或者雇工什么的。啊，快点走才好！

表现了奥莉加急切地要从黑暗、贫困和饥饿的王国——农村挣脱出来。

土地一干，天气一暖，他们就打点着动身了。奥莉加和萨莎背着包袱，脚上穿着树皮鞋，天刚亮就走了。玛丽亚也出来，送她们一程。基里亚克身体不舒服，只好再在家里待一个星期。奥莉加最后一次对着教堂在胸前画个十字，念了一阵祷告。她想起自己的丈夫，可是没哭，只是脸皱起来，变丑了，像老太婆一样。这一冬，她变得瘦多了，丑多了，头发也有点花白，脸上失去从前那种动人的风韵和愉快的微笑，现在只有她经历到的愁苦所留下的一种悲哀的、听天由命的神情了。她的目光有点迟钝呆板，仿佛耳朵聋了似的。她舍不得离开这个

对奥莉加的外貌神态描写表现她失去丈夫后内心的忧伤。

① 基督教的节日，在俄旧历3月25日。

村子和这儿的农民。她想起他们怎样抬走尼古拉，在每一个小木屋旁边，怎样为他做安魂祭，大家怎样同情她的悲痛，陪着她哭。在夏天和冬天有过一些日子，这些人生活得仿佛比牲口还糟，跟他们在一块儿生活真可怕，他们粗野、不老实、肮脏、醺醉。他们生活得不和睦，老是吵嘴，因为他们不是互相尊重，而是互相害怕和怀疑。谁开小酒馆，灌醉人民？农民。谁把村社、学校、教堂的公款盗用了，喝光了？农民。谁偷邻居的东西，放火烧房子，为一瓶白酒到法庭上去做假见证？谁在地方自治局和别的会议上第一个出头跟农民们作对？农民。不错，跟他们一块儿生活是可怕的。不过话说回来，他们也是人，他们跟普通人一样受苦、流泪，而且在他们的生活里，没有一件事无法使人谅解。劳动是繁重的，使人一到夜晚就周身酸痛，再者冬季严寒，收获稀少，住处狭窄，任何帮助也得不到，也没有一个地方可以去寻求帮助。比他们有钱有势的人是不可能帮助人的，因为他们自己就粗野、不老实、醺醉，骂起人来照样难听。任何起码的小官儿或者地主的管事都把农民当做叫花子，即使对村长和教会的长老讲话也只称呼“你”，自以为有权利这样做。再者，那些爱财的、贪心的、放荡的、懒惰的人到村子里来，只是为了欺压农民，掠夺农民，吓唬农民罢了，哪儿谈得上什么帮助或者做出好榜样呢？奥莉加想起冬天基里亚克被押去挨打的时候，那两位老人的悲悲惨惨、忍气吞声的表情……现在，她可怜所有这些人，为他们难过。她一边走，一边老是回过头去瞧那些小木屋。

> 受压制的农民的麻木不仁和愚昧无知。

> 自身的愚昧、环境的恶劣、生活的贫穷、社会地位的低下，造成了农民如今的现状。

送出三里以后，玛丽亚告别，然后她跪下来，把脸凑到地面，哭诉起来：

> “跪下来”、“把脸凑到地面，哭诉起来”体现人物内心的孤独。

“又剩下我孤单单一个人了，我这可怜的人啊，多么可怜，多么不幸啊……”

她这样哭诉了很久。奥莉加和萨莎很久很久还看见她跪在地上，双手抱着脑袋，一个劲儿地向一边不知对谁叩头，一些白嘴鸦在她头顶上飞来飞去。

太阳升高了，天热起来。茹科沃村远远地落在后面了。走路是畅快的，奥莉加和萨莎不久就忘了村子，也忘了玛丽亚她们。多么高兴，样样东西都吸引她们。时而出现一个古老的坟

> 景物描写渲染了奥莉加与萨莎走出狭隘的村子后的喜悦、轻松心情。

丘；时而出现一长排电线杆子，一根挨着一根，伸展到不知什么地方去，到了地平线就不见了，电线神秘地嗡嗡响；时而她们远远看到一个小农庄，完全给一片苍翠遮住，飘来一股潮气和大麻的香气，不知什么缘故，她们觉得好像那儿住着一些幸福的人似的；时而出现一匹皮包骨的瘦马，在田野上成为孤零零的一个白点；百灵鸟不停地歌唱，鹌鹑互相呼应；公鸡不断尖声叫着，仿佛谁猛的丢出一个旧铁环去似的。

中午，奥莉加和萨莎走进一个大村子。那儿，在宽阔的街道上，她们遇见一个小老头，就是茹科夫将军家的厨子。他挺热，他那冒汗的、红红的秃顶在阳光下发亮。起初，他和奥莉加彼此都没认出来，后来他们正好同时看见对方，认出来了，却各走各的路，一句话也没说。有一个小木屋比别家显得新一点，阔气一点，奥莉加就在它那敞开的窗前站住，鞠一躬，提高喉咙，用尖细的、唱歌样的声调说：

“东正教的教徒啊，看在基督的分上多多周济周济吧，好让上帝保佑您，让您的爹娘在天国得到永久的安息。”

“东正教的教徒啊，”萨莎唱起来，“看在基督的分上，多多周济周济吧，好让上帝保佑您，让您的爹娘在天国……”

农村的状况不是靠上帝就能改变的，忍耐和逃避更不是办法，这种状况引发我们深思。

名师鉴赏

《农民》是契诃夫晚期描绘俄国农村的一部作品，它以客观、冷静的笔法，按照俄国农村“生活原有的样子”描绘它，反映了俄国农村的赤贫、落后、愚昧和矛盾，从而更加强烈地烘托出这种生活固有的悲剧性。

在《农民》中，作者极其真实地描述了农民极度贫困的生活现状，通过尼古拉回归老家到死亡这一段生活，把这个濒临破产，在饥饿线上挣扎的家庭写得入木三分、淋漓尽致。贫穷不是一家两家，而是整个茹科沃村。四十户人家，却欠着政府两千多卢布的税款，就连村长安契普的妻子怀着孕还在缠丝，为的是挣几个零花钱。

这种贫穷的普遍性使得农民自己都在麻痹自己，他们丧失了对生活的信心，每天喝醉后就闯祸。那种麻木不仁，即使村里起火，他们也毫不在意。对这场火灾以及村民们在灭火时的表现的描绘，表明了契诃夫对深受压迫而又未觉醒的农民们的态度是现实主义的，从而否定了民粹派对俄国农村的理想化。

导读

小说讲述的主人公是两个知识分子：医生安德烈和病人伊凡。他们两人的争论推动着情节的发展。伊凡热爱读书，受过良好教育，对社会现状认识深刻，却被当成疯子关在第六病室；医生安德烈也明白这个社会的处境，但他不予反抗，自欺欺人。伊凡的激烈言辞让安德烈震撼，他们成了知己，然而，正因安德烈经常去找伊凡聊天也被视为疯子，被骗进了第六病室内禁闭起来，并惨死在那里。弥漫着污浊空气的第六病室，与其说是病房，还不如说是监狱。

第六病室

一

在医院的后院里，有一座不大的偏屋，四周长着密密麻麻的牛蒡（bàng）（两年生草本植物，叶子呈心脏形，根肉质，可入药）、荨麻和野生的大麻。这房子的铁皮屋顶已经生锈，烟囱塌了半截，门前的台阶早已腐朽，长出草来，墙上的灰浆只留下斑驳的残迹。偏屋的正面对着医院，后面朝向田野；一道带钉子的灰色围墙把偏屋和田野隔开。这些尖端朝上的钉子、围墙和偏屋本身，无不显得阴森可怕，只有我们的医院和监狱才会有这种特殊的外观。

如果您不怕被荨麻蜇（zhē）痛，那您就沿着一条通向偏屋的羊肠小道走去，让我们看一看里面的情景。打开第一道门，我们来到了外室。这里的墙下和炉子旁边扔着一堆堆医院里的破烂。床垫啦，破旧的病人服啦，长裤啦，蓝白条纹的衬衫啦，毫无用处的破鞋啦——所有这些皱皱巴巴的破烂混杂在一起，胡乱堆放着，正在霉烂，发出一股令人窒（zhì）息（呼吸困难）的臭味。

看守人尼基塔，嘴里咬着烟斗，老是躺在这堆乌七八糟的废物上。他是个退伍的老兵，那身旧军服上的红领章早已褪成棕黄色。他的脸严厉、憔悴（qiáo cuì）（形容人瘦弱，脸不好看），两道下垂的眉毛给他的脸增添了一副草原牧羊犬的神气，鼻子通红。他身材不高，看上去瘦骨伶仃，青筋暴突，可是神态威严，拳头粗大。他属于那种头脑简单、惟命是从、忠于职守、愚钝固执的人，这种人最喜欢秩序，把它看得高于一切，因而深信：他们就得挨打。他打他们的脸、胸、背，打到哪儿算哪儿，相信不这样就不能维持这里的秩序。

再往里走，您便进入一间宽敞的大房间，如果不算外室，整座房子就由它占去了。这里的墙壁涂成暗蓝色，天花板熏黑了，跟没有烟囱的农舍一样——显然，到了冬天，这里的炉子日夜冒烟，煤气很重。窗子的里边装着铁栅栏，样子难看。地板灰暗，粗劣。满屋子的酸白菜味、灯芯的焦糊味、臭虫味和氨水味，这股浑浊的气味让您产生的最初的印象是，仿佛您进入了一个圈养动物的畜栏。

房间里摆着几张床，床脚钉死在地板上。在床上坐着、躺着的人都穿着蓝色病人服，戴着旧式尖顶帽。这些人是疯子。

这里一共五个人。只有一人贵族出身，其余的全是小市民。靠近房门睡的是个又高又瘦的小市民，褐色的小胡子亮闪闪的，泪眼模糊，托着头坐在床上，定定地望着一处地方发呆。他日日夜夜发愁、摇头、叹气、苦笑。他很少参与别人的谈话，即使问他什么，他也照例不答。给他端来食物，他就机械地吃下去，喝下去。从他那剧烈而痛苦的咳嗽，骨瘦如柴的模样和脸颊上的潮红可以推断，他正害着痨病。

在他之后是个矮小、活泼、十分好动的老头子，留一把尖尖的小胡子，一头乌黑的鬈发，像黑人似的。白天他在病室的两扇窗子间不停地踱来踱去，或者像土耳其人那样盘腿坐在自己床上，同时无休止地吹着口哨，学灰雀啼叫，还小声唱歌，嘿嘿窃笑。他的这种孩子气的乐趣和活泼的性格，即使在夜里也有所表现：他常常爬起来向上帝祷告，也就是用双拳捶胸，用手指头抠（kōu，用手指或细小的东西从里面往外挖）抠门缝。他就是犹太人莫谢伊卡，大约二十年前他因为帽子作坊起火烧毁而神经错乱，成了疯子。

第六病室的全体病人中，只有莫谢伊卡一人被允许外出，甚至可以离开医院上街去。他很久以来，就享受着这一特权，大概因为他是医院的老住户，又是个不伤人的文疯子，再者，他成了城里供人逗乐的丑角。只要他一出现，立即被一群孩子和狗围住，对此人们也早已看惯了。他穿着难看的病人服，戴着滑稽的尖顶帽，穿着拖鞋，有时光着脚，甚至不穿长裤，在街上走来走去，在民宅和商店的门口站住，讨个小钱。有的给他克瓦斯，有的给点面包，还有人给个小钱，所以他回来时通常已吃饱喝足，还发了点小财。他带回来的东西统统让尼基塔没收了去归自己享用。这个老兵做这种事很不客气，他粗鲁地、气急败坏地把他的每一个口袋都翻过来，还呼唤上帝来作证，说他今后绝不再放犹太人上街，说他在这个世界上最恨的是不守秩序。

莫谢伊卡喜欢帮助人。他给同伴端水，在他们睡着的时候给他们盖好被子，答应下次从街上回来送每人一个小钱，并且给每人缝一顶新帽子。他还给左边的邻居，一个瘫痪病人，用勺子喂饭吃。他这样做既不是出于怜悯，也不是出于什么人道方面的考虑，他只是无形中受了右边的邻居格罗莫夫的影响，模仿他这么干的。

伊凡·德米特里·格罗莫夫是个三十三岁的男子，贵族出身，担任过法院民事执行员，属十二品文官，患有被迫害妄想症①。他要么缩成一团躺在床上，要么在室内不停地走来走去，像在活动筋骨，很少有坐着的时候。一种令人惊慌不安的、说不清道不明的等待，弄得他总是十分兴奋、急躁、紧张。外屋里只要有一丝动静，或者院子里有人叫一声，他便立即抬起头，侧耳细听：莫非是有人来找他？要把他抓走，这时他的脸上就露出极其惊慌和厌恶的神色。

我喜欢他那张颧骨凸出的方脸盘，它总是苍白、悲伤，像一面镜子反映出他那颗饱受惊吓又苦苦挣扎的心灵。他的脸相是奇特的、病态的，然而那清秀的面容虽则刻下深沉而真诚的痛苦，却显出理智和知识分子所特有的文化素养，他的眼睛闪出温暖的健康的光芒。我也喜欢他本人，彬彬有礼，乐于助人，对所有的人都异常客气，除了尼基塔。谁要是掉了扣子或者茶匙，他总是赶紧从床上跳下来，拾起那件东西。每天早晨他都要跟同伴们道早安，躺下睡觉时祝他们晚安。

除了一贯紧张的心情和病态的脸相外，他的疯病还有如下表现：有时在傍晚，他裹紧那件破旧的病人服，浑身发抖，牙齿打颤，开始在墙角之间、病床之间急速地走来走去。好像是，他正害着厉害的寒热病。有时他突然站住，看看他的同伴们，想必他有十分重要的话要说，可是他又显然考虑到他们不会听他讲话，或者即使听也听不懂，于是他便不耐烦地摇着头，继续走来走去。可是不久想说话的欲望压倒一切顾虑，占了上风，他就放任自己，热烈地、激昂他讲起来。他的话没有条理，时快时慢，像是梦呓（yì）（梦话），有时急促得让人听不明白，然而在他的言谈中，在他的声调中，有一种异常美好的东西。听他说话，您会觉得他既是疯子，又是正常人。他的疯话是难以写到纸上的。他谈到人的卑鄙，谈到践踏真理的暴

---

① 一种精神疾患，自以为受人迫害。

力，谈到人间未来的美好生活，谈到这些铁窗总是使他想到强权者的愚蠢和残酷。结果他的话就成了一支杂乱无章的集成曲，尽管是老调重弹，然而却远没有唱完。

二

大约十二年或十五年前，文官格罗莫夫住在城里一条最主要的大街上。他拥有私宅，颇有名望，家道殷实。他有两个儿子：谢尔盖和伊凡。谢尔盖在大学四年级的时候得了急性肺结核，死了。他的死像是开了个头，此后一连串的不幸突然落到这家人头上。刚埋葬了谢尔盖，一周后，年老的父亲因为伪造单据，盗用公款而被起诉，不久因伤寒病死在监狱的医院里。房子和全部动产均被拍卖，弄得伊凡·德米特里和他的母亲一贫如洗无以为生了。

从前，在父亲活着的时候，伊凡·德米特里住在莫斯科，在那里上大学，每月收到六七十个卢布，不知道什么叫穷，后来他不得不急剧地改变自己的生活。他只好从早到晚去报酬很低的家馆，做抄写工作，却仍旧挨饿，因为他把全部收入都寄给母亲维持生计了。伊凡·德米特里忍受不了这种生活。他垂头丧气，变得虚弱不堪，不久就放弃学业，回到家乡。在这里，在这座小城里，他多方托人，谋到了县立学校的一份教职。但他跟同事相处不好，学生也不喜欢他，不久他就辞职不干了。母亲又去世了。他有半年之久失业在家，只靠面包和水生活，后来就当上了法院的民事执行员。他一直担任这个职务，直到因病被解职为止。

他向来没有给人留下健康的印象，即使在青春年少的大学期间也是这样。他总是脸色苍白、身体消瘦，经常感冒，吃得少、睡不好。只要一杯红葡萄酒就能弄得他头昏脑胀，歇斯底里发作。他总想跟人们交往，但由于他生性急躁、多疑，他没有朋友，没有一个至交。他对城里人的评论向来带着轻蔑，老说，他们的粗鲁无知和浑浑噩噩（糊里糊涂，愚昧无知）的禽兽般的生活是他深恶痛绝的。他用男高音说话，响亮而热烈。说话时要么怒气冲冲、愤愤不平；要么兴高采烈，露出惊奇的神色，不过任何时候他的表情都是真诚的。不论跟他谈什么，他总是归结到一点：这个城市的生活沉闷、无聊，这个社会没有高尚的需求，过着毫无生气、毫无意义的生活，充斥着形形色色的暴力、愚昧、腐化和伪善。卑鄙的人锦衣玉食，正直的人忍饥挨饿；社会需要学校，主持正义的报纸，剧院，大众读物，知识界的团结；必须让这个社会认清自己的面目，感到震惊才好。他对人的议论总加上浓重的色调，而且只有黑白二色，不承认有其他的色彩。他把人类分成卑鄙小人和正直人两种，中间的人是没有的。关于女人和爱情他总是津津乐道，充满热情，但他一次也没有恋爱过。

尽管他言论尖刻、神经过敏，城里人却喜欢他，背地里都亲切地叫他万尼亚[①]。他那种待人和蔼、乐于助人的天性，为人的正派、道德的纯洁，就连他那件破旧的长礼服、病态的外貌、家庭的不幸，总能唤起他们心中美好的、温暖的、忧伤的感情。此外他受过良好的教育，博览群书，用城里人的话说，他无所不知，在这个城市里是个类似活字典的人物。

他读过很多书。他常常坐在俱乐部里，神经质地捻着小胡子，翻阅杂志和书籍。看他的脸色可以知道，他不是在阅读，而是在吞咽，根本来不及咀嚼。应当认为，阅读是他的一种病态的习惯，因为不管他抓到什么，哪怕是去年的报纸和日历，他都急不可耐地读下去。他在家里总是躺着看书。

三

一个秋天的早晨，伊凡·德米特里翻起大衣领子，在泥泞中啪嗒啪嗒地走着，穿过小巷和一些偏僻的地方，费力地去找一个小市民的家，凭执行票向他收款。他心情忧郁，每到早晨他总是这样的。在一条巷子里他遇到四个荷枪实弹的士兵押送着两名戴着手铐的犯人。以前伊凡·德米特里经常遇见犯人，每一次他们都引起他怜悯和不安的感觉，可是这一次相遇，却给他留下一个异样的、奇怪的印象。不知为什么他突然觉得，他也可能戴上手铐，就这样由人押着，走在泥地里，送进监狱去。他在小市民家待了一会儿，然后回家。在邮局附近，他遇见一个认识的警官，对方跟他打了招呼，还和他一道走了几步，不知为什么他又觉得这很可疑。回到家里，他一整天都想着两个犯人和荷枪的兵，一种莫名其妙的惶恐不安的心情妨碍他阅读和集中精力思索什么事。晚上他在屋里没有点灯，夜里也不睡觉，老想着他可能被捕，戴上手铐，关进监狱。他不知道自己有什么过失，而且可以担保他今后也绝不会去杀人、放火、偷盗。可是，无意中偶然犯下罪行难道不容易吗？难道不会有人诬陷吗？最后，难道法院不可能出错吗？难怪千百年来人民的经验告诫我们：谁也不能发誓不讨饭，不坐牢[②]。而在现行的诉讼程序下，法院的错判是完全可能的，不足为怪的。那些对别人的痛苦有着职务或事务关系的人，如法官、警察和医生，久而久之，出于习惯势力，会变得麻木不仁，以致对他们的当事人，即使不愿意，也不能不采取敷衍（fū yǎn）了事（表面应付事情）的态度。从这方面讲，他们同在后院里杀羊宰牛而看不见血的农民没有丝毫区别。在对人采取这种敷衍塞责

---

① 伊凡的昵称。

② 俄国谚语。

(sè zé)(对自己应该负的责任应付了事)、冷酷无情的态度的情况下，为了剥夺一个无辜的人的一切公民权利并判他服苦役，法官只需一件东西：时间。只要有时间去完成某些法定程序，然后就万事大吉——法官就是凭这个领取薪水的，事后你在这个离铁道二百俄里的肮脏的小城去寻找公正和保护吧！再说，既然社会把任何暴力视作明智、合理之必需，而一切仁慈的举动，如宣告无罪的判决，却引起不满和报复情绪的大爆炸，在这种情况下，侈谈公正，岂不可笑吗？

早晨，伊凡·德米特里起床后心存恐惧，额头上冒出冷汗，已经完全相信，他每时每刻都可能被捕。“既然昨天那些沉重的思想久久地没有离开我，”他想道，“可见这些想法不无道理。这些想法的确不可能无缘无故地钻进脑子里的。”

有个警察不慌不忙地从窗下经过，这是不无用意的。瞧，有两个人站在房子附近，也不说话。为什么他们不说话呢？

从此，伊凡·德米特里日日夜夜受尽折磨。所有路过窗下的人和走进院子的人都像是奸细和暗探。中午，县警察局局长通常坐着双套马车从街上经过，他这是从城郊的庄园去警察局上班。可是伊凡·德米特里每一次都觉得：马车跑得太快，他的神色异样，显然他急着跑去报告，城里有一个十分重要的犯人。每逢有人拉铃或者敲门，伊凡·德米特里就浑身打颤，如果在女房东家里遇到生人，他就惶惶不安。可是遇见警察和宪兵时，他却露出笑脸，还吹着口哨，装出若无其事的样子。他一连几夜睡不着觉，等着被捕，可是又故意大声打鼾，像睡着的人那样连连吁气，好让女房东觉得他睡着了。要知道，如果夜里他睡不着觉，那就意味着他受到良心的谴责，痛苦不堪——这可是一大罪证！事实和常理使他相信，所有这些恐惧都荒诞不经，无非是变态心理，另外，如果把事情看得开一些，即使被捕坐牢，其实也没有什么可怕的——只要问心无愧就行了。但他的思考越是理智，越是合乎常理，他内心的惶恐不安就越是强烈，越是折磨人。这就像一个隐士本想在处女林里开出一小块安生之地，他用斧子砍得越是起劲，林子却长得越来越茂盛一样。伊凡·德米特里最后意识到，这也无济(jì)于事(对事情没有帮助)，于是索性不再思考，完全沉溺(nì)(沉浸)于绝望与恐惧之中。

他开始离群索居，避开人们。他原先就讨厌自己的职务，现在更是忍受不了这种工作。他生怕有人使坏整他，偷偷往他的口袋里塞进贿赂，然后去告发他。或者他自己无意中在公文上出错——这无异于伪造文书，或者他丢失了别人的钱。奇怪的是，他以前的思想从来没有像现在这样活跃机敏，现在他每天都能想出成千上万条各种各样的理由，说明应当认真为自己的自由和名誉担忧。正因为如此，他对外界，特别是对书籍的兴趣便明显地减弱，他的记忆力也大为衰退了。

到了春天，雪化了，在公墓附近的一条冲沟里发现两具部分腐烂的尸体。这是一个老妇人和小男孩，带有强暴致死的迹象。于是城里人议论纷纷，只谈这两具尸体和尚未查明的凶手。伊凡·德米特里害怕别人以为这是他杀死的，便在大街小巷走来走去，还面带微笑。可是遇见熟人时，他的脸色红一阵，白一阵，一再声明，没有比杀害弱小的、无力自卫的人更卑鄙的罪行了。可是这种作假很快就使他厌倦，他略加思索后认定，处在他的地位，最好的办法就是躲进女房东的地窖里去。他在地窖里坐了一整天，之后又坐了一夜一天。他冻得厉害，等到天黑，便偷偷地像贼一样溜进自己的房间里。天亮之前，他一直站在房间中央，身子一动不动，留心听着外面的动静。清晨，太阳还没有升起，就有几个修炉匠来找女房东。伊凡·德米特里清楚地知道，他们是来翻修厨房里的炉灶的，然而恐惧偷偷地告诉他，这些人是打扮成修炉匠的警察。于是他悄悄地溜出住宅，没戴帽子，没穿上衣，惊骇（hài）（惊慌害怕）万分地顺着大街跑去。几条狗汪汪叫着追他，有个男人在后面不住地喊叫，风在他耳边呼啸，伊凡·德米特里便觉得全世界的暴力都聚集在他的背后，现在要来抓住他。

有人把他拦住，送回住处，打发女房东去请医生。医生安德烈·叶菲梅奇（这人以后还要提起）开了在头上冷敷的药液和桂樱叶滴剂①的药方，愁眉苦脸地直摇头。临走前他对女房东说，以后他不会再来了，因为他不该妨碍人们发疯。由于伊凡·德米特里在家里无法生活和治疗，只好把他送进医院，被安置在性病病室里。他每天夜里不睡觉，发脾气，搅得病人不得安宁，不久安德烈·叶菲梅奇便下令把他转到第六病室。

一年后，城里人已经完全忘了伊凡·德米特里，他的书让女房东胡乱堆在屋檐下的雪橇（qiāo）（用狗、鹿、马等拉着在冰雪上滑行的一种没有轮子的交通工具）里，被顽皮的孩子们一本本拿光了。

四

伊凡·德米特里左边的邻居，我已经说过，是犹太人莫谢伊卡，右边的邻居是个一身肥肉、长得滚圆的农民，一张痴呆呆的脸上毫无表情。这是一个不爱动的、贪吃的、不干不净的畜生，早已丧失了思想和感觉的能力。从他身上不断冒出一股令人窒（zhì）息（让人喘不过气）的恶臭。

尼基塔给他收拾床铺的时候，总是狠狠打他，使劲抡起胳膊，一点也不顾惜拳头。这时候，可怕的不是他挨了打——这种事是可以习惯的——可怕的是这个迟钝

① 一种镇静剂。

的畜生挨了打却毫无反应：不出声音，没有动作，连眼睛都毫无表情，只是身子稍稍晃一晃，像个沉重的大木桶。

第六病室的第五个，也就是最后一个病人是个小市民，原先是邮局的拣信员。他是个瘦小的金发男子，一张和善的面孔上带点狡猾的神色。看他那双聪明、安详的眼睛以及明亮而快活的目光可以推断，他城府很深，心里藏着极重要、极愉快的秘密。他在枕头底下、床垫底下藏着什么东西，总不肯拿出来给别人看，倒不是怕人抢了去、偷了去，而是有点不好意思。有时他走到窗前，背对着病友，在胸前佩戴什么东西，还低下头看了又看。如果这时有人走到他跟前，他就满脸窘色，立即把胸前的东西扯下来。不过他那点秘密是不难猜出的。

“您得向我祝贺，”他常常对伊凡·德米特里说，“上司为我呈请授予二级斯丹尼斯拉夫星章。二级星章向来只颁发给外国人，可是不知什么缘故，他们愿意为我破例哩，”他笑嘻嘻地说，还大惑不解地耸耸肩膀，“嘿，老实说，简直没有料到。”

“你这话我一点也不懂。”伊凡·德米特里阴沉地声明。

“不过您可知道，我迟早会弄到什么吗？”以前的邮局分拣员狡黠地眯细眼睛接着说，“我一定能得到一枚瑞典的‘北极星’。这种勋章是值得费心张罗的。白十字架和黑带子。漂亮极了。”

大概任何别的地方的生活都不会像这座偏屋里那样单调。每天早晨，除了瘫痪病人和胖农民以外，所有的人都在外室里的一只双耳木桶里洗脸，用病人服的下摆擦干。这之后他们用锡杯子喝茶，茶是由尼基塔从主楼里取来的。每人只能喝一杯。中午他们喝酸白菜汤和粥，晚上吃中午剩下的粥。三餐之间，他们躺下，睡觉，望着窗子，在房间里走来走去。天天如此。连以前的邮局拣信员说的也还是那几种勋章。

第六病室很少见到新人。医生早就不接收新的疯癫病人，而想访问疯人院的人在这个世界上是不多的。理发师谢苗·拉扎里奇隔两个月来这里一次。他怎么给疯子们理发，尼基塔怎么帮他的忙，每当这个醉醺（xūn）醺（形容人喝醉了酒的样子）、笑呵呵的理发师出现时，病人们怎样乱作一团——这些我们就不谈了。

除了理发师，谁也不到这里来看一看。病人们注定一天到晚只能见到尼基塔一个人。

可是不久前，在医院的主楼里，流传着一个相当奇怪的消息。

传说好像医生经常去第六病室了。

五

奇怪的流言！

医生安德烈·叶菲梅奇·拉金，从某一点上说是个与众不同的人。据说他年轻时笃信上帝，准备日后担任神职。一八六三年他中学毕业，本想进神学院学习，可是他的父亲，一名医学博士和外科医师，刻薄地挖苦了他一顿，断然宣布，如果他真去当神父，他就不认他这个儿子。这话可信到什么程度，我不知道，不过安德烈·叶菲梅奇本人不止一次地承认，他对医学以及一般的专门学科向来是不感兴趣的。

不管怎么样，他读完了医学系的课程，并没有去当教士。看不出他如何笃信上帝，开始从医时跟现在一样，他都不像是虔诚信教的人。

他的外貌笨重、粗俗，像个庄稼汉。他的脸、胡子、平顺的头发和结实笨拙的体态，使人想起大道旁小饭铺里，那种酒足饭饱、随随便便、态度粗鲁的店老板。他的脸粗糙，布满细小的青筋，眼睛小，鼻子发红。由于身材高，肩膀宽，所以手脚很大，似乎一拳打出去，就能叫人断了气。不过他的步态徐缓，走起路来小心翼翼、蹑手蹑脚。在狭窄的过道里遇见人时，他总是先停下来让路，说一声："对不起！"——他的声音完全不是预料中的男低音，而是嗓子尖细、音色柔和的男中音。他的脖子上有个不大的瘤子，妨碍他穿浆过的硬领衣服，所以他总是穿柔软的亚麻布或棉布衬衫。一般说来，他的穿着不像一名医生。一身衣服他一穿就是十年，新衣服他照例到犹太人的铺子里去买，那皱皱巴巴的新衣穿在他身上跟旧衣服一样。同一件礼服，他看病时穿它，吃饭时穿它，出门做客也穿它。不过他这样做不是出于吝啬，而是他完全不修边幅。

当安德烈·叶菲梅奇来到这个城市就职的时候，这个"慈善机关"的情况简直糟透了，病室里，过道里，医院的院子里，到处臭烘烘的，叫人透不过气来。医院的勤杂工、助理护士和他们的孩子们都跟病人一起住在病室里。人们抱怨，蟑螂、臭虫和老鼠搅得大家不得安生。在外科，丹毒从来没有绝迹过，整个医院只有两把手术刀，体温计一个也没有，浴室里存放着土豆，总务长、女管理员和医士勒索病人钱财。据说安德烈·叶菲梅奇的前任老医生把医院里的酒精偷偷拿出去卖，他还网罗护士和女病人组成他的后宫。所有这些乌七八糟的事，城里人全都清楚，甚至夸大其词，然而对此却漠不关心。有些人强词夺理，说什么住医院的都是小市民和农民，这种人不可能不满意，因为他们家里的生活比医院里还要糟得多，总不能供他们吃松鸡吧！另一些人则辩解说，没有地方自治局的帮助，光靠本城的财力是办不成一所像样的医院的；谢天谢地，医院虽糟，总算有一个。而成立不久的地方自治局不论在城里还是城郊都不开设诊疗所，借口是城里已经有医院了。

到医院里视察一番，安德烈·叶菲梅奇得出结论，这个机构不成体统，对病人的健康极为有害。照他看来，最明智的可行办法就是把所有的病人放回家，关闭这所医院。但他考虑到，光凭他个人的权限很难做到这一点，况且这也无济于事。如果把肉体上的和精神上的污秽从一个地方赶出去，那它就会转移到另一个地方，应当等待它自行消失。再说，人们既然开办医院，而且容忍它的存在，可见它是人们需要的。种种偏见和所有这些日常生活中的卑鄙龌龊（wò chuò）（脏、不干净）的丑事也是需要的，因为久而久之它们会转化为有用之物，正如畜粪变成黑土一样。这个世界上没有一种好东西在它开始的时候不带有丑恶的成分。

上任之后，安德烈·叶菲梅奇对待医院里的混乱看来是相当冷漠的。他只要求医院的勤杂工和护士不再在病室里过夜，添置了两柜子的医疗器械，至于总务长、女管理员、医士，以及外科的丹毒，一切都维持原状。

安德烈·叶菲梅奇极其喜爱智慧和正直，然而要在自己身边建立明智和正直的生活对他来说却缺乏坚强的性格，缺乏这方面的信心。下命令，禁止，坚持己见，这些他是完全做不到的。看来他似乎发过誓，永远不提高嗓门，永远不用命令式。“给我这个”或者“把那东西拿来”这样一些话他很难说出口。每当他饿了，他总是犹豫不决地咳几声，对厨娘说：“最好给我一杯茶”或者“最好给我弄点吃的”。至于对总务长说，不准他偷盗，或者把他赶走，或者干脆废除这个多余的寄生职位——这些他完全是无能为力的。每当有人欺骗安德烈·叶菲梅奇，或者奉迎他，或者拿来一份明明是造假的账单要他签字，他总是窘得满脸通红，尽管他感到心中有愧，但还是在账单上签了字。遇到病人向他诉苦说吃不饱，或者抱怨护士态度粗暴，他就发窘，抱歉地嘟哝说：

“好，好，我以后调查一下……多半这是误会……”

起先安德烈·叶菲梅奇十分勤奋。每天从早晨起，他就给病人看病，做手术，有时甚至接生，一直干到吃午饭。女病人都说他细心，诊断准确，特别是儿科疾病和妇女病。可是时间一长，他因为工作的单调、徒劳无益，显然感到厌烦了。今天接诊三十个病人，到明天一看，加到三十五人，后天就是四十，就这样天天看病，年年看病，可是城市的死亡率并没有因此下降，病人照样不断地来。一个上午，要对四十名就诊病人真正有所帮助，这在体力上是办不到的，所以尽管不愿意，结果只能是骗局。一个会计年度接诊一万两千名病人，不客气地说，那就是欺骗了一万两千名病人。至于让重病人住进病房，按科学的规章给以治疗，这同样做不到，因为规章是有的，科学却没有。如果抛开空洞的议论，像别的医生一样死板地照章办事，那么为此首先需要洁净和通风，而不是垃圾和污浊的空气；需要有益健康的食品，而不是酸臭的白菜汤；需要助手，而不是窃贼。

再说，既然死亡是每个人正常合理的结局，那又何必阻止人们去死呢？如果某个商人或文官多活了五年十年，那又怎么样呢？如果认为医学的任务在于用药物减轻痛苦，那么这里不能不引出一个问题：为什么要减轻痛苦呢？据说，首先，痛苦使人完美；其次，如果人类当真学会了用药丸和药水减轻自己的痛苦，那么人类就会完全抛弃宗教和哲学，可是到目前为止，人类在宗教和哲学中，不仅找到了避免一切不幸的护符，而且甚至找到了幸福。普希金临死前经受了可怕的折磨，可怜的海涅因瘫痪而卧床好几年。那么为什么某个安德烈·叶菲梅奇或者玛特廖娜就不该生病呢？要知道这些人的生活毫无内容，如果没有痛苦，那他们的生活就完全空虚，变得跟变形虫[①]的生活一样了。

这些思索弄得安德烈·叶菲梅奇心灰意冷，从此他不再每天去医院上班了。

六

他的生活是这样度过的。通常他早晨八点左右起床，穿衣，喝茶。然后他在自己的书房里坐下看书，或者去医院上班。在医院里，门诊病人坐在狭窄昏暗的过道里等着看病。勤杂工和护士们在他们身边跑来跑去，靴子在砖地上踩得咚咚响；瘦弱的住院病人穿来穿去；死尸和装满污物的器具也从这里抬出去；病儿哭哭啼啼，穿堂风不断灌进来。安德烈·叶菲梅奇知道，这样的环境对发烧的、害肺痨的和本来就敏感的病人来说简直是遭罪，可是有什么办法呢？在诊室里，医士谢尔盖·谢尔盖伊奇正在迎候他。这人矮小、肥胖，圆鼓鼓的脸刮得很光，洗得干干净净。他态度温和，举止从容，穿一身肥大的新西装，看上去与其说像医士，不如说像参政员。他在城里还私人行医，求诊者很多，他系着白领结，自认为比医生高明，因为医生不私下行医。诊室的墙角有一个神龛（kān）（供奉神佛的小阁子），里面放一尊很大的圣像，点一盏笨重的长明灯，旁边有个高烛台，蒙着白布罩。四壁墙上挂着好几幅大主教的肖像，一张圣山修道院的风景照片和一些枯萎的矢车菊花环。谢尔盖·谢尔盖伊奇信仰上帝，喜欢神圣的仪式。圣像就是用他私人的钱设置的。每逢礼拜天，由他下命令，要某个病人在诊室里大声吟唱赞美诗，唱完之后，谢尔盖·谢尔盖伊奇便手提香炉，走遍各个病室，摇炉散香。

病人很多，而时间很少，所以他的工作只限于简短地问一下病情，然后发点氨

① 一种单细胞动物。

搽剂或蓖麻油之类的药。安德烈·叶菲梅奇坐在桌旁，用拳头托着脸颊，沉思着，木然地提几个问题。谢尔盖·谢尔盖伊奇也坐着，搓着手，偶尔插上一两句话。

“我们生病，受穷，”他常说，“那是因为我们没有好好祈祷仁慈的上帝。是的！”

在门诊看病的时候，安德烈·叶菲梅奇不做任何手术。他早就不习惯做手术了，一见到血他就感到难受。有时他不得不扳（bān）开（使东西改变方向或位置）婴孩的嘴，查看喉咙，小孩子便哇哇地叫，挥舞小手招架，这时候他的耳朵里便嗡嗡地响，头发晕，眼睛里涌出泪水。他赶紧开个药方，挥挥手，让女人把小孩子快点带走。

在门诊看病的时候，病人畏畏缩缩、说话没有条理，再加上正襟危坐的谢尔盖·谢尔盖伊奇，墙上的那些画，他自己二十年来一成不变的提问——这一切很快就让他感到厌倦。他看了五六个病人就走了。剩下的病人由医士独自诊治。

安德烈·叶菲梅奇愉快地想到，谢天谢地，他早已不私人行医，现在谁也不会来打搅他。回到家后，他立即坐到书房里开始看书。他读很多书，总是读得兴致勃勃。他的一半薪水都用来买书，六间一套的寓所有三间堆放着书和旧杂志。他最喜欢读历史和哲学方面的著作。医学方面他只订了一份《医师》杂志，而且通常是从后面读起。每一次他能不间歇地读上几个小时而不感到疲倦。他不像伊凡·德米特里那样读得很快，容易冲动，他读得缓慢、深入，读到凡是他喜欢的或者读不懂的地方，他常常停下来。在书的旁边，总要放上一小瓶伏特加，一根腌黄瓜或者一个渍苹果，而且直接放在呢子桌布上，不用盘子装。每隔半小时，他眼睛不离开书，为自己斟上一杯伏特加，喝下去，然后不用眼睛看，用手摸到黄瓜，咬下一截。

三点钟，他小心翼翼地走到厨房门口，咳几声，说：

“达留什卡，最好给我弄点吃的……”

吃了一顿相当差还不干净的午饭后，安德烈·叶菲梅奇就在各个房间里走来走去，双手交叉抱在胸前，一边想着什么事情。时钟敲了四点，过后五点，他还在踱步、沉思。有时厨房的门吱嘎响起来，从门里探出达留什卡那张带着睡意的红脸。

“安德烈·叶菲梅奇，您该喝啤酒了吧？”她关心地问。

“不，还不到时候……”他回答，“再等一会儿……再等一会儿……”

邮政局局长米哈伊尔·阿韦良内奇通常在傍晚来访。在全城居民中，只有跟他的交往还没有让安德烈·叶菲梅奇感到厌烦。米哈伊尔·阿韦良内奇原先是个广有资财的地主，在骑兵团服役，但后来破产了，迫于生计只好在年老时进了邮政局。他精力充沛，身体健壮，蓄着灰白的美髯，举止彬彬有礼，嗓门洪亮，声音悦耳。他善良，重感情，但脾气暴躁。在邮局，只要有顾客提出抗议，不同意某些做法，或者只是议论几句，米哈伊尔·阿韦良内奇立即涨红了脸，浑身哆嗦，雷鸣般地吼道："你闭嘴！"因此这个邮政局早已出了名，是个谁都怕进的衙门。米哈伊尔·阿韦良内奇认为安德烈·叶菲梅奇有教养，志向高远，因而尊敬他，喜爱他。他对其余的居民则态度傲慢，像对他的下属一样。

"我来了！"他说着走进安德烈·叶菲梅奇的书房，"您好，我亲爱的朋友！恐怕我已经惹您讨厌了吧？"

"正好相反，我非常高兴，"医生回答他，"见到您我总是很高兴。"

两位朋友坐在书房的长沙发上，他们先默默地抽一阵烟。

"达留什卡，最好给我们弄点啤酒来！"安德烈·叶菲梅奇说。

两人一言不发喝完第一瓶啤酒：医生在沉思默想，米哈伊尔一副快活而兴奋的神色，好像有一件十分有趣的事要讲出来。谈话总是由医生开头。

"真遗憾，"他说得徐缓而平和，一边摇着头，眼睛不看对方（他向来不直视别人的脸），"真是太遗憾了，尊敬的米哈伊尔·阿韦良内奇，在我们这个城市里，根本没有人会谈些高深的或者有趣的话题，他们没有这个能力，也不喜欢这样做。这对我们来说，是巨大的损失。连知识分子也不免流于庸俗，他们的发展水平，我敢断言，一点也不比下等人高。"

"完全正确。我同意。"

"您自己也知道，"医生平静地、慢条斯理地接着说，"在这个世界上，除了人类智慧最崇高的精神表现之外，一切都无足轻重、没有意思。智慧在人兽之间画出鲜明的界线，暗示着人类的神圣，而且在某种程度上甚至能取代人类的不朽——尽管不朽是不存在的。由此可见，智慧是快乐的唯一可能的源泉。可是我们在周围看不到有智慧的人，听不到智慧的谈吐——可见我们没有快乐。不错，我们有书，但是这跟活跃的交谈和积极的交往是完全不同的。如果您容我做个不完全恰当的比喻，那么我要说：书是乐谱，交谈才是歌。"

"完全正确。"

接着是沉默。达留什卡从厨房里出来，呆板的脸上带几分愁苦，一手托着脸，在房门外站住，想听听他们讲什么。

"唉！"米哈伊尔·阿韦良内奇叹了口气，"真希望现在的人能聪明起来！"

于是他讲起过去的生活多么健康、快活、有趣，那时俄国的知识分子多么聪明，他们多么看重名誉和友谊。他们借钱给人家不要借据，认为朋友有困难不伸手帮助是可耻的。再说那些旅行、冒险、争论多么有意思啊！还有什么样的朋友，什么样的女人啊！说到高加索，那是多么迷人的地方！有个营长的妻子，是个怪女人，一到晚上就穿上军官制服，独自骑马进山，也不带向导。据说她在山村里，跟一个小公爵出了点风流韵事。

“我的圣母娘娘……”达留什卡叹道。

“再说那时候喝得多痛快！吃得多丰盛！那些有着自由思想的人真是天不怕地不怕呀！”

安德烈·叶菲梅奇听着，却充耳不闻：他在思考着什么，不时喝一口啤酒。

“我常常梦见聪明的人，并且跟他们交谈，”他忽然打断米哈伊尔·阿韦良内奇的话说，“我的父亲让我受到良好的教育，但是在六十年代的思想影响下，他非要我当医生不可。我这样想，假如当年我不听他的话，那么我现在一定处在思想运动的中心了。恐怕我已成了某个系的教授。当然，智慧也不是永恒的，而是短暂易逝的，可是您已经知道，为什么我对它如此喜爱。生活是个令人苦恼的陷阱。当一个有思想的人进入成年，他的意识成熟起来的时候，他不由得感到仿佛自己掉进了没有出路的陷阱。实际上，他从虚无到有生命，不是出于他的意志，而是由某些偶然的情况促成的。……这是为什么？他想弄清自己生活的意义和目的，可是别人不告诉他，或者说些荒诞无稽（jī）（无从查考，毫无根据）的话。他敲门——没人给他开门。最后死神来找他——这同样不是出于他的意愿。打个比方，正如监狱里的人，被共同的不幸联系在一起，当他们聚到一处时，心情就轻松些，同样的道理，当热衷分析和概括的人们聚到一处，在交流彼此的引以自豪的自由思想中消磨时光时，你就不会觉得生活在陷阱中。从这个意义上讲，智慧是不可替代的快乐。”

“完全正确。”

安德烈·叶菲梅奇不看对方，讲讲停停，一直平静地谈论着有智慧的人同他们的交谈。米哈伊尔·阿韦良内奇留心听着，连连赞同：“完全正确。”

“那么您不相信灵魂不死吗？”邮政局局长突然问道。

“不，尊敬的米哈伊尔·阿韦良内奇，我不相信，也没有理由相信。”

“老实说，我也表示怀疑。可是，话说回来，我有一种感觉，仿佛我永远不会死去。哎，我心里想，老家伙，你该死了！可是内心有个声音悄悄地说：别相信，你死不了！……”

九点一过，米哈伊尔·阿韦良内奇便告辞回家。他在前室穿上皮大衣，叹口气说：

“可真是，上帝把我们抛到这么荒凉偏僻的地方！最糟糕的是，我们还得死在这里。唉！……”

七

送走了朋友，安德烈·叶菲梅奇坐到桌后，又开始看书。没有一点声音打破这夜晚的寂静。仿佛时间也停住了，跟埋头读书的医生一起屏住了气息。似乎一切已不复存在，除了这书和带绿罩子的灯。医生那张粗俗的脸上渐渐地容光焕发，在人类智慧的进展面前，露出了感动和欣喜的微笑。啊，为什么人不能永生呢？他想，为什么要有脑中枢和脑室，为什么要有视力、语言、自我感觉和天才，既然所有这一切注定要埋进土壤，最后跟地壳一起冷却，随后千百万年没有意义、没有目的地随着地球绕着太阳旋转呢？既然要冷却，既然要随着地球旋转，那就完全没有必要从虚无中孕育出人和他高度的近乎神的智慧，尔后仿佛开玩笑似的又把人化作尘土。

这就是新陈代谢！然而用类似这种永生来安慰自己是何等懦弱！自然界中所发生的一切无意识的变换过程，甚至比人的愚蠢更为低下，因为愚蠢中毕竟还有知觉和意志，而那些过程中却是一无所有的。只有那种在死亡面前感到恐惧而不是感到尊严的懦夫，才能安慰自己说，他的躯体渐渐地将化作青草、石头、蛤蟆……认为新陈代谢就是永生，这是一种奇谈怪论，正如一把珍贵的提琴，被砸碎变得毫无用处后，有人却预言提琴盒子前途灿烂一样荒唐。

每当时钟敲响，安德烈·叶菲梅奇就背靠圈椅，闭上眼睛，思考一阵。处在从书中读到的那些美好思想的影响之下，他无意中把目光转向自己的过去和现在。过去令人憎恶，最好不去想它。而现在也跟过去一样。他知道，当他的思想随着冷却的地球绕着太阳旋转的时候，在他寓所旁边的医院主楼里，人们正遭受着疾病和浑身脓疮（nóng chuāng）的折磨。大概有人睡不着觉，在跟臭虫作战，有人染上丹毒，或者因为绷带缠得太紧而呻吟，有的病人可能正跟护士们玩牌喝酒。一个会计年度里有一万两千人受骗；医院的全部工作，跟二十年前一样，建立在偷盗、争吵、诽谤、徇私的基础上，建立在拙劣的招摇撞骗上；医院依旧是不道德的机构，对病人的健康极其有害。他知道在第六病室的铁窗里，尼基塔经常殴打病人，还知道莫谢伊卡每天都在城里乞讨。

另一方面他又清楚地知道，近二十五年来，医学发生了神奇的变化。他在大学里学习的时候就觉得，医学不久即可达到炼金术和玄学的水平，可是现在，每当他夜里看书时，医学常常触动他，唤起他心中的惊喜之情。的确，它的辉煌成就简直出人意料，发生了多么深刻的革命啊！多亏抗菌剂，伟大的皮罗戈夫[①]认为甚至将来[②]都做不了的许多手术，现在都能做了。连普通的地方自治局医生都敢做膝关节切除术。至于剖腹术，做一百例，只有一例死亡。结石病只是小事一桩，甚至没有人再写这方面的文章。梅毒已经可以根治。还有遗传学说，催眠疗法，巴斯德[③]和科赫[④]的发现，以统计学为基础的卫生学，还有我们俄国的地方自治局医疗系统。精神病学以及它现代的精神病分类法、诊断法、医疗法，同过去相比，简直像一座雄伟的厄尔布鲁士[⑤]。现在对待疯子，不再往他们头上浇冷水，不再要他们穿紧身病服，对他们比较人道，据报上说，甚至为他们举办演出和舞会。安德烈·叶菲梅奇知道，从当前的观点和时尚来看，像第六病室这样的丑恶现象，大概只能在离铁道二百里的小城里出现，因为这里的市长和全体议员都是半文盲的小市民，他们把医生看做祭司，哪怕他把烧熔的锡水灌进病人的嘴里，也只能相信而不能做任何批评。换了别的地方，公众和报刊早把这个小小的巴士底[⑥]砸烂了。

"不过这又怎么样呢?"安德烈·叶菲梅奇睁开眼睛问自己，"由此得出什么呢？抗菌剂也罢，科赫也罢，巴斯德也罢，丝毫改变不了事情的实质。患病率和死亡率一如往常。人们为疯子举办舞会，演戏，但依旧不能让他们自由行动。可见一切都是虚妄和徒劳，其实，最好的维也纳医院和我的医院之间也没有什么差别。"

可是一种悲哀和近似嫉妒的情绪使他再也不能心平气和。这恐怕是太困的缘故，沉重的头垂向书本，他只好双手托住脸，心里想道：

"我做着有害的事情，我拿人家的钱却欺骗他们。我不诚实。可是我本身微不足道，我只是必不可少的社会罪恶的一小部分：所有的县官都是有害的，却白领着薪水……可见不诚实并不是我的过错，而是时代的过错……我若晚生二百年，我就是另一个人了。"

时钟敲了三下，他熄灯后，进了卧室。可是他毫无睡意。

八

两年前，地方自治局慷慨起来，决议在开办地方自治局医院之前，每年拨款三百卢布，作为市立医院增加医务人员的补助金。因此，为了协助安德烈·叶菲

① 尼·伊·皮罗戈夫（1810—1881年），俄国解剖学家、外科学家。

② 原文为拉丁文。

③ 巴斯德（1822—1895年），法国近代微生物学和免疫学奠基人。

④ 科赫（1843—1910年），德国微生物学家，现代细菌学、流行病学奠基人之一。

⑤ 俄国高加索山脉之高峰。

⑥ 巴黎监狱，1789年法国大革命期间被群众捣毁。

梅奇的工作，县医生叶夫根尼·费多雷奇·霍博托夫便受聘来到这个城市。这人还很年轻，不到三十岁，高颧骨，小眼睛，是个高身量的黑发男子. 看来他的祖先是异族人。他来到这个城市时身无分文，提一只小箱子，带一个难看的年轻女人，他说是他的厨娘。这个女人还有一个吃奶的娃娃。叶夫根尼·费多雷奇经常戴一顶鸭舌制帽，脚穿高筒宁靴子，冬天穿着短皮袄。他跟医士谢尔盖·谢尔盖伊奇和会计交上了朋友，可是不知为什么把其余的官员叫做贵族，老躲着他们。他的住所里只有一本书：《一八八一年维也纳医院最新处方》。他到医院来时，总是随身带着这本书。每天晚上他在俱乐部玩台球，他不喜欢打牌。在谈话中，他极爱使用这类言辞："拖拖沓沓"，"废话连篇"，"你别把水搅混"等。

他每周来医院两次，查病房、看门诊。医院里没有抗菌剂，沿用拔血罐放血，这些都使他愤怒，但他也不采用新办法，唯恐这样一来冒犯了安德烈·叶菲梅奇。他把自己的同事安德烈·叶菲梅奇看做老滑头，怀疑他很有钱财，内心里嫉妒他，要能占据他的职位他才高兴呢。

九

三月末，一个春天的傍晚，那时地上已经没有积雪，医院的花园里椋鸟开始歌唱，安德烈·叶菲梅奇把他的朋友邮政局局长送到大门口。正在这个时候，犹太人莫谢伊卡带着他的战利品回来，刚走进院子。他没戴帽子，光脚穿一双浅帮套鞋，手里拿着一小包讨来的东西。

"给个小钱吧！"他冻得浑身哆嗦，笑着对医生说。

向来不拒绝人的安德烈·叶菲梅奇给了他一个十戈比硬币。

"这多么不好，"他瞧着莫谢伊卡的光脚和又瘦又红的踝骨想道，"全湿透了。"

他的内心激起一种既像同情又像厌恶的感情，便跟在犹太人身后朝偏屋走去，时而看看他的秃顶，时而看看他的踝骨。医生刚走进屋子，尼基塔立即从一堆破烂上跳起来，站得笔直。

"你好，尼基塔，"安德烈·叶菲梅奇温和地说，"最好能发给这个犹太人一双靴子，要不然他会感冒的。"

"是，老爷。我一定报告总务长。"

"劳驾了。你可以用我的名义请求他，就说是我要你这么干的。"

从外屋通向第六病室的门正开着。伊凡·德米特里躺在床上，撑着胳膊肘抬起身子，惶恐不安地听着陌生人的声音，突然认出了医生。他气得浑身打颤，跳下床，涨红了脸，圆瞪着眼，一脸凶相跑到病室中央。

"医生来了!"他大声叫道，哈哈大笑起来，"总算来了！先生们，我向你们道喜，医生大驾光临来探望我们啦！该死的浑蛋!"他突然尖叫一声，发狂似的跺一下脚，那副模样是病室里的人从来没有见过的，"打死这个浑蛋！不，打死还不解气！该把他扔进粪坑里淹死!"

安德烈·叶菲梅奇听到这话，便从外屋朝病室里张望，温和地问：

"这是为什么?"

"为什么?"伊凡·德米特里叫道，一脸威吓的神色向他逼近，一面战战兢(jīng)兢（因害怕而微微发抖的样子）地裹紧身上的病人服，"为什么？你是贼!"他憎恶地说，还鼓起嘴巴，似乎想咋他一口，"骗子！刽子手!"

"请安静，"安德烈·叶菲梅奇抱歉地微笑着说，"我向您保证，我从来没有偷过任何东西，至于其余的，您恐怕过甚其辞了。我看得出来，您生我的气。请安静，我问您，如果可以的话，冷静地告诉我，您为什么生气?"

"您为什么把我关在这里?"

"因为您有病。"

"是的，我有病。可是要知道，成百上千的疯子行动自由，因为你这蠢才分不清谁是疯子，谁是健康人。为什么该我和这几个不幸的人，像替罪羊似的代人受过，被关在这里？您、医士、总务长，以及你们医院里所有的坏蛋，在道德方面，比我们这里的任何人都要卑鄙得多，为什么我们被关起来，而不是你们呢？什么逻辑?"

"这跟道德和逻辑全不相干。一切取决于偶然。谁被关起来，他就得待在这里；谁没有被关起来，他就可以自由行动。就这么回事。至于我是医生，您是精神病者，这其中既与道德无关，也无逻辑可言，这纯粹是一种毫无道理的偶然性。"

"这种胡扯我不懂……"伊凡·德米特里闷声说着，坐到自己床上。

莫谢伊卡因为尼基塔当着医生的面不好意思搜查他，便把不少面包、纸币和果核摊在床上。他还是冻得发抖，用悦耳的声音很快地说着犹太话。大概他以为他又在开铺子了。

"放我出去。"伊凡·德米特里说，他的声音发颤。

"我不能。"

"为什么不能？为什么?"

"因为这不取决于我。您想一想，即使我放了您，您会有什么好处？您出去吧，可是城里人或者警察还会捉住您，再送回来的。"

"对，对，这倒是真的……"伊凡·德米特里说着，擦一下额头，"这真可怕！那么我该怎么办？怎么办?"

伊凡·德米特里的声音，他那张年轻聪明的脸和愁苦的面容，都让安德烈·叶菲梅奇喜欢。他想对这个年轻人亲热些，安慰他一下。他挨着他坐到床上，想了想说：

“您刚才问怎么办，像您的这种处境，最好是从这里逃出去。可是，很遗憾，这徒劳无益。您会叫人抓住的。一般社会对罪犯、精神病人和普通的不合时宜的人严加防范，把他们隔离起来，这个社会是不可战胜的。您只有一种办法：安下心来，并且认定您待在这里是必要的。”

“这对谁都没有必要。”

“既然存在监狱和疯人院，那就总得有人住进去。不是您，就是我，不是我，就是别的什么人。您等着吧，在遥远的未来，监狱和疯人院不再存在，到那时，也就不会再有这些铁窗和疯人衣。毫无疑问，这样的时代迟早要来到的。”

伊凡·德米特里冷冷一笑。

“您开玩笑，”他眯起眼睛说，“像您和您的助手尼基塔这样的老爷们跟未来没有任何关系，但是您可以相信，体谅下情的先生，美好的时代一定会到来的！纵使我说得平淡无奇，您取笑吧，但是，新生活的曙光将普照大地，真理必胜，而且在我们的大街上将举行盛大的庆典！我等不到那一天，早死了，然而我们的后代会等到的。我衷心地祝贺他们，我高兴，为他们高兴！前进！愿上帝保佑你们，朋友们！”

伊凡·德米特里眼睛发亮，站了起来，朝窗子方向伸出双手，用激动的声音继续道：

“为了这些铁窗，我祝福你们！真理万岁！我高兴！”

“我不认为有特别的理由值得高兴，”安德烈·叶菲梅奇说，他觉得伊凡·德米特里的动作像在演戏，这同样让他喜欢，“监狱和疯人院即使没有了，真如您刚才讲的胜利了，然而事情的本质不会改变，自然规律依然如故。人们还会生病、衰老、死亡，跟现在一样。不管将来有多么灿烂的曙光照耀你们的生活，到头来，人还得被钉进棺材，扔进墓穴。”

“那么永生呢？”

“哎，哪儿的话！”

“您不相信，嘿，可是我相信。不知是陀思妥耶夫斯基，还是伏尔泰的书里说的，如果没有上帝，那么人们也会把他造出来的①。我深信，如果没有永生，那么

① 法国作家、哲学家伏尔泰（1694—1778年）曾提出，“如果上帝不存在，就应当把它造出来”。俄国作家陀思妥耶夫斯基在他的长篇小说《卡拉马佐夫兄弟》中引用了这句话，并补充道：“而且确实，人类造出上帝来了。”

伟大的人类智慧迟早也会把它造出来的。”

“说得好，”安德烈·叶菲梅奇愉快地微笑着说，“您有信念，这很好。有信念的人哪怕被砌在墙里面，也会生活得快乐的。请问您在什么地方受过教育？”

“是的，我上过大学，不过没有读完。”

“您是个有思想、爱思考的人。在任何环境中，您都能找到内心的平静。旨在探明生活意义的那种自由而深刻的思考，对尘世浮华的全然蔑视——这是人类迄（qì，到）今为止最高的两种幸福。哪怕您生活在三道铁栏里面，您也能拥有这种幸福。第欧根尼①住在木桶里，然而他比人间所有的帝王更幸福。”

“您的第欧根尼是呆子，”伊凡·德米特里阴沉地说，“您为什么要对我谈起第欧根尼，谈起什么探明生活的意义？”他突然大为生气，跳了起来，“我爱生活，我热爱生活！我得了被迫害妄想症，经常恐惧万分，然而有的时候，我心里充满了对生活的渴望，这时我就害怕发疯。我渴望生活，渴望生活！”

他激动地在病室里走来走去，压低声音又说：

“当我幻想的时候，我便生出种种幻觉。有人向我走来，我听到说话声和音乐，我似乎觉得，我是在树林里散步，在海边徘徊，我是多么渴望奔忙、操劳的生活……请告诉我外面有什么新闻？”伊凡·德米特里问，“外面怎么样了？”

“您是想知道城里的新闻呢，还是一般的新闻？”

“那就先跟我讲讲城里的新闻，再讲讲一般的新闻。”

“好吧。城里沉闷得令人厌倦……没有人可以交谈，听不到一句有意思的话。没有新来的人。不过，前不久倒是来了一个年轻的医生霍博托夫。”

“他总算在我活着的时候来了。怎么样，是个卑鄙小人吧？”

“是的，一个没有教养的人。您知道吗，这很奇怪……从各方面看，我们的许多省城挺活跃，思想并不停滞——这就是说，省城应当有真正的人。可是不知什么缘故，每一次那边给我们派来的人都叫人看不上眼。真是个不幸的城市！”

“是的，真是个不幸的城市！”伊凡·德米特里叹了一口气，又笑起来，“那么一般的新闻呢？报纸和杂志上有什么文章？”

病室里已经很暗。医生站起来，开始讲起国内外的一些重要文章，讲起当前出现的思想潮流。伊凡·德米特里仔细听着，不时提个问题，可是突然间，他似乎想起了什么可怕的事情，赶紧抱住头，在床上躺下，背对着医生。

“您怎么啦？”安德烈·叶菲梅奇问道。

“您别想听见我再说一句话，”伊凡·德米特里粗鲁地说，“别管我！”

---

① 第欧根尼，古希腊哲学家，奉行极端的禁欲主义，传说他住在一个大木桶里。

“那是为什么?”

“我对您说，别管我！真见鬼了!”

安德烈·叶菲梅奇耸了耸肩膀，叹口气，走了出去。经过外屋时他说:

“这里最好收拾一下，尼基塔……气味真难闻!”

“是，老爷。”

“多么可爱的年轻人!”安德烈·叶菲梅奇走回寓所时想道，“我在此地住了那么久，他恐怕是头一个可以交谈的人。他善于思考，关心着应该关心的事。”

他又坐下看书，后来上床睡觉，一直想着伊凡·德米特里。第二天早晨醒来，他记起昨天结识了一个聪明有趣的人，决定有空时再去看他一次。

十

伊凡·德米特里还像昨天那样抱着头、缩着腿躺在床上。

“您好，我的朋友，”安德烈·叶菲梅奇说，“您没有睡着吧?”

“首先，我不是您的朋友，”伊凡·德米特里对着枕头说，“其次，您这是白费心思，您休想从我嘴里套出一句话来。”

“奇怪……”安德烈·叶菲梅奇发窘地嘟哝说，“昨天我们本来谈得很融洽(qià)(气氛和谐)，可是不知为什么您突然生气了，立即住口不谈了……恐怕我说得不太恰当，或者是有的想法不符合您的信念……”

“哼，要我这么相信您的话!”伊凡·德米特里抬起身子，嘲讽地又恐惧地望着医生说，他的眼睛是红的。“您可以到别的地方去刺探和拷问，在这里您办不到。我还在昨天就明白您来干什么了。”

“奇怪的幻想!”医生淡淡一笑，“这么说，您把我当成密探了?”

“是的，是这样……我认为，密探也罢，医生也罢，都是一回事，反正是派来试探我的。”

“唉，您这个人，请原谅我直说……真是个怪人!”

医生坐到床前的凳子上，责备地摇着头。

“不过就算您是对的，”他说，“就算我背信弃义，想抓住您的错话告到警察局去，您被捕了，后来受审了。可是难道您在法庭上，在监狱里，就一定比在这里更糟?如果判您终生流放，甚至服苦刑，难道就一定比关在这间病室里更糟?我以为不会更糟……那又有什么可怕的?”

显然这番话对伊凡·德米特里起了作用。他安心地坐下了。

那是下午四点多钟。平常这个时候，安德烈·叶菲梅奇总在寓所的各个房间里走来走去，达留什卡便问他是不是该喝啤酒了。这一天外面无风，天气晴和。

“我饭后出来散步，您瞧，顺路就上这儿来了，”医生说，“完全是春天了。”

“现在是几月？三月吗？”伊凡·德米特里问道。

“是的，三月底。”

“外面到处是烂泥吧？”

“不，不完全是这样。花园里已经有路可走了。”

“现在若能坐上四轮马车去郊游就好了，”伊凡·德米特里像刚醒来似的一边擦着红眼睛一边说，“然后回到家里温暖舒适的书房……再找个像样的大夫治治头疼……这种非人的生活我已经过了很久了。这里真糟糕！糟糕得叫人受不了！”

经历了昨天的激奋之后，此刻他神情疲倦，无精打采（形容不高兴、不振作），懒得说话。他的手指不住地颤抖，看他的脸色可知他头疼得厉害。

“在温暖舒适的书房和这个病室之间没有任何差异，”安德烈·叶菲梅奇说，“人的安宁和满足不在他身外，而在他的内心。”

“这话什么意思？”

“普通人以身外之物，如马车和书房，来衡量命运的好坏，而有思想的人以自身来衡量。”

“您到希腊去宣传这套哲学吧，那里气候温暖，橙子芳香，可是您那套哲学跟这里的气候不相适应。我跟谁谈起过第欧根尼来了？跟您是吗？”

“是的，昨天您跟我谈起过他。”

“第欧根尼不需要书房和温暖的住所，那边天气炎热，不需要这些东西。他住他的木桶，吃橙子和橄榄就够了。如果他生活在俄罗斯，那么别说十二月，在五月份，他就会要求搬进房间里住，恐怕他早冷得缩成一团了。”

“不，对寒冷，以及一般说来，对所有的痛苦，人可以做到没有感觉。马可·奥勒留[①]说过：‘痛苦是人对病痛的一种生物观念，如果你运用意志的力量改变这种观念，抛开它，不再诉苦，痛苦就会消失。’这是对的。智者或者一般的有思想、爱思考的人，之所以与众不同，就在于他蔑视痛苦，他总感到满足，对什么都不表惊奇。”

“这么说来我是白痴，因为我痛苦，不满，对人的卑鄙感到吃惊。”

“您用不着这样。如果您能经常地深入思考一番，您就会明白，那些使我们激动不安的身外之物是多么微不足道（非常藐小，不值得一提）。竭力去探明生活的意义——这才是真正的幸福。”

---

① 马可·奥勒留（121—180年），罗马皇帝，斯多葛派哲学家。

“探明生活的意义……”伊凡·德米特里皱起眉头说，“什么身外之物，内心世界……对不起，这些我不懂。我只知道，”他站起来，生气地看着医生说，“我只知道上帝创造了我这个有血有肉有神经的人，是这样，先生！人的机体组织既然富于生命力，那么它对外界的一切刺激就应当有所反应。我就有这种反应。我疼痛，我就喊叫、流泪；看到卑鄙行为，我就愤怒；看到丑陋龌龊（wò chuò）（不干净、脏），我就厌恶。在我看来，这本身就叫生活。机体越是低下，它的敏感性就越差，它对外界刺激的反应能力就越弱；机体越高级，它就越敏感，对现实的反应就越强烈。怎么连这个也不懂呢？身为医生，居然不知道这么简单的道理！为了能蔑视痛苦、任何时候都心满意足、对什么都不表惊奇，瞧，就得修炼到这般地步，”伊凡·德米特里指着一身肥肉的胖农民说，“或者让痛苦把你磨炼得麻木不仁，对痛苦丧失了任何感觉，换句话说，也就是变成了活死人。对不起，我不是智者，也不是哲学家，”伊凡·德米特里气愤地继续道，“您的话我一点也不懂。我不善于争议。”

“刚好相反，您的争议很出色。”

“您刚才讲到的斯多葛派①哲学家，是一些出色的人，但他们的学说早在两千年前就停滞不前了，当时没有丝毫进展，以后也不会发展，因为它不切实际，脱离生活。它只是在少数终生都在研究、玩味各种学说的人中间获得成功，而大多数的人并不理解它。那种宣扬漠视财富，漠视生活的舒适，蔑视痛苦和死亡的学说，对绝大多数人来说，是根本无法理解的，因为大多数人生来就不知道什么是财富，什么是生活的舒适；而蔑视痛苦对他来说，也就是蔑视生活本身，因为人的全部实质就是由寒冷、饥饿、屈辱、损失以及对死亡的哈姆莱特式的恐惧等感觉构成的。全部生活就在于这些感觉中。人可以因生活而苦恼，憎恨它，但不能蔑视它。是这样。我再说一遍，斯多葛派的学说不可能有前途，从世纪初直到今天，您也知道，不断进展的是斗争，对痛苦的敏感，对刺激的反应能力……”

伊凡·德米特里的思路突然中断，他停下来，苦恼地擦着额头。

“我有一句重要的话要说，可是我的思路乱了，”他说，“我刚才说什么啦？哦，对了！我想说的是，有个斯多葛派的人为了替亲人赎身，自己卖身为奴。您瞧，可见连斯多葛派的人对刺激也是有反应的，因为要做出舍己为人这种壮举，需要有一颗义愤填膺（yīng）（胸中充满义愤。膺，胸膛）、悲天悯人的心灵。在这个牢房里，我把学过的东西都忘光了，否则我还会记起什么的，拿基督来说，怎么

① 古代哲学流派，认为智者应顺应自然的冷漠，清心寡欲，晚期宣扬宿命论观点，代表人物有芝诺、马可·奥勒留。

样？基督对现实的回答是哭泣、微笑、忧愁、愤怒，甚至苦恼。他不是面带微笑去迎接痛苦，也没有蔑视死亡，而是在客西马尼花园里祷告，求天父叫这苦难离开他[①]。”

伊凡·德米特里笑起来，坐下了。

“不妨假定人的安宁和满足不在他身外，而在他的内心，”他又说，“不妨假定人应当蔑视痛苦，对什么都不表示惊奇。可是您根据什么理由宣扬这种观点呢？您是智者？哲学家？”

“不，我不是哲学家，可是每个人都应当宣扬它，因为这是合乎情理的。”

“不，我想知道的是，为什么您认为自己有资格来宣扬探明生活意义、蔑视痛苦等这类观点？难道您以前受过苦？您知道什么叫痛苦？请问，您小时候挨过打吗？”

“不，我的父母痛恨体罚。”

“可是我经常挨父亲的毒打。我的父亲是个性情暴躁、害痔疮的文官，鼻子很大，脖颈灰黄。不过还是谈谈您吧。您这一辈子，谁也没有用指头碰过您一下，谁也没有吓唬过您，折磨过您，您健壮得像头牛。您在父亲的庇（bì）护（保护）下长大，他供您上学读书，后来又找了一个高薪而清闲的肥缺。二十多年来您住着不花钱的公房，供暖、照明、仆役，一应俱全，而且有权爱怎么工作就怎么工作，爱干几小时就干几小时，哪怕什么事不做也行。您生来就是个懒散、疲沓的人，所以您竭力把生活安排得不让任何事情来打扰您，免得您动一动位子。您把工作交给医生和其他混蛋去做，自己坐在温暖安静的书房里，积攒钱财，读书看报。您自得其乐，思考着各种各样高尚的胡言乱语，而且还，”伊凡·德米特里看一眼医生的红鼻子，“爱喝酒。总而言之，您没有见过生活，根本不了解生活，您只是在理论上认识现实。至于您蔑视痛苦、对什么都不表示惊奇，其原因很简单：人世的空虚，身外之物和内心世界，蔑

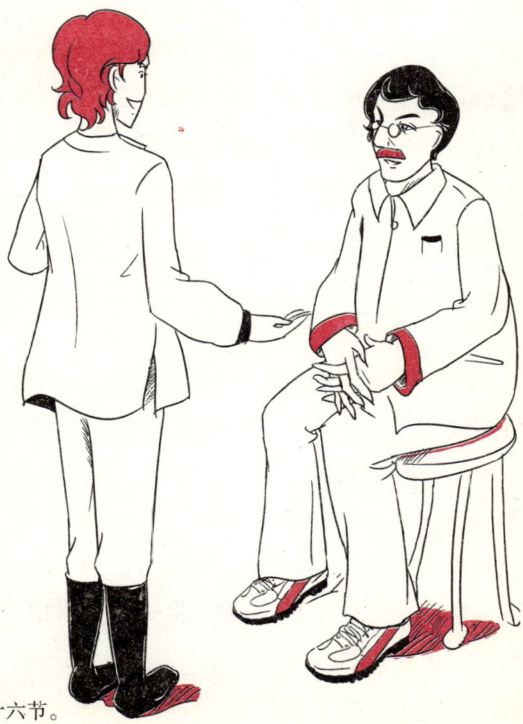

① 参见《圣经·马太福音》第二十六章三十六节。

视生活、痛苦、死亡，探明生活的意义，真正的幸福——凡此种种是最适合俄国懒汉的哲学。比如说，您看见一个农民在打他的妻子。何必抱不平呢？由他打去吧，反正两人迟早都要死的，再说他打人侮辱的不是被打的人，而是他自己。酗酒是愚蠢的，不成体统的，可是喝酒的要死，不喝酒的也要死。有个村妇来找您，她牙疼……嘿，那算什么？疼痛是人对病痛的一种观念，再说这世界上没有不生病的人，大家都要死的，所以你这婆娘，去你的吧，别妨碍我思考和喝酒。年轻人来讨教怎样生活，该做什么。换了别人回答前一定会认真考虑，可是您的答案是现成的：努力去探明生活的意义，或者努力去寻找真正的幸福。可是这种神话中的'真正的幸福'究竟是什么呢？当然，答案是没有的。我们这些人被关在铁牢里，浑身脓疮，受尽煎熬，可是这很好，合情合理，因为在这个病室和温暖舒适的书房之间其实毫无差异。好方便的哲学：无所事事，良心清白，自以为是个智者……不，先生，这不是哲学，不是思考，不是眼界开阔，而是懒惰，是巫师显灵，是痴人说梦……是的！"伊凡·德米特里又勃然大怒，"您蔑视痛苦，可是，如果您的手指叫房门夹一下，恐怕您就要扯开嗓门大喊大叫了！"

"也许我不大喊大叫呢，"安德烈·叶菲梅奇温和地微笑着说。

"是吗！哪能呢！假定说，您突然中风，咚地一声栽倒了，或者有个混蛋和无耻小人，利用他的地位和官势当众侮辱您，您明知他这样做可以不受惩罚——嘿，到那时，您就会明白，叫别人去探明生活的意义、追求真正的幸福是怎么回事了。"

"独到的见解，"安德烈·叶菲梅奇满意地笑着、搓着手说，"您爱好概括，这使我感到又愉快、又吃惊。您刚才对我的性格特征做了一番评定，简直精彩至极。说真的，同您交谈给了我极大的乐趣。好吧，我已经听完了您的话，现在请听我说……"

十一

这次谈话又持续了近一个小时，显然对安德烈·叶菲梅奇产生了深刻的印象。从此他开始每天都到这间屋子里去。他早晨去，下午去，黄昏时也能看到他跟伊凡·德米特里在交谈。起先，伊凡·德米特里见着他就躲开，怀疑他居心不良，公开表示不悦，后来跟他处熟了，他的生硬态度变成了宽容的嘲讽。

不久，医院传遍流言，说医师安德烈·叶菲梅奇经常去第六病室。医士也好，尼基塔也好，护士们也好，谁都弄不明白他去那里干吗，为什么一坐就是几个钟头，他谈什么呢，怎么也不开药方。他的行为太古怪了，连米哈伊尔·阿韦良内奇去他家时，也常常见不到他，这在以前是从来没有发生过的。达留什卡更是纳闷，怎么医生不在规定的时间喝啤酒，有时甚至迟迟不来吃饭。

有一天，那已经是六月底了，医生霍博托夫有事来找安德烈·叶菲梅奇，发现他不在家，就到院子里找他。这时有人告诉他，说老医生去看精神病人了。霍博托夫走进偏屋，站在外屋里，听见了这样的谈话：

“我们永远谈不到一起，您也休想让我相信您的那一套，”伊凡·德米特里气愤地说，“您根本不了解现实生活，您向来没有受过苦，您只是像条水蛭[①]那样专靠别人的痛苦而生活。我呢，从出生到现在，天天在受苦受难。因此我要坦率地说：我认为我在各方面都比您高明，比您在行。您不配来教训我。”

“我完全无意要您认同我的信仰，”安德烈·叶菲梅奇平静地说，他很遗憾对方不想理解他，“问题不在这里，我的朋友。问题不在于您受苦，而我没有受过苦。痛苦和欢乐都是暂时的，我们别谈这些，由它们去。问题在于您和我都在思考，我们彼此认为，我们是善于思考和推理的人，不管我们的观点多么不同，但这一点把我们联系起来了。您若能知道，我的朋友，我是多么厌恶无所不在的狂妄、平庸和愚昧，而每次跟您交谈，我又是多么愉快！您是有头脑的人，我欣赏您。”

霍博托夫把门推开一点，往病室里看。伊凡·德米特里戴着尖顶帽和医师安德烈·叶菲梅奇并排坐在床边。疯子做着怪相，直打哆嗦，不时神经质地裹紧病人服。医师低着头，一动不动地坐着，他的脸通红，一副无奈和忧伤的表情。霍博托夫耸耸肩膀，冷冷一笑，跟尼基塔对看一眼，尼基塔也耸耸肩膀。

第二天，霍博托夫跟医士一起来到偏屋。两人站在前室里偷听。

“看来我们的老爷子变得昏头昏脑了！”

“主啊，饶恕我们这些罪人吧！”庄重的谢尔盖·谢尔盖伊奇叹了一口气，小心绕过水洼，免得弄脏擦得锃（zèng）亮（形容反光发亮）的鞋子，“老实说，尊敬的叶夫根尼·费多雷奇，我早就料到会这样！”

十二

此后，安德烈·叶菲梅奇发觉周围有一种神秘气氛。医院里的勤杂工、护士和病人遇见他时，总用疑问的目光看他几眼，然后私下里议论什么。往日他喜欢在医院的花园里，遇见总务长的女儿小姑娘玛莎，现在每当他微笑着走到她跟前，想摸摸她的小脑袋时，不知为什么她总跑开了。邮政局局长米哈伊尔·阿韦良内奇听他说话，不再总是“完全正确”，却令人不解地惶惶不安地嘟哝：“是的，是的，是

---

① 蚂蟥，环节动物，吸食人畜的血液。

的……”同时若有所思地忧伤地看着他。不知为什么，他开始劝自己的朋友戒掉伏特加和啤酒，但他是一个讲究礼貌的人，不便直说，总是旁敲侧击暗示他，时而讲到一个营长，一个出色的人，时而讲到团里的神父，一个可爱的年轻人，说他们经常喝酒，经常生病，可是戒酒之后，什么病都好了。他的同事霍博托夫来过两三次，他也建议戒酒，而且无缘无故推荐他服用溴化钾[①]药水。

八月间，安德烈·叶菲梅奇收到市长来信，请他来商量一件重要的事。他在约定的时间来到市政府，在那里，安德烈·叶菲梅奇还遇到了军事长官，政府委派的县立学校的学监，市参议员，霍博托夫，另外还有一位肥胖的浅发的先生，经介绍，这是一位医师。这位医师有一个很难上口的波兰人的姓，住在离城三十俄里的养马场，现在是顺路来到这里。

“这里有一份你们医院的报告，”大家互相打过招呼围桌坐下后，市参议员对安德烈·叶菲梅奇说，“叶夫根尼·费多雷奇说，医院主楼里的药房太小，应当把它搬到侧屋去。当然啦，搬是可以的，这不成问题。关键是侧屋需要整修一番。”

“是的，不整修恐怕不行，”安德烈·叶菲梅奇考虑一下说，“比如说，拿院子角上的侧屋充当药房，那么这笔费用我认为至少[②]需要五百来卢布。这是一笔非生产的开支。”

大家沉默片刻。

“十年前，我有幸呈报过，”安德烈·叶菲梅奇低声继续道，“若要保持这个医院的现状，那么它将是城市的一个不堪负担的奢侈品。医院是在四十年代建成的，可是要知道那时的条件跟今天的不一样。现在城市把过多的钱花费在不必要的建筑和多余的职位上。我认为，采用别的办法，这笔钱完全可以维持两所模范的医院。”

“那就让我们采用别的办法吧！”市参议员赶忙说。

“我已经有幸呈报，把医疗机构移交地方自治局管理。”

“是啊，您把钱交给地方自治局，它可就中饱私囊（以欺诈手段从中为自己取利）了。”浅发医生笑了起来。

“历来如此。”市参议员表示同意，也笑了。

安德烈·叶菲梅奇垂头丧气地用阴沉的目光看着浅发医生说：

“说话要公道。”

又是一阵沉默。茶端上来了。那个军事长官不知怎么很不好意思，他隔着桌子碰碰安德烈·叶菲梅奇的手，说：

---

① 一种镇静剂。

② 原文为拉丁文。

"您完全把我们忘了，大夫。不过您是修士，既不玩牌，也不爱女人。跟我们在一起您一定觉得无聊吧。"

大家谈起，在这个城市里，上流人士的生活是多么沉闷。没有剧院，没有音乐，近来在俱乐部的舞会上，二十来位女士才有两名男舞伴。年轻人不跳舞，老是挤在小吃部旁边，不然就打牌。安德烈·叶菲梅奇谁也不看，慢慢地平静地开始讲到，城里人把他们的精力、心灵和智慧都耗费在打牌和搬弄是非上，不会也不想把时间用在有趣的交谈和读书上，不愿意享受智慧带来的乐趣，这真是可惜，太可惜了。只有智慧才是有意思的、值得注意的，其余的一切都是低微的，不值一提的。霍博托夫一直用心听着自己同事的话，突然问道：

"安德烈·叶菲梅奇，今天是几号？"

听到回答以后，他和浅发医生用一种自己也觉得不高明的主考官的口气开始向安德烈·叶菲梅奇发问：今天是星期几，一年有多少天，第六病室里是否住着一个了不起的先知。

在回答最后一个问题时，安德烈·叶菲梅奇红着脸说：

"是的，这是一个病人，不过他是个有趣的年轻人。"

此后再没有人向他提任何问题。

当他在前厅里穿大衣的时候，军事长官一手按住他的肩头，叹口气说：

"我们这些老头子都该退休啦！"

离开了市政府，安德烈·叶菲梅奇这才明白，这是个奉命来考查他的智能的委员会。他想起对他提的那些问题，不禁脸红起来，不知为什么，现在他有生以来第一次为医学感到惋惜和悲哀。

"我的天哪，"他想，又记起两名医生刚才怎么考查他，"要知道他们不久前，还在听精神病学的课程，参加考试，怎么现在变得这么无知呢？他们连精神病学的概念都没有。"

他有生以来第一次感到自己受了侮辱，感到气愤。

当天晚上，邮政局局长来看他。米哈伊尔·阿韦良内奇没打招呼，走到他跟前，抓住他的两只手，激动地说：

"亲爱的，我的朋友，请向我表明您相信我的一片好意，并把我当做您的朋友……亲爱的！"他不容安德烈·叶菲梅奇分说，激动地继续道，"我因为您有教养、灵魂高尚而爱您。请听我说，我亲爱的朋友。医学守则要求医生向您隐瞒真相，而我作为军人只说实话：您病了！原谅我，亲爱的朋友，但这是真的，您周围的人早已觉察到了。刚才叶夫根尼·费多雷奇大夫对我说，为了有利于您的健康，您必须休息，散散心。完全正确！太好了！过几天我去请假，我也想外出换换空气。请表明您是我的朋友，我们一道走！仍旧照往日那样一道走。”

“我觉得我完全健康，”安德烈·叶菲梅奇想了想说，“我不能去。请允许我用别的方式来表明我们的友谊。”

出门远行，不知去哪儿，有何必要。没有书，没有达留什卡，没有啤酒，完全改变了二十年来养成的生活方式——这种主意他起先觉得毫无道理，十分荒唐。可是他想起了在市政府的谈话，想起了离开市政府回家路上那份沉重的心情，他又觉得暂时离开这个城市，离开这些把他当成疯子的蠢人，也未尝不可。

“那么您本人打算去哪儿呢？”

“去莫斯科，去彼得堡，去华沙……我在华沙度过了我一生中最幸福的五年。多么美丽的城市啊！我们一道去，亲爱的朋友！”

十三

过了一个星期，医院建议安德烈·叶菲梅奇休息，也就是要他提出辞职，对此，他表现得相当冷淡。又过了一个星期，他和米哈伊尔·阿韦良内奇已经坐上邮车，动身去最近的火车站。天气凉爽晴朗，蓝湛（zhàn）湛的天空，一望无际的原野，去那里有二百俄里路程，得走两天，沿途歇两夜。每到一个驿站，总有人端来茶水，杯子很脏，或者套马的时间长了，米哈伊尔·阿韦良内奇便气得涨红了脸，浑身哆嗦，大声呵斥：“闭嘴！别说废话！”坐进远程马车之后，他就一刻不停地讲起昔日去高加索和波兰王国旅行的事。多少惊险的经历，多么热情的接待！他说话的声音很大，同时做出一副惊讶的神色，让人以为他是在吹牛。另外，他讲话时，总是冲着安德烈·叶菲梅奇的脸呵气，在他耳畔哈哈大笑，弄得医师很不自在，也妨碍他思考和集中精力。

到了火车站，他们为了节省开支，买了三等车厢的票，坐进一节不准抽烟的车厢里。半数乘客是上流人士。米哈伊尔·阿韦良内奇很快就跟他们搞熟，从一张座椅挪到另一张座椅，大声说，真不该在这种糟糕的铁路上旅行。简直上当受骗！骑马走就完全不同啦，一天赶上一百俄里，过后仍然觉得精力充沛，舒服得很。至于讲到我们收成不好，那是因为平斯克沼泽地的水都叫人排干了。总而言之，到处都糟透了。他慷慨激昂，高声谈笑，不准别人插嘴。这种无休止的唠叨、哈哈大笑和富于表情的手势，使安德烈·叶菲梅奇感到厌倦。

“我们两人到底谁是疯子？”他懊丧地想，“是我这个竭力不打搅乘客的人，还是这个自以为比谁都聪明有趣，因而不让人安静的利己主义者呢？”

在莫斯科，米哈伊尔·阿韦良内奇穿上没有肩章的军服和带红镶条的军裤。外出时，再戴上军帽，穿上军大衣，所以走在大街上，不断有士兵向他立正敬礼。安德烈·叶菲梅奇现在才感到，这个出身贵族的人原有的良好素养已经丧失殆尽，只留下一些恶习。他喜欢别人伺候他，甚至在完全不必要的时候也是这样。火柴放在他面前的桌子上，他也看见了，但他还是向仆役嚷嚷，要他拿火柴来。在女仆面前，他穿着内衣裤走来走去也不觉得难为情。他对所有的仆人，哪怕是老人，一律以“你”称呼，发火的时候，就骂他们是蠢货和混账。照安德烈·叶菲梅奇看来，这些都是老爷派头，但令人讨厌。

首先，米哈伊尔·阿韦良内奇把他的朋友领到伊维尔教堂里。他热烈地祈祷，不住地磕头，流下眼泪。做完祈祷，他叹口气说：

“即使你不信教，可是祷告一下，就会感到安心些。吻圣像呀，亲爱的。”

安德烈·叶菲梅奇有些尴尬（gān gà）（处境困难，不好处理）地吻了吻圣像。米哈伊尔·阿韦良内奇则噘起嘴唇，晃着脑袋，嘴里念着祷词，又热泪盈眶。随后两人去了克里姆林宫，在那里观看了炮王和钟王，还用手去摸一摸，欣赏了莫斯科河南岸的景色，参观了救世主教堂和鲁缅采夫博物馆。

他们在捷斯托夫饭店用餐。米哈伊尔·阿韦良内奇看了半天菜单，抚摩着络腮胡子，用那种到了餐馆就像到家里那样的美食家的口气说：

“我们倒要看看，你们今天拿什么来招待我们，亲爱的！”

十四

医师走路，参观，吃饭，喝酒，但他只有一种感觉：讨厌米哈伊尔·阿韦良内奇。他真想独自休息一下，离开他，躲起来，可是这位朋友却认为有责任寸步不离地跟着他，尽量为他安排各种娱乐消遣。等到没什么可看的时候，他就用闲谈来给他解闷。安德烈·叶菲梅奇忍了两天。但第三天，他向朋友声明他病了，他想在家里歇一天。朋友说，既然这样，他也留下。真该休息一下，否则腿都走不动了。安德烈·叶菲梅奇在长沙发上躺下，脸对着墙，咬着牙听朋友说话。他热烈地断言，法国迟早要摧毁德国，说莫斯科有无数骗子，说光凭长相看不出马的优劣，等等，等等。医师感到耳鸣心悸（jì）（心慌），但是出于礼貌，他不好意思要朋友走开或者闭嘴。幸好米哈伊尔·阿韦良内奇自己觉得枯坐在旅馆里很无聊，饭后独自出去闲逛了。

安德烈·叶菲梅奇一人留下，这才体验到一种休息的感觉。一动不动地躺在沙发上，意识到房间里只有你一人，这是多么愉快啊！真正的幸福不能缺少孤独。堕落天使之所以背叛上帝，大概是因为他渴望天使们没有领略过的孤独。安德烈·叶

菲梅奇本想整理一下这几天来的所见所闻，可是米哈伊尔·阿韦良内奇却在他的脑子里挥之不去。

“要知道他请了假，陪我出来旅行本来是出于友谊，出于好心，”医生烦恼地想道，“可是，没有比这种友爱的保护更糟糕的了。看上去他善良、宽厚、快活，其实无聊得很，无聊得叫人受不了。同样，有些人向来只说聪明话和好话，可是你会觉得他们其实愚蠢得很。”

随后几天，安德烈·叶菲梅奇一直推说自己病了，一直没有离开旅馆的房间。他脸朝里躺在长沙发上，有时，朋友用闲谈为他解闷，他便苦恼不堪，有时朋友外出，他才休息养神。他埋怨自己不该出门旅行，埋怨朋友变得越来越唠叨、放肆。他有心去思考一些严肃而高尚的课题，但却无论如何做不到。

“正如伊凡·德米特里所说，这是现实生活在痛斥我了。”他心想，气恼自己的委琐（suǒ）（拘泥于小节），“不过，这都是胡思乱想……等我回到家，一切都会恢复原样的……”

在彼得堡情况也一样：他成天不出旅馆，躺在沙发上，只有喝啤酒时才站起来。

米哈伊尔·阿韦良内奇老是催他去华沙。

“亲爱的，我去那儿干什么？”安德烈·叶菲梅奇恳求他，“您一个人去吧，您让我回家去！我求您了！”

“说什么也不行！”米哈伊尔·阿韦良内奇抗议道，“这是个无与伦比的城市。我在那里度过了一生中最幸福的五年岁月。”

安德烈·叶菲梅奇缺乏那种坚持己见的性格，他只好很勉强地跟着去了华沙。到了那里，他照样不出旅馆，躺在沙发上，生自己的气，生朋友的气，生那些怎么也听不懂俄语的仆役的气。米哈伊尔·阿韦良内奇却照样健壮、精神、快活，从早到晚在城里游览，寻访故友，好几次，他彻夜未归。有一回，不知他在哪儿过了一夜，大清早才回到旅馆，而且神情激动，满脸通红，头发蓬乱。他来来回回走了很长时间，嘴里喃喃自语，后来站住了，说：

“名誉要紧啊！”

他又走了一会儿，抱住头，用悲惨的语调说：

"是的，名誉要紧！真该死，当初我就不该起意到这个巴比伦[①]来！亲爱的，"他对医生说，"您蔑视我吧：我赌输了！借给我五百卢布吧！"

安德烈·叶菲梅奇数出五百卢布，默默地把钱交给他的朋友。那一位因为羞愧、愤怒依然满脸通红，没头没脑地赌了一个毫无必要的咒，戴上帽子，出去了。大约过了两个钟头他回来了，他倒在圈椅里，大声叹一口气，说：

"名誉总算保住了！我们走吧，我的朋友！在这个该死的城市里，我连一分钟都不愿意多待。到处都是骗子！奥地利奸细！"

当两位朋友回到他们的城市，那已经是十一月，满街都是厚厚的积雪了。安德烈·叶菲梅奇的职位已由霍博托夫医生接替，不过他还住在原来的房子里，等着安德烈·叶菲梅奇回来后腾出医院的寓所。他称之为厨娘的那个丑女人已经住到一间厢房里。

城里又散布着医院的流言蜚（fēi）语（没有根据的话），传说那个丑女人跟事务长吵架闹翻，还说事务长好像向她下跪求饶了。

安德烈·叶菲梅奇回来的第一天就不得不找房子搬家。

"我的朋友，"邮政局局长畏畏缩缩地对他说，"原谅我提个不礼貌的问题，您手里有多少积蓄？"

安德烈·叶菲梅奇默默地数完钱，说：

"八十六个卢布。"

"我问的不是这个，"米哈伊尔·阿韦良内奇不懂医生的话，不好意思地说，"我问的是您手里总共有多少存款？"

"我刚才对您说过了，八十六个卢布……此外再没有钱了。"

米哈伊尔·阿韦良内奇向来认为医生为人正直、高尚，但一直怀疑他手里少说也有两万积蓄。现在当他得知安德烈·叶菲梅奇已成了乞丐，生活无着，不知怎么，他忽然伤心大哭，抱住了自己的朋友。

十五

安德烈·叶菲梅奇后来住到小市民别洛娃家的一栋有三扇窗的小房子里。房子只有三间屋，外加一个厨房。窗子临街的两个房间由医生占用，达留什卡、女房东和她的三个孩子都挤在第三个房间和厨房里住。有时，女主人的情夫来过夜，这个醉醺醺的汉子整夜吵闹，吓得孩子们和达留什卡胆战心惊。他一来就坐到厨房里，

① 古代巴比伦王国首都。借喻混乱的城市，典出《旧约·创世纪》。

开始要酒喝，大家都感到很别扭。医生出于怜悯，就把哭哭啼啼的孩子们带进自己房里，让他们睡在地板上，他从中得到很大的乐趣。

他照例八点钟起床，喝完茶便坐下来阅读旧书和旧杂志。他已经没钱买新书了。也许是书旧了，也许是环境变了，总之读书不再引起他极大的兴趣，而且很快就使他疲倦了。为了不虚度光阴，他把旧书编出详细目录，再把小小的书目标签贴到书脊上，这件机械的琐碎的工作，他倒觉得比读书更有趣。单调而繁琐的工作不知不觉中削弱了他的思考力，现在他万事不想，这一来时间便过得飞快。他甚至到厨房里坐下，帮达留什卡削土豆，在荞麦粒中捡小石子，他也觉得很有趣。每逢星期六和星期日，他必定去教堂。他在墙根站住，眯细眼睛，听唱诗班唱诗，想起父亲，想起母亲，想起大学生活，想起各种宗教。他的内心感到平静而忧伤，离开教堂的时候，总惋惜礼拜仪式结束得太快了。

他曾两次去医院看望伊凡·德米特里，想再跟他谈一谈，但是那两次，伊凡·德米特里都异常激愤、恼火。他要求医生不再来打扰他，因为他早已厌恶空谈了。他说，他受尽了苦难，为此他向那些该诅咒的无耻小人只求一种奖赏——单独囚禁。难道连这一点他也要遭到拒绝吗？当安德烈·叶菲梅奇向他告别、祝他晚安时，两次他都粗鲁地回答说：

“见鬼去！”

现在安德烈·叶菲梅奇不知道他该不该去第三次。其实他心里是想去的。

往日吃完午饭，安德烈·叶菲梅奇喜欢在房间里走来走去，沉思默想，现在整个下午直到喝晚茶这段时间里，他一直面对着墙躺在沙发上，完全陷于无法摆脱的种种世俗的考虑中。他感到屈辱，因为他工作了二十多年，既没有领到养老金，也没有领到一次性补助。诚然，他工作得不算勤快，可是要知道，所有的工作人员，不论工作勤快与否，都是能领养老金的。当今社会的公道正在于官品、勋章、养老金都不是按道德品质和工作才干奖赏的，而是按职务发放的，并不管工作得怎么样，为什么唯独他要成为例外呢？他现在是身无分文了。他都不好意思走过小铺，不好意思看一眼老板娘。他已经欠下三十二卢布的啤酒钱，也欠着小市民别洛娃的房租。达留什卡偷偷变卖旧衣服和旧书，向女房东撒谎，说医生很快会领到一大笔钱。

他也生自己的气，不该外出旅行花掉了他积蓄的一千卢布。有这一千卢布现在能派多少用场啊！他又抱怨有人总来打扰他。霍博托夫自认为有责任不时来探访这位有病的同事。可是他那肥头胖脸，他那种粗俗的故作宽容的口气，连他嘴里的“同事”，连他那双高筒靴子，无不让安德烈·叶菲梅奇看了讨厌。最令人反感的是，他居然认为给安德烈·叶菲梅奇看病是他的责任，而且自以为治病有方。他每一次来，总带一瓶溴化钾和几颗大黄[①]丸。

米哈伊尔·阿韦良内奇也认为有责任常来拜访他的朋友，为他解闷。每次他走进安德烈·叶菲梅奇的房间，总是做出毫无拘束的样子，不自然地哈哈大笑，一再向他表明，他今天气色很好，谢天谢地，事情正在好转，由此也可以得出结论，他认为自己朋友的病情毫无希望了。他至今没有归还在华沙借的款子，所以总是羞愧难当，神情紧张，故意扬声大笑，说些逗趣的事。他的那些笑话和故事现在变得没完没了，这对安德烈·叶菲梅奇和他本人来说都成了苦事。

他一来，安德烈·叶菲梅奇照样脸对着墙躺在沙发上，咬着牙听他说话。本来他的内心就压着层层积怨，他感到随着朋友的每一次来访，这积怨又加高一层，似乎快堵到他的喉咙口了。

为了摆脱这些浅薄的感情，他赶紧去想，不论他本人，还是霍博托夫，还是米哈伊尔·阿韦良内奇，迟早都要死的，不会在这自然界留下一丝痕迹。如果设想百万年之后，有个精灵在宇宙中飞过地球，那么它所看到的也只是黏土和光秃的峭壁。一切，不论是文化，还是道德准则，都不复存在，连牛蒡都长不出来。那么对小铺老板的惭愧，渺小的霍博托夫，米哈伊尔·阿韦良内奇的令人苦恼的友谊，这些又算得了什么？这一切都微不足道，无聊得很。

然而这样的推理已经无济于事（对事情没有帮助）。他刚想象出百万年之后的地球，这时，从光秃的峭壁后面却闪现出穿着高筒靴的霍博托夫，或是故意哈哈大笑的米哈伊尔·阿韦良内奇，甚至能听到他那羞愧的低语：“华沙的借款，亲爱的，我过几天就还……一定。”

十六

有一天下午，米哈伊尔·阿韦良内奇来了，当时安德烈·叶菲梅奇正躺在沙发上。事有凑巧，这时霍博托夫拿着一瓶溴化钾也来了。安德烈·叶菲梅奇费劲地爬起来，坐好，两只手撑着沙发。

“今天，我亲爱的，”米哈伊尔·阿韦良内奇开口说，“您的脸色比昨天好多了。您变年轻了！真的，变年轻了！”

“是时候了，也该复原了，同事，”霍博托夫打着哈欠说，“这么拖拖拉拉恐怕您自己也厌烦了吧。”

“会复原的！”米哈伊尔·阿韦良内奇快活地说，“我们还要活到一百岁呢！肯

---

① 一种药用植物。

定的！”

“一百年不好说，再活二十年不成问题，”霍博托夫安慰说，“不要紧，不要紧，同事，您可别泄气……别再胡思乱想了。”

“我们还要大显身手呢！”米哈伊尔·阿韦良内奇扬声大笑，还拍拍朋友的膝头，“我们要大显身手的。上帝保佑，明年夏天我们去高加索，骑着马儿走遍全境——跳！跳！跳！等我们从高加索回来，等着瞧，说不定还要操办婚礼呢，”米哈伊尔·阿韦良内奇调皮地挤挤眼睛，“我们让您成亲，亲爱的朋友，让您成亲……”

安德烈·叶菲梅奇忽地感到，积怨已堵到喉头，他的心脏剧烈地跳动起来。

“真庸俗！”他说，立即起身走到窗前，“难道你们不明白，你们说得太庸俗了吗？”

他本想说得委婉些、礼貌些，然而不由自主地突然捏紧拳头，高高举过头顶。

“别管我！”他大喝一声，嗓音都变了，涨红了脸，浑身打颤，“滚出去！两个人都滚出去！滚！”

米哈伊尔·阿韦良内奇和霍博托夫都站起来，先是莫名其妙地望着他，后来害怕了。

“两个人都滚出去！”安德烈·叶菲梅奇继续喊道，“呆子！蠢材！我既不要你们的友谊，也不要你们的药水，蠢材！庸俗！可恶！”

霍博托夫和米哈伊尔·阿韦良内奇不知所措地交换一下眼色，退到门口，进了前室。安德烈·叶菲梅奇抓起那瓶溴化钾，使劲朝他们背后扔去。玻璃瓶砰的一声在门槛上砸碎了。

“见你们的鬼去！”他用抽泣的声音喊道，追到前室，“见鬼去！”

客人走后，安德烈·叶菲梅奇像发疟（nüè）子（因蚊子叮咬等原因而发冷发热，大量出汗、头痛，全身无力的疾病）一样不住打颤，躺到沙发上，不停地嘟哝着：

“呆子！蠢材！”

当他平静下来，他首先想到的是现在米哈伊尔·阿韦良内奇一定羞愧难当，心情沉重，这一切太可怕了。以前从来没发生过这种事。头脑和分寸跑哪儿去了？通情达理和明哲的冷静跑哪儿去了？

医生十分内疚，不住地埋怨自己，弄得彻夜未眠。第二天早上，十点来钟，他动身去邮政局向邮政局局长赔礼道歉。

“昨天的事我们就不要提了，”大为感动的米哈伊尔·阿韦良内奇紧紧握住他的手，叹口气说，“谁再提旧事，让他瞎了眼。留巴夫金！”他忽然大叫一声，弄得邮务人员和顾客都吓了一跳，“端把椅子来！你等一下，”他对一个农妇喊道，她正把一封挂号信从铁格子里递给他，“难道你没看见我正忙着吗?”他又转身对安德烈·叶菲梅奇温柔地说：“请坐呀，我恳求您，亲爱的朋友。”

他默默坐着，轻轻地抚摩着膝头，过了一会儿才说：

“我心里一点也不怨恨您。疾病是无情的，这我知道。昨天您犯病了，把我和大夫吓坏了。过后我们又谈起您，谈了很久。我亲爱的，您为什么不想认真治一治您的病呢？难道可以这样吗？请原谅我作为朋友直言不讳，”米哈伊尔·阿韦良内奇开始小声说，“您的处境极其不妙：住处狭小，肮脏，无人照料，没钱治病……我亲爱的朋友，我和大夫一起真诚地恳求您，听从我们的劝告，住到医院里去吧！那里有营养食品，有护理，有治疗。叶夫根尼·费多罗维奇，我们私下里说说，尽管是个粗俗的人[①]，可是通晓医术，对他是完全可以信赖的。他向我保证，他要给您治病。”

安德烈·叶菲梅奇被邮政局局长真诚的关怀和突然流到脸上的眼泪感动了。

“尊敬的朋友，别相信!”他也小声说，一手按到胸口上，“别信他们的！这是骗局！我的病只在于二十年来，我在这个城市里只找到一个有头脑的人，而他是个疯子。我根本没有病，我只是落进了一个魔圈里，再也出不去了。我已经无所谓，我做好了一切准备。”

“到医院里去住吧，我的朋友。”

“我无所谓，哪怕去坐牢。”

“亲爱的，您保证处处都听叶夫根尼·费多雷奇的安排。”

“好吧，我保证。可是我要再说一遍，尊敬的朋友，我落入了魔圈。现在所有的一切，包括我的朋友们真诚的关怀，都导致一个结局——我的毁灭。我正在毁灭，而且有勇气承认这一点。”

“好朋友，您会复原的。”

“何必说这个呢?”安德烈·叶菲梅奇愤愤地说，“很少有人在人生的终点不感受到我此刻的心境。一旦有人对您说，您的肾脏有毛病，心房扩大，所以您必须治疗，或者对您说，您是疯子，是罪犯，总之，一旦别人突然注意您，那您就该知道您落入了魔目，再也出不去了。您竭力想跑出来，却越发迷路了。听天由命（任凭事态自然发展变化，不做主观努力）吧，因为任何人的力量已经救不了您。我就是这样想的。”

当时铁格子那边挤了很多顾客。安德烈·叶菲梅奇不想妨碍公务，便站起来告辞。米哈伊尔·阿韦良内奇再一次请他务必答应他的话，一直把他送到大门口。

---

① 原文为法文。

这一天的傍晚，穿着短皮袄和高筒靴的霍博托夫出乎意外地也来看望安德烈·叶菲梅奇。他平静地说，那语气仿佛昨天什么事也没发生一样：

“我有事来找您，同事。我来邀请您，您可愿意跟我一道去参加一次会诊？”

安德烈·叶菲梅奇琢磨，霍博托夫可能想让他出去走一走，散散心，或者真要给他一个挣钱的机会，于是穿上衣服，跟他一道走了。他很高兴有机会改正昨天的过错，两人和解了，并且由衷地感谢霍博托夫，他居然只字不提昨天的事，可见原谅他了。很难料到这个没有教养的人待人这么和蔼。

“那么您的病人在哪儿？”安德烈·叶菲梅奇问道。

“在我的医院里。我早就想请您来了……一个很有意思的病例。”

他们走进医院院子，绕过主楼，朝疯人住的偏屋走去。不知为什么一路上谁都不说话。他们走进前室，尼基塔照例跳起来，挺直身子。

“这里有个病人由肺部引出并发症，”霍博托夫同安德烈·叶菲梅奇走进第六病室时小声说，“您在这儿先等一下，我马上就回来。我去取我的听诊器。”

说完，他走了。

十七

天色暗下来，伊凡·德米特里躺在自己床上，把脸埋在枕头里。瘫痪病人一动不动地坐着，小声抽泣，嘴唇不住地颤动。胖农民和从前的拣信员睡着了。病室里很静。

安德烈·叶菲梅奇坐在伊凡·德米特里的床沿上等着。可是一个半小时过去了，进来的不是霍博托夫，而是尼基塔，还抱着病人服，不知谁的内衣裤和一双拖鞋。

“老爷，请您换衣服，”他轻声说，“这是您的床，请过来，”他指着一张显然是刚搬来的空床补充道，“不要紧，上帝保佑，您会复原的。”

安德烈·叶菲梅奇全明白了。他一句话没说，走到尼基塔指定的床前，坐下了。他看到尼基塔站在一旁等着，便自己脱光了衣服，他感到很难为情。他赶紧穿上病人的衣服，内裤太短，衬衫很长，那件长袍上有熏鱼的气味。

“您会复原的，上帝保佑。”尼基塔重复道。

他抱起安德烈·叶菲梅奇换下来的衣服，走出去，关上身后的门。

“无所谓……”安德烈·叶菲梅奇想道，羞臊（sào）（害羞）地裹紧长袍，直觉得穿了这身衣服他像个囚徒了，“没什么……礼服也罢，制服也罢，这身病人服也罢，反正都一样……”

可是怀表呢？侧面口袋里的记事本呢？还有香烟呢？尼基塔把衣服送哪儿去了？今后，恐怕直到死，他再也穿不上自己的裤子、坎肩和靴子了。这一切实在奇怪，刚开始的时候简直不可思议。尽管直到现在安德烈·叶菲梅奇还是相信，小市民别洛娃家的房子和这第六病室之间毫无差异，相信这个世界上的一切都荒唐、空虚，然而他的手还是发抖，腿脚冰凉。一想到伊凡·德米特里很快会起床看到他穿着病人服，他就觉得十分可怕。他站起来，在病室里不停地走来走去，后来又坐下了。

就这样他坐了半个钟头，一个钟头，他感到厌倦和难以忍受的烦闷。难道在这里要坐上一天，一星期，甚至像这些人那样一坐就几年吗？好吧，他坐一阵，走一阵，又坐下了。可以走到窗前，看看外面，然后再从这个屋角走到那个屋角。可是以后做什么呢？就这样像个木头人似的老坐着想心事吗？不，这几乎是不可能的。

安德烈·叶菲梅奇刚躺下，立即又坐起来，用袖子擦去额上的冷汗。他觉得他的脸上也有一股熏鱼的气味。他又在病室里走来走去。

“这是某种误会……”他说，疑惑不解地摊开双手，“应当解释一下，这是误会……”

这时，伊凡·德米特里醒来了。他坐起来，用两个拳头托着腮帮。他啐了一口。然后得意洋洋地看医生一眼，显然开始时，不明白这是怎么回事，但不久他那张睡意惺忪的脸上，便露出了恶意的嘲弄人的表情。

“啊哈，把您也关到这里来啦，亲爱的！”他用带着睡意的嘶哑的声音说，还眯起一只眼睛，“我很高兴。您以前喝别人的血，现在轮到别人喝您的血了。妙不可言！”

“这是个误会……”安德烈·叶菲梅奇说。听了伊凡·德米特里的话吓坏了，他耸耸肩膀，重复道：“这是误会……”

伊凡·德米特里又啐（cuì，用力吐出来）一口，躺下了。

“该诅咒的生活！”他发起牢骚，“令人悲哀、令人屈辱的是，这种生活不是以苦难得到报偿而结束，也不像歌剧中那样以礼赞而结束，而是以死亡结束。总有一天勤杂工会来抓住尸体的手脚，把他拖到地下室里。呸！那也没什么……到了那个世界，我们就要喜气洋洋了……我的幽灵也要从那里回来，吓唬这些恶人。我要叫他们吓白了头。”

莫谢伊卡回来了，看到医生，伸出一只手。

“给个小钱吧！”他说。

十八

安德烈·叶菲梅奇走到窗前，望着野外。天色已黑，在右侧的地平线上，升起一轮红色的冷月。在离医院围墙不远的地方，大约一百俄丈开外，是一幢高大的围着石墙的白房子，这是监狱。

“瞧，这就是现实！”安德烈·叶菲梅奇想道。他心里害怕。

这月亮，这监狱，这些围墙上的铁钉，连同远处烧骨场上腾起的火焰，都让人不寒而栗。身后传来叹息声。安德烈·叶菲梅奇回过头去，看见一个胸前戴着亮闪闪的星章、勋章的人。正露出笑脸，狡黠（xiá）（狡猾）地挤着一只眼睛。那模样也显得可怕。

安德烈·叶菲梅奇要自己相信：月亮和监狱其实没有什么特别的地方，心理健全的人照样佩戴勋章，世上万物最后都要腐烂，化作尘土。可是突然间他陷入绝望，伸出双手抓住铁栏杆，竭尽全力摇撼起来。坚固的铁窗纹丝不动。

后来，为了摆脱恐怖，他走到伊凡·德米特里床前，坐下了。

“我的精神崩溃了，亲爱的朋友，”他小声低语，战战兢兢地擦着冷汗，“精神崩溃了。”

“那您就谈谈人生哲理呀。”伊凡·德米特里挖苦说。

“我的天哪，天哪……对了，对了，您有一次谈到俄国没有哲学，可是连小人物也大谈哲理问题。不过您知道小人物大谈哲理对谁也没有害处，”安德烈·叶菲梅奇用一种仿佛想哭、想引起怜悯的语气说，“我的朋友，为什么您要这样幸灾乐祸地嘲笑人呢？如若小人物感到不满，为什么他不能发发议论呢？一个有头脑的、有教养的、有自尊心的、爱好自由的人，一个圣洁如神灵的人，竟然没有别的出路，除了去一个肮脏愚昧的小城当个医生，一辈子给病人拔火罐、贴水蛭（zhì）（环节动物，黑绿色，生活在水田中靠吸食人畜血液生活，也叫蚂蟥）、贴芥末膏！招摇撞骗，狭隘、庸俗！啊，我的天哪！”

“您说蠢话。既然讨厌当医生，您去当大臣呀。”

“不行，哪儿也不行。我们软弱，亲爱的……对世事，我向来漠不关心，我积极而清醒地思考着，可是一旦生活粗暴地碰我一下，我就垂头丧气……意志消沉……我们软弱，无用……您也一样，我的朋友。您聪明、高尚，您从母亲的乳汁里吮吸着美好的激情，可是一旦您迈进生活，您就疲倦了，生病了……我们软弱、软弱啊！”

随着傍晚的来临，除了恐惧和屈辱之外，安德烈·叶菲梅奇无时无刻不感受到一种难以摆脱的痛苦。最后，他弄明白，他这是想喝啤酒，想抽烟了。

“我要出去，我的朋友，”他说，“我去说，让他们弄灯来……不能这样……我受不了了……”

安德烈·叶菲梅奇走到门口，打开门，可是尼基塔立即跳起来，挡住他的去路。

"您去哪儿？不行，不行！"他说，"该睡觉啦！"

"我出去一会儿，在院子里走一走。"安德烈·叶菲梅奇慌张地说。

"不行，不行，这不许可。您自己也知道。"

尼基塔砰的一声关上门，用背顶住门板。

"可是即使我出去了，这又碍谁的什么事呢？"安德烈·叶菲梅奇耸耸肩膀问道，"真不明白！尼基塔，我要出去！"他用颤抖的声音说，"我一定要出去！"

"别捣乱，这不好！"尼基塔教训说。

"鬼知道这是怎么回事！"伊凡·德米特里突然跳起来喊道，"他有什么权利不放人出去？他们怎么敢把我们关在这里？法律好像明文规定，不经审判，谁都不能被剥夺自由！这是暴力！专横！"

"当然，这是专横！"安德烈·叶菲梅奇受到伊凡·德米特里呼喊声的鼓舞，也说，"我要出去。我必须出去。他没有权利！放我出去，你听见没有？"

"你听见没有，蠢猪？"伊凡·德米特里大声叫骂，用拳头捶门，"你开门，要不然我砸了它！屠夫！"

"开门！"安德烈·叶菲梅奇浑身打颤，大喊道，"我要你开门！"

"再喊呀！"尼基塔在门后回答，"喊呀！"

"至少你去把叶夫根尼·费多雷奇叫来。对他说，我请他来一趟……来一会儿！"

"明天老爷他自己会来的。"

"他们绝不会把我们放出去！"这时，伊凡·德米特里继续道，"他们要在这里，把我们活活折磨死！哦，主啊！难道在那个世界里，真的没有地狱，这些恶人可以不受惩罚？正义在哪里？快开门，恶鬼，我要闷死了！"他声嘶力竭地喊道："好吧，我来撞个头破血流！你们这些杀人凶手！"

尼基塔迅速打开门，用双手和膝盖粗鲁地把安德烈·叶菲梅奇推开，然后抡起胳膊，一拳头打在他的脸上。安德烈·叶菲梅奇感到一股带咸味的巨浪把他连头吞没，向床那边冲去，他的嘴里当真有股咸味，多半他的牙齿出血了。他像要游出水面，挥舞着胳膊，抓住了不知谁的床，这时，他感到尼基塔在他背上又打了两拳。

伊凡·德米特里一声尖叫。想必他也挨打了。

随后一切都静下来。淡淡的月光照进铁窗，地板上落着网子一样的阴影。真可怕。安德烈·叶菲梅奇躺下，屏住呼吸，惶恐不安地等着再一次挨打，就像有人拿一把尖刀，扎进他的肉体，在胸腔内和腹腔内转动几圈。他疼得直咬枕头，磨牙。忽然间，在他一片混沌的脑子里，清晰地闪出一个可怕的难堪的念头：此刻在月光下，像鬼影般的这几个人，几十年来一定天天都忍受着这样的疼痛。二十多年来，他对此一无所知，而且也不想知道——怎么能这样呢？他没有受过苦，甚至不知道什么叫疼痛，因此他也许情有可原。可是，良心的谴责却像尼基塔那样固执无情，弄得从头到脚浑身冰冷。他一跃而起，想大喊一声，飞快跑去杀了尼基塔，杀了霍博托夫、总务长和医士，然后自杀，然而从他的胸腔里发不出一丝声音，两条腿也不听使唤。他上气不接下气，一把抓住胸前的长袍和衬衫，猛地撕开了。他倒在床上，失去了知觉。

十九

第二天早晨，他头疼耳鸣，感到周身瘫软。想起昨天自己的软弱，他不觉得有愧。昨天他胆怯，甚至怕见月亮，真诚地说出了以前意料不到的思想感情，如小人物感到不满，难免爱发议论的想法。可是现在他觉得一切都无所谓了。

他不吃不喝，躺着不动，一句话不说。

“我无所谓了，”别人问他话时他想，“我不想回答……我无所谓了。”

午饭后，米哈伊尔·阿韦良内奇来了，带来了四分之一俄磅[①]茶叶和一俄磅水果软糖。达留什卡来过几次，呆板的脸上露出几分悲伤，在床头一站就是一个钟头。霍博托夫也来看望他，带来一瓶溴化钾，吩咐尼基塔烧点什么熏一熏病室。

傍晚，安德烈·叶菲梅奇因脑溢血死去。起初他感到一阵剧烈的寒战和恶心，那股难受劲儿像是渗透他的全身，直至手指，从胃里涌到头部，灌进了眼睛和耳朵。眼前的东西发绿。安德烈·叶菲梅奇明白他死到临头了，他忽然想到伊凡·德米特里、米哈伊尔·阿韦良内奇以及千千万万的人是相信永生的。万一真能这样呢？然而他不想永生，他的这个念头也只是一闪而过。他昨天在书里读到的一群体态优雅、美丽异常的鹿正从他身前跑过，随后一个农妇向他伸出一只拿着挂号信的手……米哈伊尔·阿韦良内奇说了一句什么。随后一切都消失了，安德烈·叶菲梅奇永远失去了知觉。

勤杂工来了，抓住他的胳膊和腿，把他抬到小礼拜堂里。他躺在那里的桌子上，眼睛未合，夜里月光照着他。早晨谢尔盖·谢尔盖伊奇来了，他对着十字架上的耶稣像祷告一番，合上前任上司的眼睛。

第二天，安德烈·叶菲梅奇下葬了。送葬的人只有米哈伊尔·阿韦良内奇和达留什卡。

1892 年 11 月

---

① 一俄磅等于 409.5 克。

导读

希腊语教师别里科夫是一个奇怪的人，即使天气晴朗，他也要穿上雨鞋，带着雨伞，生怕发生什么意外。他给自己做了一个所谓的套子，甚至连思想也要套起来，不受外界的影响。现实生活令他懊丧、害怕，惶惶不安，他用这种方式来逃避现实……他用口头禅“千万别闹出什么乱子”来辖制别人，辖制整个中学，甚至辖制全城。可是一但有人不受他辖制，他就一病不起，一命呜呼了。然而，埋葬了别里科夫后，人们的生活并没有变得好一点。

套中人（精读）

误了时辰的猎人们在米罗诺西茨科耶村边上村长普罗科菲的堆房里住下来过夜了。他们一共只有两个人：兽医伊万·伊万内奇和中学教师布尔金。伊万·伊万内奇姓一个相当古怪的双姓：奇姆沙·吉马莱斯基，这个姓跟他一点也不相称，全省的人就简单地叫他的本名和父名伊万·伊万内奇。他住在城郊一个养马场里，这回出来打猎是为了透一透新鲜空气。然而中学教师布尔金每年夏天都在N伯爵家里做客，对这个地区早已熟透了。

契诃夫独到的心理描写手法体现在从人物的行动和举止中让读者看出其内心活动和精神状态。小说开头写伊万·伊万内奇坐在门口吸烟，前三页读者听不到他说一句话。作者故意给读者造成一个印象：兽医是个认真严肃的人，他一直在静听和深思。

他们没睡觉。伊万·伊万内奇是一个又高又瘦的老人，留着挺长的唇髭（zī）（唇上的胡子），这时候坐在门口，脸朝外，吸着烟斗。月亮照在他身上。布尔金躺在房里的干草上，在黑暗里谁也看不见他。

他们讲起各种各样的事。顺便他们还谈到村长的妻子玛芙拉。她是一个健康而不愚蠢的女人，可是她一辈子从没走出过她家乡的村子，从没见过城市或者铁路，近十年来一直守着炉灶，只有夜间才到街上去走一走。

“这有什么可奇怪的！”布尔金说，“那种性情孤僻、像寄生蟹或者蜗牛那样极力缩进自己的硬壳里去的人，这世界上有不少呢。也许这是隔代遗传的现象，重又退回从前人类祖先还

把性情孤僻的人比作寄生蟹和蜗牛，形象生动。

不是群居的动物，而是孤零零地住在各自洞穴里的时代的现象，不过，也许这只不过是人类性格的一种类型吧，谁知道呢？我不是博物学家，探讨这类问题不是我的事。我只想说像玛芙拉那样的人并不是稀有的。是啊，不必往远里去找，就拿一个姓别里科夫的人来说好了，他是我的同事，希腊语教师，大约两个月前在我们城里去世了。当然，您一定听说过他。他之所以出名，是因为他即使在顶晴朗的天气出门上街，也穿上套鞋，带着雨伞，而且一定穿着暖和的棉大衣。他的雨伞总是装在套子里，怀表也总是装在一个灰色的鹿皮套子里，遇到他拿出小折刀来削铅笔，就连那小折刀也是装在一个小小的套子里的。他的脸也好像蒙着一个套子，因为他老是把脸藏在竖起的衣领里面。他戴黑眼镜，穿绒衣，用棉花堵上耳朵。他一坐上出租马车，总要叫马车夫支起车篷来。总之，在这人身上可以看出一种经常的、难忍难熬的心意，总想用一层壳把自己包起来，仿佛要为自己制造一个所谓的套子，好隔绝人世，不受外界影响。现实生活刺激他、惊吓他，老是闹得他六神不安。也许为了替自己的胆怯、自己对现实的憎恶辩护吧，他老是称赞过去，称赞那些从没存在过的东西。实际上他所教的古代语言，对他来说，也无异于他的套鞋和雨伞，使他借此躲避了现

作品开始时先从别里科夫的日常生活着手，描绘他在生活中一刻也离不开各种各样的“套子”，甚至连小折刀也是装在一个小小的套子里的。

从日常生活到从事的职业，他无不把自己装在套子里。

实生活。

“‘啊，希腊语多么响亮，多么美！’他说，现出甜滋滋的表情。他仿佛要证明这句话似的，眯起眼睛，举起一个手指头，念道：‘Anthropos！’①

“别里科夫把他的思想也极力藏在套子里。只有政府的告示和报纸上的文章，其中写着禁止什么事情，他才觉得一清二楚。看到有个告示禁止中学生在晚上九点钟以后到街上去，或者看到一篇文章要求禁止性爱，他就觉着又清楚又明白：这种事是禁止的，这就行了。他觉得在官方批准或者允许的事里面，老是包含着使人起疑的成分，包含着隐隐约约、还没说透的成分。每逢经当局批准，城里成立一个戏剧小组，或者阅览室，或者茶馆，他总要摇摇头，低声说：

只有政府明确禁止做什么，别里科夫才觉得一清二楚，这充分反映了他思想的保守。

“‘当然，行是行的，这固然很好，可是千万别闹出什么乱子来啊。’

“凡是违背法令、脱离常轨、不合规矩的事，虽然看来跟他毫不相干，却惹得他垂头丧气。要是他的一个同事参加祈祷式去迟了，或者要是他听到流言，说是中学生顽皮闹事，再不然要是有人看见一个女校的女学监傍晚陪着军官玩得很迟，他总是心慌意乱，一个劲儿地说：千万别闹出什么乱子来啊。在教务会议上，他那种慎重、他那种多疑、他那种纯粹套子式的论调，简直压得我们透不过气，他说什么不管男子中学里也好，女子中学里也好，青年人都品行恶劣，教室里吵吵闹闹，哎呀，只求这种事别传到上司的耳朵里去才好！哎呀，千万别闹出什么乱子来啊，还说如果把二年级的彼得罗夫和四年级的叶果罗夫开除，那倒很好。后来怎么样？他凭他那种唉声叹气，他那种垂头丧气，他那苍白的小脸上的黑眼镜（您要知道，那张小脸活像黄鼠狼的脸），把我们都降伏了，我们只好让步，减少彼得罗夫和叶果罗夫的品行分数，把他们禁闭起来，最后终于把他俩开除了事。他有一种古怪的习惯：常来我们的住处访问。他来到一位教师家里，总是坐下来，就此一声不响，仿佛在考察什么事似的。他照这样一言不发地坐上一两

他不仅把自己藏在“套子”里，还要把思想藏在“套子”里，“千万别闹出什么乱子”是别里科夫的口头禅，它惟妙惟肖地勾画出了“套中人”胆小、多疑的性格。

“唉声叹气”的结果是学生被开除了，“套中人”给人们的精神压力很大呀！

① 希腊语：人。

个钟头，就走了。他把这叫做‘跟同事们保持良好关系’。显然，这类拜访，这样呆坐，对于他来说是很难受的。他所以来看我们，只不过是因为，他认为这是对同事们应尽的责任罢了。我们这些教师都怕他，就连校长也怕他。您瞧，我们这些教师都是有思想的、极其正派的人，受过屠格涅夫和谢德林的教育，然而这个老穿着套鞋、拿着雨伞的人，却把整个中学辖制了足足十五年！可是光辖制中学算得了什么？全城都受他辖制呢！我们这儿的太太们到星期六不办家庭戏剧晚会，因为怕他知道。有他在，教士们到了斋期就不敢吃荤，不敢打牌。在别里科夫这类人的影响下，在最近这十年到十五年间，我们全城的人变得什么都怕。他们不敢大声说话，不敢发信，不敢交朋友，不敢看书，不敢周济穷人，不敢教人念书写字……”

别里科夫是旧制度、旧秩序、旧思想的忠实维护者，人们害怕他，更多的其实是被那黑暗污浊的政治空气压得喘不过气来。

侧面烘托别里科夫给全城带来压制的时间之长、范围之广。

伊万·伊万内奇想说点什么，咳了咳喉咙，可是他先点燃烟斗，瞧了瞧月亮，然后才一板一眼地讲起来：

“是啊，有思想的正派人，既读屠格涅夫，又读谢德林，还读勃克尔[①]等，可是他们却屈服、容忍这种事……问题就在这儿了。”

“别里科夫跟我同住在一所房子里，”布尔金接着说，“同住在一层楼上，他的房门对着我的房门。我们常常见面，我知道他在家里怎样生活。他在家里也还是那一套：睡衣啦，睡帽啦，护窗板啦，门闩（shuān）啦，一整套各式各样的禁条和忌讳，还有：‘哎呀，千万别闹出什么乱子来啊！’吃素对健康有害，可是吃荤又不行，因为人家也许会说，别里科夫不吃斋。他就吃用奶油煎的鲈鱼，这东西固然不是素食，可也不能说是斋期禁忌的菜。他不用女仆，因为怕人家对他有坏看法，于是雇了个六十岁上下的老头子做厨子，名叫阿法纳西，这人老是醉醺（xūn）醺（喝醉酒的样子）的，神志不清，从前做过勤务兵，好歹会烧一点菜。这个阿法纳西经常站在门口，两条胳膊交叉在胸前，老是长叹一声，嘟哝那么一句话：

连吃什么都有禁忌，足见“套中人”思想的保守。

“‘眼下啊，像他们那样的人可真是多得不行！’

“别里科夫的卧室挺小，活像一口箱子，床上挂着帐子。

① 勃克尔（1821—1862 年），英国历史学家、社会学家、哲学家。

他一上床睡觉，就拉过被子来蒙上脑袋；房里又热又闷，风推动关紧的门，炉子里嗡嗡地响，厨房里传来叹息声，不祥的叹息声……

通过描写别里科夫的卧室、起居生活，从一个侧面表现了他的“套子”生活模式已根深蒂固。

“他躺在被子底下战战兢兢。他深怕会出什么事，深怕阿法纳西来杀他，深怕小偷溜进来，然后他就通宵做噩梦，到早晨我们一块儿到学校去的时候，他闷闷不乐，脸色苍白。他所去的那个有很多人的学校，分明使得他满心的害怕和憎恶。跟我并排走路，对他那么一个性情孤僻的人来说，显然也是苦事。

全城的人都怕他，他又以和人交往为苦，这样的人活在世上有什么意思？

“‘我们的教室里吵得很凶，’他说，仿佛极力要找一个理由说明他的愁闷似的，‘太不像话了。’

“您猜怎么着，这个希腊语教师，这个套中人，还差点结了婚。”

伊万·伊万内奇很快地回头瞟一眼堆房，说：

“您开玩笑了!”

“真的，尽管说起来古怪，可是他的确差点结了婚。有一个新的史地教师，一个原籍乌克兰、名叫米哈伊尔·萨维奇·科瓦连科的人，派到我们学校里来了。他不是一个人来的，而是带着他姐姐瓦连卡一起来的。他是个高高的、皮肤发黑的青年，手挺大，从他的脸相就看得出他说话是男低音，果然他的嗓音像是从桶子里发出来的一样：‘嘭，嘭，嘭！……’她呢，已经不算年轻，年纪有三十岁上下了，可是她长得也高，身材匀称，黑眉毛，红脸蛋，一句话，她简直不能说是姑娘，而是蜜饯水果，活泼极了，谈笑风生，老是唱小俄罗斯的抒情歌曲，老是哈哈大笑。她动不动就发出响亮的笑声：‘哈哈哈！’我记得我们初次真正认识科瓦连科姐弟是在校长的命名日宴会上。在那些死板板的、又紧张又沉闷的、甚至把赴命名日宴会也看做应公差的教师中间，我们忽然看见一个新的阿佛洛狄忒[①]从浪花里钻出来。她两手叉着腰，走来走去，笑啊唱的，翩翩起舞。她带着感情唱《风在吹》，然后又唱一支抒情

细节描写，用形象生动的比喻塑造了一个开朗大方、美丽活泼的姑娘形象。

① 希腊神话中象征爱和美的女神，相当于古罗马神话中的维纳斯，她在海里诞生，从浪花里钻出来。

爱唱爱笑的瓦连卡，注定只能给别里科夫带来悲剧，她的出现为"套中人"结局埋下了伏笔。

歌曲，随后又唱一支。她把我们大家，连别里科夫也在内，都迷住了。他挨着她坐下，露出甜滋滋的笑容，说：

"'小俄罗斯语言的柔和清脆使人联想到古希腊语言。'

"这句话她听着受用，她就开始热情而恳切地对他讲起，他们在加佳奇县有一个庄园，她的妈妈就住在庄园里，那儿有那么好的梨，那么好的甜瓜，那么好的卡巴克[1]！乌克兰人把南瓜叫做卡巴克，把酒馆叫做希诺克，他们用红甜菜和白菜熬的红甜菜汤'可好吃了，可好吃了，简直好吃得要命！'

"大家灵机一动"引出了下文二人的婚事。

"我们听啊听的，忽然大家灵机一动，产生了同样的想法。

"'要是把他们配成夫妇，那倒不错。'校长太太轻声对我说。

"不知什么缘故，我们大家这才想起来：原来我们的别里科夫还没结婚，这时候我们才觉着奇怪，不知怎么的，他生活里这样一件大事，我们以前竟一直没有理会，完全忽略了。他对女人一般采取什么态度呢？这种终身大事的要紧问题，他怎样替他自己解决的？这以前我们一点也没有关心过这件事。也许我们甚至不允许自己想到：一个不问什么天气总是穿着套鞋，睡觉总要挂上帐子的人，也会热爱什么人吧。

"'他已经四十多岁了，她呢，也三十了……'校长太太说明她的想法，'我看她肯嫁给他的。'

虽受"套中人"的压制，可他们还是热心地为他的婚事张罗着，借以改变他的生活。

"在我们内地，由于闲得无聊的缘故，什么事没做出来过，多少不必要的蠢事啊！这是因为必要的事大家却根本不做。是啊，比方说，这个别里科夫，既然大家甚至不能想象他是一个可以结婚的人，那我们何必忽然要给他撮合婚事呢？校长太太啦，学监太太啦，我们中学里的所有太太们，都活跃起来，甚至变得好看多了，仿佛忽然发现了生活目标似的。校长太太在剧院里订下一个包厢，我们一看，原来瓦连卡坐在她的包厢里面，扇着扇子，满脸放光，高高兴兴。她旁边坐着别里科夫，身材矮小，背脊拱起，看上去好像刚用一把钳子把他从家里夹来的一样。我在家里办小晚会，太太们就要求我一定邀

比喻句，形象地描绘了别里科夫拱起的背脊。

① 俄语：酒馆。

请别里科夫和瓦连卡。总之，机器开动了。看来瓦连卡也并不反对出嫁。她在她弟弟那儿生活得不大快活，他们只会成天吵啊骂的。比方说，有过这样一个场面：科瓦连科顺了大街大踏步走着，他是又高又壮的大汉，穿一件绣花衬衫，一绺头发从帽子底下钻出来耷拉在他的额头上，一只手拿着一捆书，另一只手拿着一根有节疤的粗手杖。他身后跟着他姐姐，也拿着书。

科瓦连科和瓦连卡的自由不羁、性格爽朗，与旧秩序的捍卫者别里科夫是格格不入的，人物形象对比鲜明，为下文矛盾的出现埋下伏笔。

“‘可是你啊，米哈伊里克[1]，这本书绝没看过！’她大声争辩说，‘我告诉你，我敢赌咒，你压根儿没看过！’

“‘我跟你说我看过嘛！’科瓦连科大叫一声，把手杖在人行道上顿得直响。

“‘唉，我的上帝，米哈伊里克！你为什么发脾气？要知道，我们谈的是原则问题啊。’

“‘我跟你说我看过嘛！’科瓦连科嚷道，声音更响了。

“在家里，要是有外人在座，他们也一个劲儿地争吵。这样的生活多半使她厌烦，盼望着有自己的小窝了。况且，也该想到她的年纪，现在已经没有工夫来挑啊拣的，跟什么人结婚都行，即使是希腊语教师也将就了。附带还要说一句：我们的小姐们大多数都不管跟谁结婚，只要能嫁出去就算。不管怎样吧，瓦连卡对我们的别里科夫开始表示明显的好感了。

姐弟俩的矛盾为外人促成“套中人”与瓦连卡提供了机会。

“别里科夫呢？他也常去拜望科瓦连科了，就跟他常来拜望我们一样。他去了就坐下，一声不响。他沉默着，瓦连卡就对他唱《风在吹》，或者用她那双黑眼睛沉思地瞧着他，再不就忽然扬声大笑：

“‘哈哈哈！’

“在恋爱方面，特别是在婚姻方面，外人的怂恿（sǒng yǒng）（鼓动别人去做某事）总会起很大作用。所有的人，他的同事们和太太们，开始向别里科夫游说：他应当结婚了，他的生活没有别的缺憾，只差结婚了。我们大家向他道喜，做出一本正经的脸色说了各种俗套，例如，‘婚姻是终身大事’等。况且，瓦连卡长得不坏，招人喜欢，她是五等文官的女

① 米哈伊尔的爱称。

儿，有田庄，尤其要紧的是，她是第一个待他诚恳而亲热的女人。于是他昏了头，决定真该结婚了。”

套中人想结婚是在别人的怂恿下才昏了头的，足见他思想的守旧。

“哦，到了这一步，就应该拿掉他的套鞋和雨伞了。”伊万·伊万内奇说。

“您只要一想就明白：这是办不到的。他把瓦连卡的照片放在自己桌子上，不断地来找我，谈瓦连卡，谈家庭生活，谈婚姻是终身大事，常到科瓦连科家去，可是他一点也没改变生活方式。甚至刚好相反，结婚的决定对他起了像害病一样的影响。他变得更瘦更白，好像越发深地缩进他的套子里去了。

别里科夫在婚姻上的犹豫、迟疑，对瓦连卡和她弟弟奇怪思想的害怕，从侧面反映了别里科夫的愚钝保守的性格。

“‘瓦尔瓦拉[①]·萨维希娜我是喜欢的，’他对我说，露出淡淡的苦笑，‘我也知道人人都必须结婚，可是……您知道，这件事发生得这么突然……总得细细想一想才行。’

“‘有什么可想的？’我对他说，‘一结婚，就万事大吉了。’

“‘不行，婚姻是终身大事，人先得估量一下将来的义务和责任……免得日后闹出什么乱子。这件事弄得我六神不安，现在我通宵睡不着觉。老实说，我害怕：她和她弟弟有一种古怪的思想方法。您知道，他们议论起事情来有点古怪。她的性情又很活泼。结婚倒不要紧，说不定就要惹出麻烦来了。’

连结婚这样幸福的事他都怕闹出乱子，这人无可救药了。

“于是他没求婚，一个劲儿地拖延，弄得校长太太和我们所有的太太都烦恼极了。他时时刻刻在估量将来的义务和责任，同时他又差不多天天跟瓦连卡出去散步，也许他认为，这是在他这种情形下照理该做的事吧。他常来看我，为的是谈家庭生活。要不是因为忽然闹出一场 Kolossalische Scandal[②]，他可能多半会求婚，因而促成一桩不必要的、愚蠢的婚事。在我们这儿，由于闲得无聊，没事情做，照那样结了婚的，正有成千上万的先例呢。

结婚意味着他对生活的渴望，意味着他走出“套子”的尝试，就让他感到他和生趣盎然的现实生活格格不入。

“应该说明一下：瓦连卡的弟弟科瓦连科从认识别里科夫的第一天起，就痛恨他，受不了他。

“‘我不懂，’他常对我们说，耸一耸肩膀，‘我不懂你们

① 这名字的爱称，即上文的瓦连卡。

② 德语：大笑话。

怎么能够跟这个告密的家伙，那副叫人恶心的嘴脸处得下去。唉！诸位先生，你们怎么能在这儿生活下去啊！你们这儿的空气闷死人，糟透了！难道你们能算是导师，教师吗？你们是官僚，你们这儿不是学府，而是城市警察局，而且有警察岗亭里那股酸臭气味。不行，诸位老兄，我在你们这儿再住一阵，就要回到我的田庄上去，在那儿捉捉虾，教教乌克兰的小孩子念书了。我是要走的，你们呢，尽可以跟你们的犹大留在这儿，叫他遭了瘟才好！'

一针见血地道明了别里科夫的腐朽性，具有强烈的讽刺意味。

"要不然他就哈哈大笑，笑得流出眼泪来，时而用男低音，时而用非常尖细的嗓音，摊开双手，问我：

"'他干嘛上我这儿来坐着？他要干什么？他一直坐在那儿发呆。'

语言描写体现瓦连科对"套中人"极度的厌恶。

"他甚至给别里科夫起了一个外号叫'蜘蛛'。当然，关于他姐姐瓦连卡打算跟'蜘蛛'结婚的事，我们对他绝口不谈。有一回，校长太太向他暗示说，要是他姐姐跟别里科夫这么一个稳重的、为大家所尊敬的人结婚，那倒是一件好事。他就皱起眉头，嘟哝道：

"'这不关我的事，哪怕她跟毒蛇结婚也由她。我不喜欢干涉别人的事。'

"现在，您听一听后来发生的事吧。有个爱开玩笑的家伙画了一张漫画，画着别里科夫打着雨伞，穿着套鞋，卷起裤腿，正在走路，臂弯里挽着瓦连卡，下面缀着题名：'恋爱中的 anthropos。'您要知道，那神态画得像极了。那位画家一定画了不止一夜，因为男子中学和女子中学里的教师们，宗教学校的教师们，衙门里的官儿，每人都接到一份。别里科夫也接到一份。这幅漫画给他留下极其难堪的印象。

"我们一块儿从房子里走出去，那天正好是五月一日，星期日，我们全体教师和学生事先约定在学校里会齐，然后一块儿步行到城郊的一个小树林里郊游。我们动身了，他脸色发青，比乌云还要阴沉。

"脸色发青，比乌云还要阴沉"神态描写体现他内心的慌乱、不满、愤恨。

"'天下有多么歹毒的坏人！'他说，他的嘴唇发抖了。

"我甚至可怜他了。我们走啊走的，忽然间，您猜怎么着，科瓦连科骑着自行车来了，在他身后，瓦连卡也骑着自行

别人的一个玩笑，竟然被他夸大成"歹毒"，真是可笑又可怜。

车，涨红了脸，筋疲力尽，可是快活，兴高采烈。

“‘我们先走一步！’她嚷道，‘天气多么好啊！多么好，简直好得要命！’

“他们俩走远，不见了。我的别里科夫的脸色从发青变成发白，好像呆住了。他站住，瞧着我……

“‘请问，这是怎么回事？’他问，‘或者，也许我的眼睛骗了我吗？难道中学教师和女人骑自行车还成体统吗？’

“‘这有什么不成体统的？’我说，‘让他们尽管骑自行车，快快活活玩一阵好了。’

“‘可是这怎么行？’他叫起来，看见我平心静气，感到惊讶，‘您在说什么呀？！’

“他大为震动，不愿意再往前走，回家去了。

通过别里科夫的神态和动作描写，揭示了他内心的惶恐不安。

“第二天他老是心神不定地搓手，打哆嗦，从他的脸色看得出他身体不舒服。还没到放学的时候，他就走了，这还是他生平第一回呢。他没吃午饭。虽然门外已经完全是夏天天气，可是将近傍晚，他却穿得暖暖和和的，慢腾腾地走到科瓦连科家里去了。瓦连卡不在家，他只碰到她弟弟在家。

“‘请坐吧，’科瓦连科冷冷地说，皱起眉头：他的脸上带着睡意，饭后他打了个盹儿，刚刚醒来，心绪很坏。

“别里科夫沉默地坐了十分钟光景，然后开口了：

别里科夫一本正经的语言、态度表现了其反动、保守的本质。

“‘我上您这儿来，是为了减轻我心里的负担。我心里沉重得很，沉重得很。有个不怀好意的家伙画了一张漫画，把我和另一个跟您和我都有密切关系的人画成可笑的样子。我认为我有责任向您保证我跟这事没一点关系……我没有做出什么事来该得到这样的讥讽，刚好相反，我的举动素来在各方面都称得起是正人君子。’

“科瓦连科坐在那儿生闷气，一句话也不说。别里科夫等了一会儿，然后压低喉咙，用悲凉的声调接着说：

骑自行车这种消遣在别里科夫眼里是不成体统的，进一步写出他的反动、保守。

“‘另外我还有件事情要跟您谈一谈。我已经教书多年了，您最近才开始工作。我是一个比您年纪大的同事，认为有责任给您进一个忠告。您骑自行车，这种消遣对青年的教育工作者来说是完全不成体统的。’

“‘怎么见得？’科瓦连科用男低音问。

"'难道这还用解释吗，米哈伊尔·萨维奇，难道这不是理所当然的吗？如果教师骑自行车，那还能希望学生做出什么好事来？他们所能做的就只有头朝下，拿大腚走路了！既然政府还没有发出通告，允许做这种事，那就做不得。昨天我吓了一大跳！我一看见您的姐姐，眼前就变得一片漆黑。一个女人或者一个姑娘骑自行车，这太可怕了！'

别人眼里正常的事在别里科夫眼里都是不能做的！

"'说实在的，您到底要怎么样？'

"'我所要做的只有一件事，就是忠告您，米哈伊尔·萨维奇。您是青年人，您前途远大，您的举动得十分十分小心才行，您却这么马马虎虎，唉，多么马马虎虎！您穿着绣花衬衫出门，经常拿着些书在大街上走来走去，现在呢，又骑什么自行车。校长会听说您和您姐姐骑自行车的，然后，这事又会传到督学的耳朵里……这还会有好下场吗？'

别里科夫看不惯社会上的一切，但现实生活总是刺激他，他身上最可怕的东西是他对周围人的压力，不许别人穿绣花衬衫出门，不许骑自行车。这些反映了他身上的因循守旧和庸俗习气。

"'讲到我姐姐和我骑自行车，这不干别人的事！'科瓦连科说，涨红了脸，'谁要来管我的家事和私事，我就叫谁滚蛋！'

"别里科夫脸色苍白，站起来。

"'要是您用这种口吻跟我讲话，那我就不能再讲下去了，'他说，'我请求您在我面前谈到上司的时候永远不要这样说话。您对当局应当尊敬才对。'

脸色由以前的乌青转为苍白，暗示别里科夫的悲剧命运。

"'难道我说了当局什么坏话吗？'科瓦连科问，生气地瞧着他，'请您躲开我。我是正直的人，不愿意跟您这样的先生讲话。我不喜欢告密的人。'

"别里科夫心慌意乱，匆匆忙忙地穿大衣，脸上带着恐怖的神情。要知道，这还是他生平第一回听到这么不客气的话。

"'随您怎么说，都由您，'他一面走出前堂，到楼梯口去，一面说，'只是我得跟您预先声明一下：说不定有人偷听了我们的话，为了避免我们的谈话被人家误解，避免闹出什么乱子，我得把我们的谈话内容报告给校长先生……把大意说明一下。我不能不这样做。'

喜欢告密是他的又一特色。

"'报告？去，报告去吧！'

"科瓦连科在他后面一把抓住他的衣领，使劲一推，别里科夫就滚下楼去，他的套鞋乒乒乓乓地响。楼梯又高又陡，不

从楼梯上滚下来却安然无恙，这不应该是他去世的原因。

过他滚到楼下却安然无恙，站起来，摸了摸鼻子，看他的眼镜碎了没有。可是，他滚下楼的时候，偏巧瓦连卡回来了，还带着两位太太。她们站在楼下，呆呆地瞧着，这在别里科夫看来却比任何事情都可怕。看样子，他情愿摔断脖子和两条腿，也不愿意成为取笑的对象：是啊，这样一来，全城的人都会听说这件事，还会传到校长耳朵里，传到督学耳朵里去。哎呀，千万别闹出什么乱子来啊！人家又会画一张漫画，到头来就会弄得他奉命辞职吧……

“等到他站起来，瓦连卡才认出是他。她瞧着他那滑稽的脸相，他那揉皱的大衣，他那套鞋，不明白是怎么回事，以为他是自己不小心摔下来的，就忍不住扬声大笑，响得整个房子都可以听见：

“‘哈哈哈！’

“这一串响亮而清脆的‘哈哈哈’就此结束了一切，结束了婚事，结束了别里科夫的人间生活。他没听见瓦连卡说了些什么话，他什么也没看见。一到家，他第一件事就是从桌子上撤去瓦连卡的照片，然后他躺下，从此再也没有起床。

暗示了别里科夫被人取笑后的命运。

“大约三天以后，阿法纳西来找我，问我要不要派人去请医生，因为据他说，他的主人不大对头。我走到别里科夫的屋里去。他躺在帐子里，盖着被子，一声不响，不管问他什么话，他总是回答一声‘是’或者‘不’，此外就闷声不响了。他躺在那儿，阿法纳西呢，满脸愁容，皱着眉头，在他旁边走来走去，深深地叹气，可是像酒馆一样冒出白酒的气味。

“过了一个月，别里科夫死了。我们都去送葬，那就是说，两个中学校和宗教学校的人都去了。这时候他躺在棺材里，神情温和、愉快，甚至高兴，仿佛暗自庆幸终于装进一个套子里，从此再也不必出来了似的。是啊，他的理想实现了！老天爷也仿佛在对他表示敬意，他出殡的时候天色阴沉，下着雨。我们大家都穿着套鞋，打着雨伞。瓦连卡也去送葬，等到棺材下了墓穴，她哭了一阵。我发现乌克兰的女人总是不笑就哭，对她们来说，不哭不笑的心情是没有的。

别里科夫回家不久就一命呜呼了，这是何等辛辣的讽刺！作者暗示我们：只有棺材，才是别里科夫应该去的地方，而且这也应当是一切“套中人”最好的归宿。

侧面写瓦连卡性格的活泼，与别里科夫是格格不入的。

“老实说，埋葬别里科夫那样的人是一件大快人心的事。我们从墓园回来的时候，露出忧郁谦虚的脸相，谁也不肯露出快活的感情，像那样的感情，我们很久很久以前做小孩子的时候，遇到大人不在家，我们到花园里去跑一两个钟头，享受充分自由的时候，都经历过。啊，自由啊，自由！只要有一点点自由的影子，只要有可以享受自由的一线希望，人的灵魂就会长出翅膀来。难道不是这样吗？

“我们从墓园回来，心情极好。可是一个星期还没过完，生活又过得跟先前一样，跟先前一样的严峻、无聊、杂乱了，这样的生活固然没有受到明令禁止，不过也没有得到充分的许可啊。局面并没有变得好一点。确实，我们埋葬了别里科夫，

别里科夫的影响已深深渗入到社会生活的各个角落，现实生活中不止一个别里科夫，不同程度的别里科夫比比皆是。

可是另外还有多少这种套中人活着，将来也还不知道会有多少呢！”

“问题就在这儿，”伊万·伊万内奇说，点上了他的烟斗。

“那样的人，将来不知道还会有多少！”布尔金又说一遍。

别里科夫的去世给人带来短暂的轻松，但这个社会氛围仍让人窒息。

这个中学教师从堆房里走出来。他是一个矮胖的男子，头顶全秃了，留着一把黑胡子，差不多齐到腰上。有两条狗跟他一块儿走出来。

“多好的月色，多好的月色！”他抬头看，说道。

这时候已经是午夜了。向右边瞧，可以看见整个村子，一条长街远远地伸出去，大约有五里长。一切都浸在深沉而静寂的睡乡里，没有一点动静，没有一点声音，人甚至不能相信大自然能够这么静。人在月夜看着宽阔的村街、村里的茅屋、干草垛和睡熟的杨柳，心里就会变得恬静。这时候村子给夜色包得严严实实，躲开了劳动、烦恼、忧愁，安心休息，显得那么温和、哀伤、美丽，看上去仿佛星星在亲切而动情地瞧着它，大地上不再有坏人坏事，一切都挺好似的。左边，村子到了尽头，便是田野。可以看见田野远远地一直延伸到天边。在这一大片浸透月光的旷野上也是没有动静，没有声音。

环境描写与社会现实形成强烈对比，大自然是宁静美好的，现实生活又是那么黑暗污浊。

“问题就在这儿了，”伊万·伊万内奇又说一遍，“我们住在城里，空气污浊，十分拥挤，写些无聊的文章，玩‘文特’，这一切岂不就是套子吗？至于在懒汉，爱打官司的人，无所事事的蠢女人中间消磨我们的一生，自己说而且听人家说各式各样的废话，这岂不也是套子吗？嗯，要是您乐意，那我就给您讲一个很有教益的故事。”

说明套子在社会上的涉及面非常广，它已窒息了人们的生活。

“不，现在也该睡了，”布尔金说，“留到明天再讲吧。”

他俩走进堆房，在干草上睡下来。他俩盖好被子，刚要昏昏睡去，忽然听见轻轻的脚步声：吧嗒，吧嗒……有人在离堆房不远的地方走着，走了一会儿站住了，过一分钟又是吧嗒，吧嗒……狗汪汪地叫起来。

“这是玛芙拉在走来走去。”布尔金说。

脚步声渐渐听不见了。

“你看着人们做假，听着人们说假话，”伊万·伊万内奇翻了个身说，“人们却因为你容忍他们的虚伪而骂你傻瓜。你忍受侮辱和委屈，不敢公开说，你跟正直和自由的人站在一边，你自己也做假，还微微地笑，你这样做，无非是为了混一口饭吃，得到一个温暖的角落，做个一钱不值的小官儿罢了。不行，不能再照这样生活下去了！"

"算了吧，您扯到别的题目上去了，伊万·伊万内奇，"教师说，"睡吧！"

过了大约十分钟，布尔金睡着了。可是伊万·伊万内奇不住地翻身，叹气，后来他起来，又走出去，坐在门边，点上烟斗。

最后一段中的细节描写："过了大约十分钟，布尔金睡着了。"再好不过地展示了布尔金不善思考的精神世界，与兽医形成鲜明对比。

名师鉴赏

这篇作品创作于1898年，当时，俄国正处在沙皇专制统治的黑暗时期，人们的生活相当沉闷、乏味。曾经做过医生的契诃夫拿起了手中的笔，以敏锐的目光解剖了庸碌的生活层面，对于当时的俄国社会做出了精确的心理诊断，写出了这一充满辛辣嘲讽的名篇。

别里科夫性格孤僻，胆小怕事，恐惧变革，更多的是想做一个纯粹的现行制度的"守法良民"。他的世界观就是害怕出乱子，害怕新生事物，疯狂扼杀进步思想，竭力推行禁锢主义。可以说是专制制度毒化了他的思想、心灵，使他惧怕一切变革，顽固僵化，他既是沙皇专制制度的维护者，也是受害者。

契诃夫以冷峻的思维习惯，运用幽默讽刺的手法和细节描写成功地塑造了"套中人"的形象，有力地鞭挞了别里科夫之流以及产生他们这种畸形性格的反动时代。同时，契诃夫还塑造了一个情绪激昂、善于思索的兽医伊万·伊万内奇的形象，正是这个兽医的形象反映了19世纪90年代后期的重要历史情况：进步的革命阶级中的激昂情绪正在扩展到社会阶层和其他阶级。《套中人》反映出两个根本不同时代（80年代和90年代）的社会的本质特点，由此可见契诃夫晚期心理短篇小学的巨大艺术概括力。

在鲁迅的小说里，随时都可以看到旧制度维护者的丑恶面目，如《药》中的康大叔、《祝福》中的鲁四爷等，这些人物形象的性格特征是虚伪、贪婪、无耻、凶残。契诃夫的小说也塑造了一系列面目可憎的反面形象，如《变色龙》里的警官奥楚蔑洛夫，就是一个欺压百姓、阿谀权贵的奴才；《套中人》里的别里科夫更是一个保守落后、冥顽不化的专制制度卫道者。由此可见，无情地嘲笑和批评专制统治的维护者，是鲁迅和契诃夫小说的一项相同的任务。

导　读

奥莲卡是一个单纯美丽的姑娘，她嫁了两次，然而两个丈夫都先她而去，但她仍在寻找一个她爱的人，寻找一个精神支柱。最后她终于在别人的孩子萨沙身上找到了寄托，奥莲卡只求付出爱，没想过抢夺和占有爱，她的单纯让自己觉得活得还算幸福，只是她从未有过自己的主张、自己的独立人格。

宝贝儿

退休的八品文官普列米扬尼科夫的女儿奥莲卡①，坐在当院的门廊上，想心事。天气挺热，苍蝇讨厌地盯着人，不飞走。人想到不久就要天黑，心里就不那么痛快。乌黑的雨云从东方推上来，潮湿的空气时不时地从那边吹来。

库金站在院子中央，瞧着天空。他是剧团经理人，经营着“季沃里”游乐场，他本人就寄住在这个院里的一个厢房内。

“又要下雨了！”他灰心地说，“又要下雨了！天天下雨，天天下雨，好像故意跟我为难似的！这简直是要我上吊！这简直是要我破产！天天要赔一大笔钱！”

他举起双手一拍，朝奥莲卡接着说：

“喏！奥莉加·谢苗诺芙娜，我们过的就是这种日子。真要叫人哭一场！一个人好好工作，尽心竭力，筋疲力尽，夜里也睡不着觉，老是想怎样才能干好。可是结果怎么样？首先，观众就是些没知识的人，野蛮人。我为他们排顶好的小歌剧、精致的仙境剧，请第一流的演唱家，可是难道他们要看吗？你当是他们看得懂？他们只要看滑稽的草台戏哟！给他们排庸俗的戏就行！其次，请您看看这天气吧，差不多天天晚上都下雨。从五月十号起下开了头，一连下了整整一个五月和一个六月。简直要命！看戏的一个也不来，可是租钱我不是照旧得付？演员的工钱我不是也照旧得给？”

① 奥莉加的爱称。

第二天傍晚，阴云又四合了，库金歇斯底里（形容情绪异常激动，举止失常）般地狂笑着说：

“那有什么关系？要下雨就下吧！下得满花园灌满水，把我活活淹死就是！叫我这辈子倒霉，到了下一个世界也还是倒霉！让那些演员把我扭到法院去就是！法院算得了什么？索性把我发配到西伯利亚去做苦工好了！送上断头台就是！哈哈哈！”

到第三天还是那一套……

奥莲卡默默地、认真地听库金说话，有时候眼泪从她的眼眶里滚出来。临了，他的不幸打动她的心，她爱上他了。他又矮又瘦，脸色发黄，头发往两边分梳，讲话用的是尖细的男高音，他一讲话就撇（piē）嘴（歪嘴）。他脸上老是有灰心的神情，可是他还是在她心里挑起一种真正的深厚感情。她总会爱一个人，不这样就不行。早先，她爱她爸爸，现在她害了病，在一个黑房间里，坐在一把圈椅上，呼吸困难。她还爱过她的姑妈，往常她姑妈隔一年总要从布良斯克来一回。再往前推，她在上初级中学的时候，爱过她的法语教师。她是个文静的、心好的、体贴人的姑娘，生着温顺柔和的眼睛和很结实的身子。男人要是看见她那胖嘟嘟的红脸蛋儿，看见她那生着一颗黑痣的、柔软白净的脖子，看见她一听到什么愉快的事情脸上就绽开的天真善良的笑容，就会暗想：“对了，这姑娘挺不错……”就也微微地笑，女客呢，在谈话中间往往情不自禁，忽然拉住她的手，忍不住满心爱悦地说：

“宝贝儿！”

这所房子坐落在城边茨冈区，离“季沃里”游乐场不远，她从生出来那天起，就一直住在这所房子里，而且她父亲在遗嘱里已经写明，这房子将来归她所有。一到傍晚和夜里，她就听见游乐场里乐队奏乐，鞭炮噼啪地爆响，她觉得这是库金在跟他的命运打仗，猛攻他的大仇人——淡漠的观众，她的心就甜蜜地缩紧，她没有一点睡意了。等到天快亮了，他回到家来，她就轻轻地敲自己寝室的窗子，隔着窗帘只对他露出她的脸和一边的肩膀，温存地微笑着……

他就向她求婚，他们结了婚。等到他挨近她，看清她的脖子和丰满结实的肩膀，他就举起双手轻轻一拍，说：

“宝贝儿！”

他幸福，可是因为结婚那天，昼夜下雨，灰心的表情就始终没有离开他的脸。

他们婚后过得很好。她掌管他的票房，照料游乐场的内务，记账，发工钱。她那绯（fēi）红（鲜红）的脸蛋儿，可爱而天真的、像在发光的笑容，时而在票房的小窗子里，时而在饮食部里，时而在后台，闪来闪去。她已经常常对她的熟人说，世界上顶了不起、顶重要、顶不能缺少的东西就是剧院，只有在剧院里才可以享受到真正的快乐，才会变得有教养，有人道主义精神。

“可是难道观众懂得这层道理吗？”她说，“他们只要看滑稽的草台戏！昨天晚场我们演改编的《浮士德》，差不多全场的包厢都空着，不过要是万尼奇卡和我叫他们上演一出庸俗的戏，那您放心好了，剧院里倒会挤得满满的。明天万尼奇卡和我叫他们上演《奥尔菲欧司在地狱》。请您过来看吧。”

凡是库金讲到剧院和演员的话，她统统学说一遍。她也跟他一样看不起观众，因为他们无知，对艺术冷淡。她在彩排的时候出头管事，纠正演员的动作，监视乐师的品行。遇到本城报纸上发表对剧院不满意的评论，她就流泪，然后跑到报馆编辑部去疏通。

演员们喜欢她，叫她“万尼奇卡和我”，或者“宝贝儿”。她怜惜他们，稍稍借给他们一点钱。要是他们偶尔骗了她，她就偷偷流几滴眼泪，可是不告到她丈夫那儿去。

冬天他们也过得很好。整个冬天，他们租下本城的剧院演戏，只留出短短的几个空当，或是让给小俄罗斯的剧团，或是让给魔术师，或是让给本地业余爱好者上演。奥莲卡发胖了，由于心满意足而容光焕发（脸上光彩四射）。库金却黄下去，瘦下去，抱怨赔本太大，其实那年冬天生意不错。每天夜里他都咳嗽，她就给他喝覆盆子花汁和菩提树花汁，用香水擦他的身体，拿软和的披巾包好他。

“你真是我的心上人！”她捋（lǚ）平他的头发，十分诚恳地说，“你真招我疼！”

到四旬斋①，他动身到莫斯科去请剧团。他一走，她就睡不着觉，老是坐在窗前，瞧着星星。这时候，她就把自己比做母鸡：公鸡不在窝里，母鸡也总是通宵睡不着，心不定。库金在莫斯科耽搁下来，写信回来说，到复活节才能回来，此外，关于“季沃里”，他还在信上交代了几件事。可是到受难节②前的星期一，夜深了，忽然传来不吉利的敲门声，不知道是谁在用劲捶那便门，就跟捶一个大桶似的——嘭嘭嘭！睡意朦胧的厨娘光着脚啪嗒啪嗒地踩过泥水塘，跑去开门。

“劳驾，请开门！”有人在门外用低沉的男低音说，“有一封你们家的电报！”

奥莲卡以前也接到过丈夫的电报，可是这回不知什么缘故，她简直吓呆了。她用颤抖的手拆开电报，看见了如下的电文：

伊万·彼得罗维奇今日突然去世，星期二究应如河殡葬请吉示下。

电报上真是那么写的——如“河”殡葬，还有那个完全讲不通的字眼“吉”。电报上是歌剧团导演署的下款。

“我的亲人！”奥莲卡痛哭起来，“万尼奇卡呀，我的爱人，我的亲人！为什么当初我跟你要相遇？为什么我要认识你，爱上你啊？你把你这可怜的奥莲卡，可怜的、不幸的人丢给谁哟？……”

---

① 基督教的大斋期，在复活节前的四十日内，纪念耶稣在荒野绝食。

② 基督教的节日，在复活节前的一周，纪念耶稣受难。

星期二他们把库金葬在莫斯科的瓦冈科沃墓地。星期三奥莲卡回到家，刚刚走进房门，就往床上一倒，放声大哭，声音响得隔壁院子里和街上全听得见。

“宝贝儿!”街坊说，在自己胸前画十字，“亲爱的奥莉加·谢苗诺芙娜，可怜，这么难过!”

三个月以后，有一天，奥莲卡做完弥撒走回家去，悲悲切切，深深地哀伤。凑巧有一个她的邻居瓦西里·安德烈伊奇·普斯托瓦洛夫，也从教堂走回家去，跟她并排走着。他是商人巴巴卡耶夫木材场的经理。他戴一顶草帽，穿一件白坎肩，坎肩上系着金表链，看上去与其说像商人，还不如说像地主。

“万事都由天定，奥莉加·谢苗诺芙娜，”他庄严地说，声音里含着同情的调子，“要是我们的亲人死了，那一定是出于上帝的旨意，遇到那种情形，我们应当忍住悲痛，逆来顺受（对别人的欺负或无理的待遇采取忍受的态度）才对。”

他把奥莲卡送到门口，对她说了再会，就往前走了。这以后，那一整天，她的耳朵里，老是响着他那庄严的声音，她一闭眼就仿佛看到他那把黑胡子。她很喜欢他，而且她明明也给他留下了好印象，因为不久以后就有一位不大熟识的、上了岁数的太太到她家里来喝咖啡，刚刚在桌旁坐定就立刻谈起普斯托瓦洛夫，说他是一个可靠的好人，随便哪个到了结婚年龄的姑娘都乐于嫁给他。三天以后，普斯托瓦洛夫本人也亲自上门来拜访了。他没坐多久，只不过十分钟光景，说的话也不多，可是奥莲卡已经爱上他了，而且爱得那么深，通宵都没睡着，浑身发热，好像害了热病，到第二天早晨就派人去请那位上了岁数的太太来。婚事很快就讲定，随后举行了婚礼。

普斯托瓦洛夫和奥莲卡婚后过得很好。通常，他坐在木材场里直到吃午饭的时候，饭后就出去接洽生意，于是奥莲卡就替他坐在办公室里，算账，卖货，直到黄昏时候才走。

“如今木材一年年贵起来，一年要涨两成价钱，”她对顾客和熟人说，“求主怜恤我们吧，往常我们总是卖本地的木材，现在呢，瓦西奇卡只好每年到莫吉列夫省去办木材了。运费好大呀!”她接着说，露出害怕的神情双手捂住脸，“好大的运费!”

她觉得，自己仿佛已经做过很久很久的木材买卖，觉得生活中顶要紧、顶重大的东西就是木材。什么“梁木”啦，“原木”啦，“薄板”啦，“护墙板”啦，“箱子板”啦，“板条”啦，“木块”啦，“毛板”啦等，在她听来，那些字音总含着点亲切动人的意味。……夜里睡觉以后，她梦见薄板和木板堆积如山，长得没有尽头的一串大车载着木材从城外远远的什么地方走来。她还梦见一大批十二尺高、五寸厚的原木竖起来，在木材场上开步走，于是原木、梁木、毛板彼此相碰，发出干木头的嘭嘭声，一会儿倒下去，一会儿又竖起来，互相重叠着。奥莲卡在睡梦中叫起来，普斯托瓦洛夫就对她温柔地说：

“奥莲卡，你怎么了，亲爱的？在胸前画十字吧。”

丈夫怎样想，她也就怎样想。要是他觉得房间里热，或者现在生意变得清淡，她就也那么想。她丈夫不喜欢任何娱乐，遇到节日总是待在家里。她就也照那样做。

“你们老是待在家里或者办公室里，”熟人们说，“你们应当去看看戏剧才对，宝贝儿，要不然就去看一看杂技也是好的。”

“瓦西奇卡和我没有工夫上剧院去，”她庄重地回答说，“我们是工作的人，我们可没有工夫去看那些胡闹的东西。看戏剧有什么好处呢?”

每到星期六，普斯托瓦洛夫和她总是去参加彻夜祈祷，遇到节日就去做晨祷。他们从教堂出来，并排走回家去的时候，总是现出感动的面容。他们俩周身都有一股好闻的香气，她的绸子连衣裙发出好听的沙沙声。在家里，他们喝茶，吃奶油面包和各种果酱，然后他们吃馅饼。每天中午，他们院子里和大门外街道上，总有红甜菜汤、煎羊肉、或者烧鸭子等喷香的气味，遇到斋日就有鱼的气味，谁走过他们家的大门口都不能不犯馋。在办公室里，茶炊老是滚沸，他们招待顾客喝茶，吃面包圈。两夫妇每个星期去洗一回澡，并肩走回家来，两个人都是满面红光。

“没什么，我们过得挺好，谢谢上帝，”奥莲卡常常对熟人说，“只求上帝让人人都能过着瓦西奇卡和我这样的生活就好了。”

每逢普斯托瓦洛夫到莫吉列夫省去采办木材，她总是十分想念他，通宵睡不着觉，哭。有一个军队里的年轻兽医斯米尔宁寄住在她家的厢房里，有时候傍晚来看她。他来跟她谈天，打牌，这样就解了她的烦闷。特别有趣味的是，他自己的家庭生活的种种事情。他结过婚了，有一个儿子，可是他跟妻子分居，因为她对他变了心，现在他还恨她，每月汇给她四十卢布做儿子的生活费。听到这些话，奥莲卡就叹气、摇头，替他难过。

“唉，求上帝保佑您，”在分手时候，她对他说，举着蜡烛送他下楼。“谢谢您来给我解闷儿，求上帝赐给您健康，圣母……”

她学丈夫的样，神情总是十分庄严稳重。兽医已经走出楼下的门外，她喊住他，说：

“您要明白，弗拉基米尔·普拉托内奇，您应当跟您的妻子和好。您至少应当看在儿子的分上原谅她！……您放心，那小家伙心里一定都明白。”

等到普斯托瓦洛夫回来，她就把兽医和他那不幸的家庭生活低声讲给他听，两个人就叹气、摇头，谈到那男孩，说那孩子一定想念父亲。后来，由于思想上发生了某种奇特的联系，他们两个都到圣像前面去，双双跪下叩头，求上帝赐给他们儿女。

就是这样，普斯托瓦洛夫夫妇在相亲相爱和融洽无间里平静安分地过了六年。可是，唉，一年冬天，瓦西里·安德烈伊奇在场里喝饱热茶，没戴帽子就走出门去卖木材，得了感冒，病了。她请来顶好的医生给他治病，可是病一天天重下去，过了四个月他就死了。奥莲卡就又守寡了。

“你把我丢给谁啊，我的亲人?”她送丈夫下葬后痛哭道，“现在没有了你，我这个苦命的不幸的人怎么过得下去啊？好心的人们，可怜可怜我这个无依无靠的孤魂吧……”

她穿上黑衣服，缝上白丧章，永远不戴帽子和手套了。她不大出门，只是间或到教堂去，或者到丈夫的坟上去，老是待在家里，跟修女一样。直到六个月以后，她才去掉白丧章，开了护窗板。有时候可以看见她早晨跟她的厨娘一块儿上市场去买菜，可是现在，她在家里怎样生活，她家里情形怎样，那就只能猜测了。大家也真是在纷纷猜测，因为常看见她在自家的小花园里跟兽医一块儿喝茶，他对她大声念报上的新闻，又因为她在邮政局遇见一个熟识的女人，对那女人说：

“我们城里缺乏兽医的正确监督，因此发生了很多疾病。常常听说，有些人因为喝牛奶得了病，或者从牛马身上招来了病。实际上对家畜的健康应该跟对人类的健康那样关心才对。”

她重述兽医的想法，现在她对一切事情的看法跟他一样了。显然，要她不爱什么人，她就连一年也活不下去，她在她家的厢房里找到了新的幸福。换了别人，这种行径就会受到批评，不过对于奥莲卡，却没有一个人能够往坏里想，她生活里的一切事情都可以得到谅解。他们俩的关系所起的变化，她和兽医都没对外人讲，还极力隐瞒着，可是这还是不行，因为奥莲卡守不住秘密。每逢他屋里来了客人，军队里的同行，她就给他们斟茶，或者给他们开晚饭，谈起牛瘟，谈起家畜的结核病，谈起本市的屠宰场。他呢，忸怩（niǔ ní）不安（形容不好意思或不大方的样子），等到客人散掉，他就抓住她的手，生气地轻声说：

“我早就要求过你别谈你不懂的事！我们兽医谈到我们的本行的时候，你别插嘴。这真叫人不痛快!”

她惊讶而且惶恐地瞧着他，问道：

“可是，沃洛杰奇卡，那要我谈什么好呢?”

她眼睛里含着一泡眼泪，搂住他，求他别生气。他们俩就都快活了。

可是这幸福没有维持多久。兽医动身，随着军队开拔，从此不回来了，因为军队已经调到很远的什么地方去，大概是西伯利亚吧。于是剩下奥莲卡孤单单一个人了。

现在她简直孤苦伶仃了。父亲早已去世，他的圈椅扔在阁楼上，布满灰尘，缺了一条腿。她瘦了，丑了，人家在街上遇到她，已经不照往常那样瞧她，也不对她微笑了。显然好岁月已经过去，落在后面。现在她得开始过一种新的生活，一种不熟悉的生活，关于那种生活还是不要去想的好。傍晚，奥莲卡坐在门廊上，听“季沃里”的乐队奏乐，鞭炮噼啪地响，可是这已经不能在她心头引起任何思想了。她漠（mò）不关心（丝毫不关心，形容对人或事态度冷淡）地瞧她的空院子，什么也不想，什么也不盼望，然后等到黑夜降临，就上床睡觉，梦见她的空院子。她固然也吃也喝，不过那好像是出于不得已似的。

顶顶糟糕的是，她什么见解都没有了。她看见她周围的东西，也明白周围发生些什么事情，可是对那些东西和事情没法形成自己的看法，也不知道该说什么好。没有任何见解，那是多么可怕呀！比方说，她看见一个瓶子，看见天在下雨，或者看见一个乡下人坐着大车走过，可是她说不出那瓶子、那雨、那乡下人为什么存在，它们有什么意义，哪怕拿一千卢布给她，她也什么都说不出来。当初跟库金或普斯托瓦洛夫在一块儿，后来跟兽医在一块儿的时候，样样事情奥莲卡都能解释，随便什么事她都说得出自己的见解，可是现在，她的脑子和她的心里就跟那个院子一样空空洞洞。生活变得又可怕又苦涩，仿佛嚼苦艾一样。

渐渐，这座城向四面八方扩张开来。茨冈区已经叫做大街，“季沃里”游乐场和木材场的原址已经辟了一条条巷子，造了新房子。光阴跑得好快！奥莲卡的房子发黑，屋顶生锈，板棚歪斜，整个院子生满杂草和荆棘。奥莲卡自己也老了，丑了。夏天，她坐在走廊上，她心里跟以前一样又空洞又烦闷，充满苦味。冬天，她坐在窗前赏雪。每当她闻到春天的清香，或者风送来教堂的叮当钟声的时候，往事的记忆就突然涌上她的心头，她的心甜蜜地缩紧，眼睛里流出一汪汪眼泪，可是这也只不过有一分钟的工夫，过后，心里又是空空洞洞，自己也不知道为什么要活着。黑猫布雷斯卡依偎着她，柔声地咪咪叫，可是这种猫儿的温存不能打动奥莲卡的心。她可不需要这个！她需要的是那种能够抓住她整个身心、整个灵魂、整个理性的爱，那种给她思想、给她生活方向、温暖她的老血的爱。她把黑猫从裙子上抖掉，心烦地对它说：

“走开，走开！……用不着待在这儿！”

照这样，一天天，一年年，过去了，没有一点快乐，没有一点见解。厨娘玛夫拉说什么，她就听什么。

七月里，有一天很热，将近傍晚，城里的牲口刚沿街赶过去，整个院里满是飞尘，像云雾一样，忽然有人来敲门了。奥莲卡亲自去开门，睁眼一看，不由得呆住了：原来门外站着兽医斯米尔宁，白发苍苍，穿着便服。她忽然想起了一切，忍不住哭起来，把头偎在他的胸口，一句话也说不出来。她非常激动，竟没有注意到，他们俩后来怎样走进房子，怎样坐下来喝茶。

“我的亲人！”她嘟哝着说，快活得发抖，“弗拉基米尔·普拉托内奇！上帝从哪儿把你送来的?”

“我要在此地长住下来，”他说，“我已经退休，上这儿来打算凭自己的能力谋生计，过一种安定的生活。况且，现在我的儿子已经应该上学了。他长大了。您要知道，我已经跟我的妻子和好了。”

“她在哪儿呢?”奥莲卡问。

“她跟儿子一块儿在旅馆里，我这是出来找房子的。”

“主啊，圣徒啊，就住到我的房子里来好了！这里还不能安个家吗？咦，主啊，我又不要你们出房钱，”奥莲卡着急地说，又哭起来，“你们住在这边屋里，我搬到厢房里去住就行了。主啊，我好高兴！”

第二天房顶就上漆，墙壁刷白粉，奥莲卡把两只手叉在腰上，在院子里走来走去发命令。她的脸上现出旧日的笑容，她全身都活过来，精神抖擞，仿佛睡了一大觉，刚刚醒来似的。兽医的妻子到了，那是一个又瘦又丑的女人，留着短短的头发，现出任性的神情。她带着她的小男孩萨沙，他是一个十岁的小胖子，身材矮小得跟他的年龄不相称，生着亮晶晶的蓝眼睛，两腮有两个酒窝。孩子刚刚走进院子，就追那只猫，立刻传来了他那快活而欢畅的笑声。

“大妈，这是您的猫吗?”他问奥莲卡，“等您的猫下了小猫，请您送给我们一只吧。妈妈特别怕耗子。”

奥莲卡跟他讲话，给他茶喝。她胸膛里的那颗心忽然温暖了，甜蜜蜜地收紧，倒仿佛这男孩是她亲生的儿子似的。每逢傍晚，他在饭厅里坐下，温习功课，她就带着温情和怜悯瞧着他，喃（nán）喃（连续不断地小声说话的声音）说：

“我的宝贝儿，漂亮小伙子……我的小乖乖，长得这么白净，这么聪明。”

“‘海岛者，一片陆地，周围皆水也。’”他念道。

“海岛者，一片陆地……”她学着说，在多年的沉默和思想空虚以后，这还是她第一回很有信心地说出她的意见。

现在她有自己的意见了。晚饭时候，她跟萨沙的爹娘谈天，说现在孩子们在中学里功课多难，不过古典教育也还是比实科教育强，因为中学毕业后，出路很宽，想当医师也可以，想做工程师也可以。

萨沙开始上中学。他母亲动身到哈尔科夫去看她妹妹，从此没有回来。他父亲每天出门去给牲口看病，往往一连三天不住在家里。奥莲卡觉得萨沙完全没人管，在家里成了多余的人，会活活饿死。她就把他搬到自己的厢房里去住，在那儿给他布置一个小房间。

一连六个月，萨沙跟她一块儿住在厢房里。每天早晨奥莲卡到他的寝室里去，他睡得正香，手放在脸蛋底下，一点儿声息也没有。她不忍心叫醒他。

“萨宪卡①，”她难过地说，“起来吧，乖乖！该上学去了。”

他就起床，穿好衣服，念完祷告，然后坐下来喝早茶。他喝下三杯茶，吃完两个大面包圈，外加半个法国奶油面包。他还没有完全醒过来，因此情绪不好。

“你还没背熟你那个寓言哪，萨宪卡，”奥莲卡说，瞧着他，仿佛要送他出远门似的，“我为你要操多少心啊。你得用功，学习，乖乖……还得听老师的话才行。”

“嗨，请您别管我的事！”萨沙说。

---

① 萨沙和萨宪卡都是亚历山大的爱称。

然后他就出门顺大街上学去了。他身材矮小，却戴一顶大制帽，背一个书包。奥莲卡没一点声息地跟在他后面走。

“萨宪卡！”她叫道。

他回头看，她就拿一个枣子或者一块糖塞在他手里。他们拐弯，走进他学校所在的那条胡同，他害臊了，因为后面跟着一个又高又胖的女人。他回转头来说：

“您回家去吧，大妈。现在我可以自己走到了。”

她就站住，瞧着他的背影，眼也不眨，直到他走进校门口不见了为止。啊，她多么爱他！她往日的爱恋没有一回像这么深，以前她从没像现在她的母性感情越燃越旺的时候那么忘我地、那么无私地、那么快乐地献出自己的心灵。为这个头戴大制帽、脸蛋上有酒窝的、旁人的男孩，她愿意交出她整个的生命，而且愿意带着快乐、带着温柔的泪水交出来。这是为什么呢？谁说得出来这是为什么呢？

她把萨沙送到学校，就沉静地走回家去，心满意足，踏踏实实，满腔热爱。她的脸在最近半年当中变得年轻了，微微笑着，喜气洋洋，遇见她的人瞧着她，都感到愉快，对她说：

“您好，亲爱的奥莉加·谢苗诺芙娜！您生活得怎样，宝贝儿？”

“如今在中学里念书可真难啊，”她在市场上说，“昨天一年级的老师叫学生背熟一个寓言，翻译一篇拉丁文，做一个习题，这是闹着玩的吗？……唉，小小的孩子怎么受得了？”

她开始讲到老师、功课、课本，她讲的话正好就是萨沙讲过的。

到两点多钟，他们一块儿吃午饭，傍晚一块儿温课，一块儿哭。她服侍他上床睡下，久久地在他胸前画十字，小声祷告，然后她自己也上床睡觉，幻想遥远而朦胧的将来，那时候萨沙毕了业，做了医师或者工程师，有了自己的大房子，买了马和马车，结了婚，生了子女……她睡着以后，还是想着这些，眼泪从她闭紧的眼睛里流下她的脸颊。那只黑猫在她身旁躺着叫道：

“咪……咪……咪……”

忽然，响起了挺响的敲门声。奥莲卡醒过来，害怕得透不出气，她的心怦(pēng)怦（心跳的声音）地跳。过半分钟，敲门声又响了。

“这一定是从哈尔科夫打来了电报，”她想，周身开始打抖，“萨沙的母亲要叫他上哈尔科夫去了……哎，主啊！”

她绝望了，她的头、手、脚，全凉了，她觉得全世界再也没有比她更倒霉的人了。可是再过一分钟就传来了说话声，原来是兽医从俱乐部回家来了。

“唉，谢天谢地！”她想。

渐渐的，她心里一块石头落了地，又觉得轻松了。她躺下去，想着萨沙，而萨沙在隔壁房间里睡得正香，偶尔在梦中说：

“我揍你！滚开！别打人！”

导 读

娜佳就要出嫁了，但萨沙的出现使她平静的生活发生了翻天覆地的变化，她意识到她们全家所过的这种不劳而获的生活是“不道德的”，未婚夫安德烈的庸俗与奴性也让她感到恶心，她开始厌恶这种没有意义的生活，终于在结婚前际决定改变自己的生活方式。在萨沙的引导下，娜佳前往彼得堡求学，并且以崭新的精神面貌走向新生活。

新　娘（精读）

一

这时候已经是晚上十点钟光景，一轮明月照着花园。在舒明家里，祖母玛尔法·米哈伊洛芙娜吩咐做的晚祷刚刚完事，娜佳到花园里去蹓跶（liū da）（散步、闲走）一会儿，这时候她看见大厅里饭桌上正在摆小吃，祖母穿着华丽的绸衫在忙这忙那。安德烈神甫，大教堂的大司祭，正在跟娜佳的母亲尼娜·伊万诺芙娜谈一件什么事，这时候隔着窗子望过去，母亲在傍晚的灯光下，不知什么缘故，显得很年轻。安德烈神甫的儿子安德烈·安德烈伊奇站在一旁，注意地听着。

首段是场景描写，描绘了舒明家里每个人的表现。

花园里安静、凉快，宁静的黑影躺在地上。人可以听见远处，很远的什么地方，大概是城外吧，有些青蛙呱呱的叫声。现在有五月的气息了，可爱的五月啊！你深深地呼吸着，热切地想着：眼下，不是在这儿，而是在别的什么地方，在天空底下，在树木上方，远在城外，在田野上，在树林里，春天的生活正在展开，神秘、美丽、丰富、神圣，那是软弱而犯罪的人所不能理解的。不知因为什么缘故，人恨不得哭一场才好。

环境描写静谧、优美，这种意绪美，产生一种朦胧的心理感受。

她，娜佳，已经二十三岁了。她从十六岁起就热切地盼望着出嫁，现在她总算做了安德烈·安德烈伊奇的未婚妻，这个

青年现在正站在窗子里面。她喜欢他，婚期已经定在七月七日，可是她并不高兴，夜里也睡不好，兴致提不起来……厨房是在地下室那一层，从敞开的窗子里，她听见人们忙忙碌碌，刀子叮当响着，安着滑轮的门砰砰地开关，那儿飘来烤鸡和醋渍樱桃的气味。不知什么缘故，她觉得整个生活似乎会永远像现在这样过下去，没有变化，没有尽头！

设置悬念，为什么一切顺意，心情还是不好？

这时候有一个人从正房走出来，在门廊上站住。这人是亚历山大·季莫费伊奇，或者简单地叫做萨沙。他是大约十天前，从莫斯科来到她们家里做客的。很久以前，祖母的一个远亲，贵族出身的穷寡妇玛丽亚·彼得罗芙娜，一个带着病容的、瘦小的女人，常到她们家来请求周济。她有个儿子名叫萨沙。不知什么缘故，大家都说他是出色的画家，等到他母亲去世，祖母为了拯救自己的灵魂就送他到莫斯科的科米萨罗夫斯基学校去念书。大约两年以后，他转到一个绘画学校去，在那儿差不多念了十五年书，才勉强在建筑系毕业。可是他仍旧没做建筑师，却在莫斯科的一个石印工厂里做事。他差不多每年夏天都到祖母这儿来，总是病得很重，以便休息调养一阵。

正是萨沙的出现，娜佳开始从那“没有变化”“没有尽头”的平静生活中觉醒，促使她与其生活彻底决裂。作者写这对贫富悬殊、自幼相知的朋友间的情谊，是别有新意的。

他现在穿着一件常礼服，扣上纽扣，下身穿一条旧帆布裤

人物外貌描写真实、生动。

子，裤腿下面都磨破了。他的衬衫没熨过，周身上下有一种没精神的样子。他很瘦，眼睛大，手指头又长又瘦，留着胡子，黑脸膛，不过仍旧挺漂亮。他跟舒明家的人很熟，如同自己的亲人一样，他住在他们家里，觉得跟在自己家里似的。他每回来到这儿所住的那个房间，早就叫做萨沙的房间了。

他站在门廊上，看见娜佳，就走到她面前去。

“你们这儿真好！”他说。

“当然，挺好。您应当在这儿住到秋天再走。”

“是的，大概会这样的。也许我要在你们这儿住到九月间呢。”

语言、神情描写体现萨沙是一个直爽、阳光的男子。

他无缘无故地笑起来，在她身旁坐下。

“我正坐在这儿，瞧着妈妈，”娜佳说，“从这儿看过去，她显得那么年轻！当然，我妈妈有弱点，”她沉默了一会儿，补充说，“不过她仍旧是个不同寻常的女人。”

“是的，她很好……”萨沙同意道，“您的母亲，就她本人来说，当然是一个很善良很可爱的女人，可是……怎么跟您说好呢？今天一清早，我偶然到你们家的厨房里去，在那儿我看见四个女仆干脆睡在地板上，没有床，被褥不像被褥，破破烂烂，臭烘烘，还有臭虫，蟑螂……这跟二十年前一模一样，一点变动也没有。哦，奶奶呢，求上帝保佑她，她毕竟是个老奶奶，不能怪她了。可是要知道，您母亲多半会讲法国话，还参加演出。想来，她总该明白的。”

语言描写体现萨沙是一个有爱心的人。

萨沙讲话的时候，总要把两根瘦长的手指头伸到听话人的面前去。

“不知怎么这儿样样事情我都觉得奇怪，看不惯，”他接着说，“鬼才明白为什么，这儿的人什么事都不做。您母亲一天到晚走来走去，跟一位公爵夫人一样，奶奶也什么事都不做，您呢，也一样。您的未婚夫安德烈·安德烈伊奇也是什么事都不做。”

在萨沙的启示下，娜佳开始觉醒。萨沙的言辞为以后描写娜佳下定决心叫自己的生活“翻一个身”埋下伏笔。

这种话娜佳去年就听过了，仿佛前年也听过。她知道萨沙一开口，总离不了这一套，从前这种话引得她发笑，可是现在不知什么缘故，她听着心烦了。

“这些话是老生常谈，我早就听厌了，”她说，站起来，

“您应当想点比较新鲜的话来说才好。”

他笑了，也站起来，两个人一块儿朝正房走云。她又高又美，身材匀称，这时候挨着他，显得很健康，衣服也很漂亮。这一点她自己也体会到了，就替他难过，而且不知什么缘故觉得挺窘。

暗示二人情感的潜滋暗长。

“您说了许多不必要的话，”她说，“喏，您方才谈到我的安德烈，可是要知道，您并不了解他。”

“我的安德烈……去他的吧，您的安德烈！我正在替您的青春惋惜呢！”

等到他们走进大厅，大家已经坐下来吃晚饭了。祖母，或者照这家人的称呼，老奶奶，长得很胖，相貌难看，生着两道浓眉，还有一点点唇髭，说话很响，凭她说话的声音和口气，可以看出她在这儿是一家之长。她的财产包括集市上，好几排的商店和这所有圆柱和花园的旧式房子，可是她每天早晨祷告，求上帝保佑她别受穷，一面祷告，一面还流泪。她的儿媳，娜佳的母亲，尼娜·伊万诺芙娜，生着金黄色头发，腰身束得很紧，戴着夹鼻眼镜，每个手指头上都戴着钻石戒指。安德烈神甫是一个掉了牙齿的瘦老头子，看他脸上的表情，总仿佛要说什么很逗笑的话似的。他的儿子安德烈·安德烈伊奇，娜佳的未婚夫，是一个丰满而漂亮的青年，头发卷曲，样子像是演员或者画家。他们三个人正在谈催眠术。

富足的生活并不能让人幸福，奶奶拥有很多财富，但并不快乐！

妈妈每个手指头上都戴着钻石戒指，侧面表现她们家庭的富有。

“你在我这儿再住一个星期，身体就会养好了，”奶奶转过身对萨沙说，“只是务必要多吃一点。看你像个什么样儿！”她叹口气，“你那样儿真可怕！真的，你简直成了个浪子。”

“挥霍掉父亲所赠的资财以后，”安德烈神甫眼睛里带着笑意，慢吞吞地说，“就跟不通人性的牲口一块儿去过活了……”①

“我喜欢我的爹，”安德烈·安德烈伊奇说，摸摸他父亲的肩膀，“他是个非常好的老人，善良的老人。”

安德烈·安德烈伊奇的口头禅“我喜欢我的爹”，表现出了他对他父亲的炫耀与依赖之情。

大家沉默了一阵。萨沙忽然笑起来，拿起餐巾捂住嘴。

“这么说来，您相信催眠术啰？”安德烈神甫问尼娜·伊

① 指《新约·路加福音》第十五章所写的浪子故事。

万诺芙娜。

“当然，我也不能肯定说我相信，”尼娜·伊万诺芙娜回答，脸上做出很严肃的、甚至严厉的表情，“不过必须承认，自然界有许多神秘而无从理解的事情。”

“我完全同意您的话，不过我还得加一句：宗教信仰为我们大大地缩小了神秘的领域。”

一只很肥的大火鸡端上来。安德烈神甫和尼娜·伊万诺芙娜仍旧在谈下去。钻石在尼娜·伊万诺芙娜的手指头上发亮，后来眼泪在她眼睛里发亮，她激动起来了。

“虽然我不敢跟您争论，”她说，“不过您也会同意，生活里有那么多解答不了的谜！”

“我敢向您担保：一个也没有。”

吃过晚饭以后，安德烈·安德烈伊奇拉小提琴，尼娜·伊万诺芙娜弹钢琴为他伴奏。十年以前，他在大学的语文系毕了业，可是从来没在任何地方做过事，也没有固定的工作，只是偶尔应邀参加为慈善目的召开的音乐会。在城里大家都称他为艺术家。

> 安德烈·安德烈伊奇的介绍：受过高等教育，会拉小提琴，生得清秀而健康，但却过着寄生虫般的生活。

安德烈·安德烈伊奇拉小提琴，大家默默地听着。桌子上，茶炊轻声地滚沸，只有萨沙一个人喝茶。后来，钟敲十二下，小提琴的一根弦忽然断了，大家笑起来，于是忙忙碌碌，开始告辞。

> 这样的生活宁静而详和，却不能让娜佳满意。

娜佳送未婚夫出门以后，走上楼去，回自己的房间，她和母亲住在楼上（楼下由祖母住着）。楼下，仆人把大厅里的灯熄了，萨沙却仍旧坐在那儿喝茶。他老是照莫斯科的风气喝很久的茶，一回要喝七杯。娜佳脱了衣服上床，很久还听见女仆在楼下打扫，奶奶发脾气。最后一切都安静了，只是偶尔听见萨沙在楼下自己的房间里，用男低音不时咳嗽几声。

二

> 人有物质、精神两种需求。物质生活的富足与精神生活的贫困，使娜佳在即使很软的床上也睡不安稳。作者展现的是一个少女的精神探求画卷。

娜佳醒来的时候，大概是两点钟，天在亮起来。守夜人在远处什么地方打更。她不想睡了，床很软，躺着不舒服。娜佳在床上坐起来，想心事，跟过去那些五月里的夜晚一样。她的思想也跟昨天晚上一样，单调、不必要、缠着人不放，总是那一套：安德烈·安德烈伊奇怎样开始向她献殷勤，向她求婚，她怎样接受，后来她怎样渐渐地敬重这个善良而聪明的人。可是现在距离婚期只有一个月了，不知什么缘故，她却开始感到恐惧和不安，仿佛有一件什么不明不白的苦恼事在等着她似的。

"滴克搭克，滴克搭克……"守夜人懒洋洋地敲着。"滴克搭克……"

从旧式的大窗子望出去，她可以看见花园，稍远一点有茂盛的紫丁香花丛，那些花带着睡意，冻得软绵绵的。浓重的白雾缓缓地飘到紫丁香上面，想要吞没它。远处树上，带着睡意的白嘴鸦在呱呱地叫。

"我的上帝啊，为什么我这样苦恼！"

萨沙在娜佳的头脑中占据着重要的位置。

也许每个新娘在婚前都有这样的感觉吧。谁知道呢！要不然这是萨沙的影响？可是话说回来，接连几年来，萨沙一直在讲这样的话，好像背书一样，他讲起来总显得很天真，很古怪。可是为什么萨沙还是不肯离开她的头脑呢？为什么呢？

对晨景的描写形象、生动，充满活力，就像娜佳的朝气蓬勃的生命力。

守夜人早已不打更了。窗子跟前和花园里，鸟儿吱吱地叫，花园里的雾不见了。四下里样样东西都给春天的阳光照亮，就跟被微笑照亮了一样。不久，整个花园被太阳照暖，让阳光爱抚着，苏醒过来，露珠跟钻石那样在叶子上放光，这个早已荒芜的老花园在这个早晨显得那么年轻、华丽。

奶奶已经醒了。萨沙粗声粗气地咳嗽起来。娜佳可以听见他们在楼下端来茶炊，搬动椅子。

时间过得很慢。娜佳早已起来，在花园里散步了很久，早晨却仍旧拖延着不肯过去。

后来尼娜·伊万诺芙娜带着泪痕斑斑的脸出现了，手里拿着一杯矿泉水。她对招魂术①和顺势疗法②很有兴趣，看很多的书，喜欢谈自己心里发生的怀疑。所有这些，依娜佳看来，似乎包含着深刻而神秘的意义。这时候，娜佳吻一吻她的母

① 一种法术，信奉者认为能把死人的灵魂招来进行笔谈。

② 某些药物大量用于健康人身上，则能产生症状，和要用此种药来治的病的症状相似。用微量此种药物治疗疾病的方法，即称顺势疗法。

亲，跟她并排走着。

“您为什么哭了，妈妈？”她问。

“昨天晚上，我开始看一个中篇小说，那里面写一个老人和他的女儿。老人在一个什么机关办公，不料他的上司爱上了他的女儿。我还没看完，不过其中有一个地方看了叫人忍不住流泪。”尼娜·伊万诺芙娜说，喝一口杯子里的水，“今天早晨我想起来，就又哭了。”

母亲是多愁善感的。

“近些天来，我心里那么不快活，”娜佳沉默了一会儿，说，“为什么我夜里睡不着觉？”

“我不知道，亲爱的。每逢我夜里睡不着觉，我就紧紧地闭上眼睛，喏，就照这个样儿，而且暗自想象安娜·卡列尼娜[①]怎样走路，讲话，或者暗自想象古代历史上的一件什么事情……”

语言描写体现母亲的精神世界是空虚的。

娜佳觉得，她母亲不了解她，而且也不可能了解。这还是她生平第一回有这样的感觉，她甚至害怕，想躲起来。她就走回自己的房间去了。

下午两点钟，他们坐下来吃午饭。那天是星期三，正是斋日，因此给祖母端上来的是素的红甜菜汤和鳊鱼粥。

为了跟奶奶逗着玩，萨沙又喝他的荤汤，又喝素甜菜汤。大家吃饭的时候，他却一直说笑话，可是他的笑话说得笨拙，一律含着教训，结果就完全不可笑了。每逢说俏皮话以前，他总要举起很瘦很长跟死人一样的手指头，因而使人想到他病得很重，也许在这个世界上活不久了，谁都会为他难过得想流泪。

细节描写暗示萨沙的悲剧命运！

饭后，奶奶回到自己房间去休息。尼娜·伊万诺芙娜弹了一会儿钢琴，然后也走了。

“啊，亲爱的娜佳，”萨沙开始了照例的午饭后的闲谈，“您要听我的话才好！您要听我的话才好！”

她坐在一张旧式的圈椅上，背往后靠着，闭上眼睛。他就在房间里慢慢走着，从这头走到那头。

“您要出去念书才好！”他说，“只有受过教育的、神圣的

一潭死水般的寄生生活，青春、智慧、美在那里慢慢地腐败、坏死。娜佳该怎么办，她的出路何在？萨沙帮助她解答了这个问题。

① 托尔斯泰著《安娜·卡列尼娜》中的女主人公。

人才是有趣味的人，也只有他们才是社会所需要的。要知道，这样的人越多，天国来到人间也就越快。到那时候，你们这城里就渐渐不会有一块石头留下，一切都会翻个身，一切都会变样，仿佛施了什么魔法似的。到那时候，这儿就会有极其富丽堂皇的大厦，神奇的花园，美妙的喷泉，优秀的人……可是这还算不得顶重要。顶重要的是我们所谓的群众，照现在那样生活着的群众，这种恶劣现象，到那时候就不再存在，因为人人都会有信仰，人人都会知道自己为什么活着，再也不会有人到群众里面去寻求支持。亲爱的，好姑娘，走吧！告诉他们大家：您厌倦了这种一潭死水的、灰色的、有罪的生活。至少您自己要明白这层道理才对！”

萨沙劝娜佳出去读书摆脱原来的生活，娜佳内心十分犹豫。

“办不到，萨沙。我就要结婚了。”

“唉，得了吧！这种事对你和你的未婚夫都没有必要。”

他们走进花园，蹓跶了一会儿。

“不管怎样吧，我亲爱的，您得想一想，您得明白，你们这种游手好闲的生活是多么不干净，多么不道德，”萨沙接着说，“您得明白，比方说，要是您，您的母亲，您的奶奶，什么事也不做，那就是说别人在为你们工作，你们在吞吃别人的生命，难道这样干净吗，不肮脏吗？”

萨沙的言辞一针见血地点出了这种生活的卑劣性——无偿占有别人的劳动果实。

娜佳想说：“不错，这话是实在的。”她还想说她自己也明白，可是眼泪涌上她的眼眶，她忽然不再做声，整个心发紧，就回到自己房间里去了。

将近傍晚，安德烈·安德烈伊奇来了，照例拉了很久的小提琴。他总是不爱讲话，喜欢拉小提琴，也许因为一拉小提琴，就可以不用讲话吧。到十一点钟，他已经穿好大衣，要告辞回家去了，却搂住娜佳，开始贪婪地吻她的脸、肩膀、手。

“宝贝儿，我心爱的，我的美人儿！……”他喃喃地说着，“啊，我多么幸福！我快活得神魂颠倒了！”

安德烈告别时的爱情表白让娜佳睁开眼睛看清了未婚夫的庸俗不堪。

她却觉得这种话很久很久以前就听过，或者在什么地方……在小说里，在一本早已丢掉的、破破烂烂的旧小说里读到过似的。

萨沙坐在大厅里的桌子旁边喝茶，用他那五根长手指头托着茶碟。奶奶摆纸牌卦，尼娜·伊万诺芙娜在看书。圣像前面的油灯里，火苗劈劈啪啪地爆响，仿佛一切都安静平顺似的。娜佳道了晚安，走上楼去，回到自己的房间，躺下，马上就睡着了。可是如同前一天夜里一样，天刚刚亮，她就醒了。她睡不着，心神不宁，苦恼。她坐起来，把头抵在膝盖上，想到她的未婚夫，想到她的婚礼……不知什么缘故，她想起母亲并不爱她那已经去世的丈夫，现在她一无所有，完全靠她婆婆，也就是奶奶过活。娜佳思前想后，怎么也想不出在这以前，为什么会认为妈妈有什么特别的、不平常的地方，怎么会一直没有发现她其实是个普通的、平凡的、不幸的女人。

苦恼一直困扰着娜佳，她内心很矛盾。

楼下，萨沙也没睡着，她可以听见他在咳嗽。娜佳想，他是个古怪而天真的人，在他的幻想中，所有那些神奇的花园和美妙的喷泉，都使人觉着有点荒唐。可是不知什么缘故，他那天真，甚至那种荒唐，却又有那么多美丽的地方，只要她一想到要不要出外求学，就有一股凉气穿透她整个的心和整个胸膛，给它们灌满欢欣和快乐的感觉。

“不过，还是不想的好，还是不想的好……”她小声说，“我不应该想这些。”

“滴克搭克……”守夜人在远远的什么地方打更。“滴克搭克……滴克搭克……”

萨沙的话已在娜佳心里掀起层层波澜，虽然她极力压抑，就像“滴克搭克”的打更声一样绵绵不绝。

三

六月中，萨沙忽然觉得烦闷无聊，准备回莫斯科去了。

烦闷无聊的萨沙讨厌这种无聊的生活。

“在这个城里我住不下去，”他阴沉地说，“没有自来水，也没有下水道！我一吃饭就腻味：厨房里脏得不像话……”

“再等一等吧，浪子！”不知什么缘故，奶奶小声劝道，“婚期就在七月啊！”

“我不想再等了。”

“可是你本来打算在我们这儿住到九月间的！”

“不过现在，您看，我不想住下去了。我要工作！”

萨沙并不赞成娜佳的婚礼，故他非常想离开。

正巧这年夏天潮湿而阴冷，树木湿漉漉的，花园里样样东西都显得阴沉沉的，垂头丧气，这也实在使得人想要工作。楼下和楼上的房间里响起一些陌生女人说话的声音，奶奶的房间里有哒哒哒的缝纫机声音，这是她们在赶做嫁妆。光是皮大衣，就给娜佳做了六件，其中顶便宜的一件，照奶奶说来，也要值三百卢布！这种忙乱惹得萨沙不痛快，他坐在自己的房间里生闷气，可是大家仍旧劝他留下，他就答应七月一日以前不走了。

时间过得很快。在圣彼得节①那天吃过午饭以后，安德烈·安德烈伊奇跟娜佳一块儿到莫斯科街去再看一回早已租下来、准备给年轻夫妇居住的那所房子。那所房子有两层楼，可是至今只有楼上刚装修好。大厅铺着亮晃晃的地板，漆成细木精镶的样子，有几把维也纳式的椅子，一架钢琴，一个小提琴乐谱架。屋里有油漆的气味。墙上挂着一张大油画，装在金边框子里，画的是一个裸体的女人，她身旁有一个断了柄的淡紫色花瓶。

这个观看未来新房的场景是契诃夫精心安排的，他详细描绘的目的是揭示未婚夫安德烈的兴趣、好恶和生活情操，是他的心灵写照。

"好一幅美妙的画儿，"安德烈·安德烈伊奇说，出于尊敬叹了一口气。"这是画家希什马切夫斯基的作品。"

旁边是客厅，摆着一张圆桌子，一张长沙发，几把套着鲜蓝色布套的圈椅。长沙发的上方挂着一张安德烈神甫的大照片，戴着法冠，佩着勋章。然后他们走进饭厅，那儿摆着一个餐具柜，随后走进寝室。这儿光线暗淡，并排放着两张床，看上去好像在布置寝室的时候，认定将来这儿永远很美满，不会有别的情形似的。安德烈·安德烈伊奇领着娜佳走遍各个房间，始终用胳膊搂着她的腰。她呢，觉着衰弱，惭愧，痛恨所有这些房间、床铺、圈椅，那个裸体女人惹得她恶心。她已经明明白白地觉得她不再爱安德烈·安德烈伊奇了，也许从来就没有爱过，可是这句话怎么说出口，对谁去说，而且说了以后要怎么样，她都不明白，而且也没法明白，虽然她整天整夜地在想着这件事……他搂着她的腰，谈得那么热情、那么谦虚，他在自己的住所里走来走去，显得那么幸福。她呢，在一切东西里，却只看见庸俗，愚蠢的、纯粹的、叫人受不了的庸俗。他那搂着她腰的胳膊，她也觉得又硬又凉，跟铁箍一样。她随时都想跑掉，痛哭一场，从窗口跳出去。安德烈·安德烈伊奇

安德烈带着娜佳走遍各个房间时，实际上他也将自己的精神世界展现在娜佳面前。新房的摆设使娜佳对安德烈的内心世界及生活理想一目了然。

娜佳对安德烈的品位感到恶心，这是她最终出走的原因。

娜佳的心情糟糕透顶，而安德烈却浑然不觉。

① 基督教的节日，在6月29日。

领她走进浴室，在这儿他碰了碰一个安在墙上的水龙头，水立刻流出来了。

“怎么样?”他说，放声大笑，“我叫人在阁楼上装了一个水箱，可以盛一百桶水，喏，我们现在就有水用了。”

他们穿过院子，然后走到街上，雇了一辆出租马车。尘土像浓重的乌云似的飞扬起来，好像天就要下雨了。

恶劣的环境描写预示着矛盾冲突的到来。

“你不冷吗?”安德烈·安德烈伊奇说，尘土吹得他眯缝着眼睛。

她没答话。

游手好闲、不劳而获，在俄罗斯不是个例，社会风气日益低下。

“你记得，昨天萨沙责备我什么事也不做，”沉默一阵以后，他说，“嗯，他的话很对，对极了！我什么事也不做，而且也做不了。我亲爱的，这是什么缘故？就联想到将来有一天，我也许会在额头上戴一枚帽章，去办公，我都会觉着那么厌恶，这是为什么？为什么我一看见律师，或者拉丁语教师，或者市参议会委员，我就觉着那么不自在？啊，俄罗斯母亲！啊，俄罗斯母亲，你至今还驮着多少游手好闲的、毫无益处的人啊！有多少像我这样的人压在你身上啊，受尽痛苦的母亲！”

他对他什么事都不做这一点，得出一个概括的结论，认为这是时代的特征。

相比萨沙，安德烈的语言表现了他庸俗无聊、游手好闲以及贫乏的精神世界。

“等我们结了婚，”他接着说，“那我们就一块儿到乡下去，我亲爱的，我们要在那儿工作！我们给自己买下不大的一块土地，外带一座花园，一条河，我们要劳动，观察生活……啊，那会多么好！”

他脱掉帽子，头发让风吹得飘扬起来。她呢，听着他讲话，暗自想着：“上帝啊，我要回家！上帝啊！”他们快要到家的时候，车子追上了安德烈神甫的车子。

“真的，我爱我的爹，”已成了安德烈伊奇的口头禅，足见他心灵的暗淡，并不是孝顺爹，而是他要靠爹养活自己。

“瞧，我父亲来了！”安德烈·安德烈伊奇高兴地说，挥动帽子，“真的，我爱我的爹，”他一面给车钱，一面说，“他是个非常好的老人，善良的老人。”

娜佳走进家里，心里觉着气愤，身子也不舒服，心想：整个傍晚会有客人来，她得招待他们，得赔着笑脸，得听小提琴，得听各式各样的废话，而且一味地谈婚礼。奶奶坐在茶炊旁边，穿着绸衫，又华丽又神气，她在客人面前好像总是那么傲慢。安德烈神甫带着他那调皮的笑容走进来。

“看见您玉体安康，十分快慰，”他对奶奶说，很难弄明白他是在开玩笑呢，还是在认真地说这句话。

四

不平静的夜晚，暗示娜佳的无法平静的心情。

风敲打着窗子，敲打着房顶。呼啸声响起来，家神在火炉里哀伤忧闷地哼他的歌。这时候是夜里十二点多钟。一家人都上床睡了，可是谁也没睡着，娜佳时时刻刻觉着仿佛楼下有人在拉小提琴似的。忽然砰的一声响，大概是一扇护窗板刮掉了。一分钟以后，尼娜·伊万诺芙娜走进来，只穿着衬衫，手里举着一支蜡烛。

“这是什么东西砰的一响，娜佳？”她问。

她母亲，头发梳成一根辫子，脸上现出胆怯的笑容，在这暴风雨的夜晚她显得老了、丑了、矮了。娜佳回想前不久，她还认为母亲是个不平常的女人，带着自豪的心情听她讲话，现在她却怎么也想不起那些话了，她所能想起的话都那么软弱无力，不必要。

娜佳对母亲的认识发生了很明显的变化，她明白了，如果这样生活下去，她明天的生活必将是母亲今天生活的翻版。

火炉里传出好几个男低音的歌唱，甚至仿佛听见：“唉，唉，我的上帝！”娜佳坐在床上，忽然使劲抓住头发，痛哭起来。

“妈妈，妈妈，”她说，“我的亲妈，要是你知道我出了什么样的事就好了！我求求你，我央告你，让我走吧！我求求你了！”

“到哪儿去？”尼娜·伊万诺芙娜不明白是怎么回事，在床边坐下来，问道，“要到哪儿去？”

娜佳哭了很久，一句话也说不出来。

“让我离开这个城吧！”最后她说，“不应该举行婚礼，也不会举行婚礼了，你要明白才好！我不爱这个人……就连谈一谈这个人，我都办不到。”

“不，我的宝贝儿，不，”尼娜·伊万诺芙娜赶快说，吓慌了，“你镇静一下，这是因为你心绪不好。这会过去的，这种事常有。多半你跟安德烈吵架了吧，可是小两口吵架，只不过是打哈哈呢。”

母亲并不明白娜佳为何不快乐，她竭力反对女儿离开。

“得了，你走吧！妈妈，你走吧！”娜佳痛哭起来。

“是啊，”尼娜·伊万诺芙娜沉默了一会儿，说，“不久以前你还是个孩子，是个小姑娘，可是现在已经要做新娘了。自然界是经常新陈代谢的。你自己也没留意，就会变成母亲，变成老太婆的，你也会跟我一样有这么一个倔脾气的女儿。”

妈妈的悲剧命运与女儿反抗觉醒形成鲜明对比，进一步体现娜佳勇敢面对生活的性格。

“我亲爱的好妈妈，你要知道，你聪明，你不幸，”娜佳说，“你很不幸，那你为什么要说这些庸俗的话呢？看在上帝面上告诉我，为什么呢?”

尼娜·伊万诺芙娜想要说话，可是一句话也说不出来，哽咽了一声，回到自己的房间去了。那些男低音又在炉子里哼起来，忽然变得很可怕。娜佳跳下床来，连忙跑到母亲那儿去。尼娜·伊万诺芙娜，泪痕满面，躺在床上，盖着浅蓝色的被子，手里拿着一本书。

“妈妈，你听我说!”娜佳说，“我求求你，好好想一想，你就会明白了！你只要明白我们的生活多么琐碎无聊，多么有失尊严就好了。我的眼睛睁开了，现在我全看明白了。你那个安德烈·安德烈伊奇是个什么样的人？要知道，他并不聪明，妈妈！主啊，我的上帝！你要明白，妈妈，他愚蠢!”

尼娜·伊万诺芙娜实际上是一个不能自立的不幸的女人，她呼喊“我要生活”，不过是绝望的哀号。表明了俄罗斯传统的妇女没有独立性的被压抑的生活悲剧。

尼娜·伊万诺芙娜猛的坐起来。

“你和你的祖母都折磨我!”她说，哽咽一声，“我要生活！生活!”她反复说着，两次举起拳头捶胸口。“给我自由！我还年轻，我要生活，你们却把我磨成了老太婆!”

她哀哀地哭起来，躺下去，在被子底下蜷起身子，显得那么弱小，那么可怜，那么愚蠢。娜佳走回自己的房间，穿好衣服，靠窗口坐下，静等天亮。她通宵坐着，想心事，外面不知什么人老是敲打护窗板，发出呼啸声。

阴冷的天色好比娜佳的心情，她对现在的生活充满失望，沮丧极了，环境描写可更好体现人物心情。

到早晨，奶奶抱怨说，一夜之间风吹掉了花园里所有的苹果，吹断一棵老李树。天色灰蒙蒙、阴惨惨、凄凉，使人想点起灯来。人人抱怨冷，雨抽打着窗子。喝完茶以后，娜佳走进萨沙的房间，一句话也没说，就在墙角一把圈椅前面跪下来，双手蒙住脸。

“怎么了?”萨沙问。

娜佳开始意识到了自己和未婚夫的庸俗、空洞的生活，厌恶这种没有意义的生活。

“我忍不下去了……”她说，“以前我怎么能一直在这儿生活下来的，我真不懂，我想不通！现在我看不起我的未婚夫，看不起我自己，看不起整个这种游手好闲、没有意义的生活。”

“得了，得了……”萨沙说，还没听懂这是怎么回事，“这没什么……这挺好。”

“我讨厌这种生活了，”娜佳接着说，“我在这儿连一天也过不下去了。明天我就离开这儿。看在上帝面上，带我一块儿走吧！”

萨沙惊愕地瞧了她一分钟。临了，他明白过来了，高兴得跟小孩一样。他挥舞胳膊，鞋踏起拍子来，仿佛高兴得在跳舞似的。

“妙极了！”他说，搓一搓手，“上帝啊，这多么好！”

她抬起充满爱慕的大眼睛一眨也不眨地瞧着他，仿佛中了魔似的，等着他马上对她说出什么精辟的、有无限重大意义的话来。他还什么话也没跟她讲，可是她已经觉着她的面前展开了一种新的、广大的、这以前她一直不知道的东西，她已经充满期望地凝神望着它，做了一切准备，甚至不惜一死了。

娜佳想离开家，得到了萨沙的支持。

“我明天走，”他想了一想，说，“您到车站来送我好了……我把您的行李装在我的皮箱里面，我替您买好车票。等到第三遍铃响，您就上车，我们就走了。您把我送到莫斯科，然后您一个人到彼得堡去。您有身份证吗？”

萨沙立即想好了带走娜佳的办法，体现了他的聪慧。

“有。”

“我向您发誓，您不会后悔，不会遗憾的，”萨沙热情地说，“您走吧，您去念书吧，然后听凭命运把您带到什么地方去。您把您的生活翻转过来，那就一切都会改变了。主要的是把生活翻转过来，其余的一切都不关紧要。那么明天我们真走了？”

“噢，是啊！看在上帝分上吧！”

娜佳觉得很激动，心头从来没有这么沉重过，觉得她一定会在痛苦中，在苦恼的思索里打发掉她行前的这一段时间，可是她刚刚走上楼去，回到自己的房间，在床上躺下，就立刻睡着了，脸上带着泪痕和笑容，沉酣（hān）地一直睡到傍晚。

萨沙的热情鼓动有了实质性的结果，娜佳终于下定决心去寻找新的有意义的生活。

五

出租马车雇来了。娜佳已经戴上帽子，穿好大衣，这时候就走上楼去再看一眼她的母亲，再看一下她所有的东西。她在自己的房间里，挨着那张仍有余温的床站着，往四下里瞧一遍，然后轻轻地走到她母亲的房间里去。尼娜·伊万诺芙娜在睡觉，房间里很静。娜佳吻了吻她的母亲；理一理她的头发，

“不慌不忙”体现娜佳离开时的冷静。

娜佳离开时，祖母还以为她是要给萨沙送行呢，他们成功地骗过了家人。

拿过去与未来相比，一个渺小一个广阔，娜佳的内心充满了对新生活的向往。

心理描写细致，体现娜佳离开家时的无所畏惧与快乐的心情。

站了两分钟光景……然后她不慌不忙地走下楼去。

外面雨下得很大。出租马车支起车篷停在门口，上下都淋湿了。

“车上坐了他，就没有你的位子了，娜佳，”祖母说，这时候女佣人开始把手提箱搬上车去，“遇到这种天气还要去给他送行，这是何苦！你还是待在家里的好。瞧，雨下得好大！”

娜佳想要说一句什么话，可是说不出来。这时候萨沙扶娜佳上车，用毯子盖好她的腿。然后在她的旁边坐下。

“一路平安！求上帝赐福给你！”祖母站在台阶上喊道，“你，萨沙，到了莫斯科要给我们写信来啊！”

“好，再见，奶奶！”

“求圣母保佑你！”

“唉，这天气！”萨沙说。

直到这时候，娜佳才哭起来。现在她才明白她确实走定了，先前她对奶奶告辞，她瞧着母亲的时候，还不相信真正会走。别了，这个城！她忽然想起一切：安德烈啊，他的父亲啊，新房子啊，裸体女人和花瓶啊，所有这些东西不再惊吓她，也不再压着她的心，却显得幼稚渺小，不住地往后退，越退越远。等到他们在车厢里坐定，火车开动，那整个极其巨大严肃的过去，就缩成了一小团，同时这以前，她不大留意的那个广大宽阔的未来，却铺展开来。雨点抽打车窗，从窗子里望出去只看见碧绿的田野，电线杆子和电线上的鸟儿纷纷闪过去。欢乐忽然使她透不出气来：她想起她在走向自由，去念书，这就跟许多年前大家所说的“出外做自由的哥萨克”一样。一时间，她又笑，又哭，又祷告。

“没关系，”萨沙得意地微笑着说，“没关系！”

六

秋天过去了，冬天跟着也过去了。娜佳已经非常想家，天天惦记母亲和祖母。她也想念萨沙。家里的来信，口气平静、和善，仿佛一切已经得到原谅，被人忘掉了似的。五月间，考试完结以后，她动身回家去，身体很好，兴致很高，她中途在莫斯科下车，去看萨沙。他跟去年夏天一模一样，仍旧一脸的胡子，一头散乱的头发，仍旧穿着那件常礼服和帆布裤子，眼睛也仍旧又大又美，可是他的外表看上去不健康，疲惫不堪，他又老又瘦，不断地咳嗽。不知什么缘故，娜佳觉得他又灰色又土气。

娜佳在莫斯科重见萨沙的感觉，“又灰色又土气”，表现他身体状况越来越差。

“我的上帝啊，娜佳来了！”他说，快活地笑起来，“我的亲人，好姑娘！”

他们在石印工厂里坐了一会儿，那儿满是纸烟的气味，油墨和颜料的气味，浓得闷人。后来他们到他的房间里去，那儿也有烟气和痰的气味。桌上，在一个冰冷的茶炊旁边摆着一个破碟子，上面盖着一小块黑纸，桌上和地板上有许多死苍蝇。处处都表现萨沙把自己的私生活安排得马马虎虎，随遇而安，十分看不起舒适。要是谁跟他谈起他的个人幸福，谈起他的私生活，谈起对他的热爱，他就会一点也不了解，反倒笑起来。

如此简陋的生活，萨沙的身体每况愈下。

“挺好，样样事情都顺当，”娜佳匆匆忙忙地说，“去年秋天，妈妈到彼得堡来看过我。她说奶奶没生气，只是常常走进我的房间，在墙上画十字。”

萨沙显得很高兴，可是不断地咳嗽，讲起话来声音嘶哑。娜佳一直仔细瞧着他，不能够断定究竟他真的病得很重呢，还是只不过她觉得如此。

文中反复写他“不断咳嗽”，交待了他的悲惨结局。

“萨沙，我亲爱的，”她说，“要知道，您病了！”

“不，挺好。病是有病，可是不很重……”

“唉，我的上帝！”娜佳激动地叫道，“为什么您不去看病？为什么您不保重您的身体？我宝贵的，亲爱的萨沙，”她说，眼泪从她眼睛里流出来，而且不知什么缘故，在她的想象里浮起来安德烈·安德烈伊奇，那裸体女人和花瓶，现在显得跟童年一样遥远的她那整个过去。她哭起来，因为在她眼里，萨沙不再像去年那么新奇、有见识、有趣了。“亲爱的萨沙，您病得很重很重了。我不知道该做些什么事才能够让您不这么苍白、消瘦。我欠着您那么多的情！您再也想不出来您帮了我多大的忙，我的好萨沙！实际上，您现在是我顶亲切、顶贴近的人了。”

此时此刻的娜佳较之一年前，思想境界又提高了一层，告别了一切“过时的、旧式的”生活，以崭新的精神面貌走上了新的人生道路。

他们坐着谈了一阵话。现在，娜佳在彼得堡过了整整一个冬天以后，萨沙，他的话语，他的微笑，他的整个体态，在她看来，成了一种过时的、旧式的、早已活到头，或许已经埋进坟墓里的东西了。

“后天我就要到伏尔加河去旅行，”萨沙说，“喏，然后去喝马乳酒①。我很想喝马乳酒。有一个朋友和他的太太跟我一块儿走。他太太是个了不起的人，我老是怂恿她，劝她出外念书。我要她把她的生活翻转过来。”

他们谈了一阵，就坐车到车站去。萨沙请她喝茶，吃苹果。火车开动了，他向她微笑，挥动手绢，就是从他的腿，也看得出来他病得很重，未必会活得很久了。

相同的景物在娜佳眼里发生了变化，侧面烘托在外的她眼界大开。

中午，娜佳到了她家乡的那座城。她从车站坐着马车回家，觉着街道很宽，房子又小又扁，街上没有人，她只遇见那个穿着棕色大衣的、德国籍的钢琴调音技师。所有的房子都好像盖满了灰尘。祖母已经十分苍老，仍旧肥胖，相貌难看，她伸出胳膊搂住娜佳，把脸放在娜佳的肩膀上，哭了很久，不能分开。尼娜·伊万诺芙娜也老多了，丑多了，仿佛周身消瘦了，可是仍旧像以前那样束紧腰身，钻石戒指仍在她手指头上发亮。

“我的宝贝儿！”她说，周身发抖，“我的宝贝儿！”

然后她们坐下来，哭着，说不出话来。看得出来，祖母和母亲分明体会到过去已经完了，从此不会回来了：她们在社会上已经没有地位，没有从前那样的荣耀，也没有权利请客了，这就如同在轻松的、无忧无虑的生活中，半夜里忽然跑进警察来，大搜一通，原来这家的主人盗用公款或者铸造伪币，于是那轻松的、无忧无虑的生活从此完结了一样！

用生动的比方描写了娜佳家庭地位的变化。

家里的景物和摆设依旧，不同的是娜佳的心境提高了，让人不由想起毛泽东的词句：萧瑟秋风今又是，换了人间！

娜佳走上楼去，看见先前那张床，先前那些挂着素白窗帘的窗子，窗外也仍旧是那个花园，浸沉在阳光里面，充满欢乐，鸟语声喧。她摸一摸自己的桌子，坐下来，思索着。她吃了一顿好饭，喝茶时候吃了些可口的、油腻的鲜奶油。可是总好像缺了点什么，使人觉着房间里空荡荡，天花板低矮。傍

① 马乳酒有医疗肺结核的功效。

晚，她上床睡觉，盖好被子，不知什么缘故，她觉着躺在这暖和的、很软的床上有点可笑。

尼娜·伊万诺芙娜走进来待了一会儿，她坐下，就跟有罪的人一样，畏畏缩缩，小心谨慎。

母亲的表现可体现出她对女儿又爱又怕。

"嗯，怎么样，娜佳?"她停了一停，问道，"你满意吗?完全满意吗?"

"满意，妈妈。"

尼娜·伊万诺芙娜站起来，在娜佳的身上和窗子上画十字。

"你看得明白，我开始信教了，"她说，"你要知道，现在我在研究哲学，我老是想啊想的……现在有许多事情，在我已经变得跟白昼一样豁亮了。首先，我觉着整个生活应当如同透过三棱镜那样的度过去。"

"告诉我，妈妈，祖母的身体怎么样?"

"她好像挺好。那回你跟萨沙一块儿走后，你打来了电报，祖母看完电报，当场就晕倒了。她躺在床上一连三天没动弹。这以后她老是祷告上帝，老是哭。可是现在她好了。"

娜佳的出走让祖母晕倒，可见她对孙女的疼爱、担心与不解之情。

她站起来，在房间里走来走去。

"滴克搭克……"守夜人打更。"滴克搭克，滴克搭克……"

"滴克搭克"的打更声衬托着夜晚中人物的心情，十分巧妙。

"首先，整个生活应当如同透过三棱镜那样度过去，"她说，"换句话说，那就是，在我们的意识里，生活应当分析成最单纯的因素，就跟分成七种原色一样，每个因素都得分别加以研究。"

尼娜·伊万诺芙娜后来又说了些什么，什么时候走的，娜佳都没听见，因为她很快就睡着了。

五月过去，六月来了。娜佳在家里已经住惯。祖母忙着张罗茶炊，深深地叹气。每到傍晚，尼娜·伊万诺芙娜就讲她的哲学，她仍旧像食客那样住在这所房子里，哪怕花一个小钱也要向祖母要。家里有许多苍蝇，房间里的天花板好像越来越低了。祖母和尼娜·伊万诺芙娜不出门上街，因为害怕遇见安德烈神甫和安德烈·安德烈伊奇。娜佳在花园里和街道上蹓跶，瞧那些房屋和灰色的围墙，她觉得，这城里样样东西都早已老

娜佳所追求的生活，是自主、自尊，是充满活力和创造的，是这城里的人从未经历过的新生活。

了，过时了，只不过在等着结束，或者在等着一种年轻的、新鲜的东西开始罢了。啊，只求那种光明的新生活快点来才好，到那时候，人就可以勇敢而直率地面对自己的命运，觉着自己对，心情愉快，自由自在！这样的生活早晚会来！眼前，虽然奶奶的家里搞成这样：四个女仆没有别的地方可住，只能挤在一个房间里，住在地下室里，住在肮脏的地方，可是总有一天，那个时代一到来，这所房子就会片瓦无存，被人忘掉，谁也想不起它来……给娜佳解闷的只有邻居院里几个顽皮的男孩。她在花园里走来走去的时候，他们敲着篱墙，笑着讥诮她说：

"新娘哟！新娘哟！"

萨沙从萨拉托夫[①]寄来一封信。他用快活而歪歪扭扭的笔迹写道，他在伏尔加河的旅行十分圆满，可是他在萨拉托夫害了点小病，喉咙哑了，已经在医院里躺了两个星期。她知道这是怎么回事，她的心里充满一种近似信念的兆头。她感到不愉快，因为不管这兆头也好，想到萨沙也好，都不像从前那样激动了。她热切地要生活，要回彼得堡。她和萨沙的交往固然是亲切的，可是毕竟遥远了，遥远地过去了！她通宵没睡，早晨坐在窗口，听着，她也真听见了楼下的说话声音，惊慌不安的祖母正在着急地问一件什么事。随后有人哭起来……等到娜佳走下楼去，祖母正站在墙角，在圣像面前祷告，满脸泪痕。桌子上放着一封电报。

娜佳不喜欢现在的生活，渴望回到她那进步的生活中去。

娜佳在房间里来来去去走了很久，听着祖母哭，然后拿起电报读了一遍。电报上通知说亚历山大·季莫费伊奇，或者，简单一点，萨沙，昨天早晨已经在萨拉托夫害肺痨病去世了。

萨沙死了，但新的生活仍召唤着娜佳。

祖母和尼娜·伊万诺芙娜到教堂去布置安魂祭，娜佳呢，仍旧在房间里走了很久，思索着。她看得很清楚：她的生活已经照萨沙所希望的那样翻转过来，现在她在这儿变得孤单、生疏，谁也不需要她，这儿的一切她也不需要，整个的过去已经跟她割断、消灭，好像已经烧掉，连灰烬也给风吹散了似的。她走进萨沙的房间，在那儿站了一会儿。

---

① 欧俄东部伏尔加河流域的一个城市的名称。

“别了，亲爱的萨沙！”她想，这时在她面前现出一种宽广辽阔的新生活，那种生活虽然还朦朦胧胧，充满神秘，却在吸引她、召唤她。

她走上楼去，回到自己的房间里收拾行李，第二天早晨向家人告辞，生气蓬勃、满心快活地离开了这个城，她觉得，她从此再也不会回来了。

小说到这里结束，娜佳作为俄罗斯新的知识女性，走上了一种崭新的、不同于以往的，宽广辽阔的道路。

名师鉴赏

本文发表于1903年，是契诃夫的最后一个短篇小说，此时正值1905年大革命的前夜。契诃夫的小说具有浓厚的时代气息，反映了知识青年的觉醒以及“不能再这样生活下去”的典型社会情绪。女主人公娜佳已预感到新生活的逼近，她从家中走出，去迎接新生活的到来。这反映契诃夫在20世纪初对新生活的渴望。

小说一开始，娜佳就要出嫁了，她的未婚夫安德烈·安德烈伊奇受过高等教育，会拉提琴，生得清秀而健康，而且看来对娜佳还百依百顺，她们的结合仿佛一定是幸福美满的。萨沙的“闯入”，使得娜佳意识到了这种“不劳而获”的生活是“不干净的”“不道德的”，契诃夫通过设置安德烈在新房中布置的裸体女人油画，将这位未婚夫的文化素养和审美格调暴露出来，巧妙地揭露和讽刺了安德烈的炫耀与庸俗。这种生活对娜佳来说，是梦魇般的压抑感。与此同时，通过与萨沙推心置腹的交谈，真诚、坦率的争论，娜佳终于发现未婚夫的庸俗与奴性，母亲的空虚与痛苦，并在萨沙的启发下，选择去彼得堡求学，开始新的生活。

娜佳在莫斯科重见萨沙时，觉得“他的话语，他的微笑，他的整个体态，在她看来，成了一种过时、旧式的、早已活到头，或许已经埋入坟墓里的东西了”，到这里，娜佳告别了一切“过时的、旧式的”人与事，以崭新的精神面貌走上了新的人生道路。

在《新娘》中，契诃夫着重表现的不是爱情的追求；或者说，娜佳的追求更高尚、更丰富，远非“爱情”两个字所能包容的。她追求那种使人获得自主自尊、自由创造，自然也是创造美好爱情的重大前提——这就是像海洋一样无限广阔、无限深邃的知识。

导读

男主人公扎依金拖着疲惫的身躯回到家里，但是他的妻子却出去排戏了，家里只有六岁的小儿子彼佳。妻子回家时，还带回了很多排戏的朋友，大吵大闹到很晚，甚至占用了扎依金的床铺……扎依金成了一个多余的人，他只好穿上衣服，到清晨的街上去透透气，他多想好好地睡一觉呀，但这个小小的愿望却无法实现。不过，像他这样的多余人并不是唯一的，扎依金遇到了一个和他同病相怜的人。

多余的人

六月里的一天，傍晚六点多钟。一群住在别墅的乘客刚从火车上下来，走出小火车站希尔科沃，慢腾腾地往别墅区走去。他们很多人都是一家之长，身上携带着小蒲包、皮包、女人的帽盒等。

大家的神色都显得很疲劳，一个个饥肠辘（lù）辘（形容非常饥饿），心里有气，好像太阳不是为他们发光，青草也不是为他们发绿似的。

巴威尔·玛特威耶维奇·扎依金也夹在那群人当中慢腾腾地走着。他是地方法院的法官，身材很高，背有点驼，穿着价格低廉的麻布外套，褪色的帽子上钉着帽徽。他不住地出汗，脸色发红，一副闷闷不乐的样子。

“请问您每天都坐火车到别墅来吗？”一个穿着褪了色而发红的长裤的别墅住客问他道。

“不，不是每天，”扎依金阴沉着脸回答说，“我的妻子和儿子在这地方常住，我每星期坐车来两次。我没有时间每天回来，再者那样花钱也太多了。”

“这话有道理，那样做太破费，”红裤子说，叹口气，“在城里，人总不能走路到火车站，得雇出租马车，此外，火车票要花掉四十二戈比……在路上总要买张报纸看一看，酒瘾来了还要喝上一盅（zhōng，没有把儿的杯子）酒。这些虽然都是小开支，一星半点，可是你也别小看它：一个夏天算起来就是二百卢布。当然，大自然的怀抱比这还要宝贵，这我不来争论……无非是田园之乐等等的，不过要知道，就我们文官的薪水来说，您也明白，花每个小钱都得精打细算呢。不小心胡花了一个小钱，事后就会一个晚上睡不着觉。先生，还没请教您尊姓大名，我一年可以挣将近两千卢布，是个五品文官，可是我吸二等烟草，大夫嘱咐我喝维希①矿泉水治胆石病，可是我身边连一个多余的卢布都没有。”

“总之，情况糟得很，”扎依金沉默了一会儿，说，“我，先生，我的看法是这样的：别墅生活是魔鬼和女人想出来的花样。魔鬼干这种事，是出于恶毒；女人呢，则是出于极端的自私自利。祈求上帝怜恤吧，这不是生活，而是苦役，地狱！现在又闷又热，呼吸都困难，可是你从这个地方奔波到那个地方，像个游魂似的，无论如何也找不着一个安身之处。那边，城里，没有家具，没有仆人……所有的东西都运到别墅来了……鬼才知道吃的是什么，连茶都喝不上，因为没有人烧茶炊，就连洗个脸都无法做到。至于来到这儿，来到大自然的怀抱里，那就对不起了，请您在尘土里，在酷热的天气下一步步走吧……呸！您成家了没有？”

“我成家了，先生。有三个孩子。”红裤子叹了一口气，说道。

“总之，情况糟得很。我们居然还在人世上活着，说起来倒叫人奇怪了。”

最后，这两个住在别墅里的人走到了别墅区。扎依金跟红裤子道别以后，往自己的别墅走去。他走进家门时，家里死一般地寂静。他只听见蚊子的嗡嗡声，一只苍蝇注定要成为蜘蛛的晚餐了，正拼命地发出求救声。窗上挂着由薄纱制成的窗帘，隔着

① 法国的城名。

窗帘可以看见天竺葵的凋谢的红花。木墙没油漆过，有些苍蝇在彩色画片旁边打盹儿。前堂里、厨房里、餐厅里，连个人影也看不见，在那个既叫客厅又叫大厅的房间里，扎依金看见他的儿子彼佳，一个六岁的小男孩。彼佳靠桌子坐着，大声喘气，把下嘴唇努出，正用剪刀剪红方块纸牌上的武士。

“哦，是你，爸爸！”他打着招呼却没有扭过脸来，“你好！”

“你好。妈妈在哪儿？”

“妈妈？她跟奥尔迦·基利洛芙娜一块儿到外面排戏去了。她们后天公演。她们还说要带着我去看呢。你去吗？”

“哼！那么她什么时候回家？”

“她说傍晚回家。”

“娜达丽雅去哪儿了？”

“妈妈把娜达丽雅带走了，要她在排演的时候帮妈妈化妆。阿库莉娜到树林里去采蘑菇了。爸爸，为什么蚊子叮了人以后，它的肚子就红了？”

“不清楚。因为它们吸了血。那么家里什么人也没有？”

“没人。只有我自己在家。”

扎依金在圈椅上坐下，望着窗口发了一会儿呆。

“那么谁做饭给我们吃呢？”他问。

“今天不用做饭，爸爸！妈妈以为你今天不回来，没吩咐做饭。她跟奥尔迦·基利洛芙娜在排戏的地方吃饭。”

“多谢多谢。那你肚子不饿吗？”

“我喝牛奶。她们给我买了六戈比的牛奶。爸爸，蚊子为什么要吸血呢？”

扎依金忽然觉得有个什么沉甸甸的东西滚到他肝脏那儿，开始吸它的血。他觉得非常烦恼、委屈、痛心，不由得呼吸不畅，浑身发抖。他恨不得蹦起来，拿起什么重东西砸在地板上，破口大骂，可是这时候他想起医师严禁他激动，就站起来，强行按捺（nà）（控制）住怒火，开始用口哨吹《法国清教徒》的曲调。

“爸爸，你会演戏吗？”他听见彼佳在向他问话。

“哎，别用这些愚蠢的问题来烦我！”扎依金生气地说。

“烦人，缠住人不放！你已经六岁了，可你还是像三年前那么笨。愚蠢的、没教养的淘气孩子！你，比方说，为什么毁掉这些纸牌？你怎么敢把纸牌毁掉？”

“这些纸牌不是你给我的，”彼佳转过脸来说，“这是娜达丽雅给我的。”

“胡说！你胡说，没出息的顽皮孩子！”扎依金越来越生气，“你老是胡说！该拿鞭子教训你一顿才是，这头小猪！我非把你的耳朵拧下来不可！”

彼佳跳起来，伸长脖子，瞪着眼睛瞧着他父亲气冲冲的红脸膛。他的大眼睛起初不住地眨，后来蒙上了泪水。孩子的脸色变了。

“你为什么骂我？”彼佳哭叫道，“你为什么跟我过不去，傻瓜？我又没招惹你，又没淘气，我挺听话，可是你……发火了！是啊，你凭什么责骂我？”

男孩讲得振振有辞（理由很充分，说个不停），哭得非常伤心，扎依金觉得不好意思了。

“真的，我何必跟他过不去呢？”他暗想。

“好了，别哭了……别哭了。”他说，抚摸着孩子的肩膀。

“是爸爸不对，彼佳……请你原谅。你是我的乖孩子，好孩子，爸爸爱你。”

彼佳用袖口把眼泪擦干，叹口气，在原来的地方坐下，开始剪纸牌上的皇后。扎依金走到书房里去了。他直挺挺地在长沙发上躺下，把两只手枕在头底下，沉思不语。男孩刚才淌下的泪水使他的愤怒缓和了许多，他的怒火渐渐平息。他只觉得疲劳和饥饿。

“爸爸！”扎依金听见门外有人说话，“你要不要看我搜集的昆虫？”

“拿给我看看吧！”

彼佳走进书房来，把一个绿色的小长盒子递给父亲。扎依金还没把盒子举到耳朵旁边，就听见盒子里传出绝望的嗡嗡声和爪子搔盒边的沙沙声。他把盒盖揭开，看见许多蝴蝶、甲虫、蟋蟀、苍蝇用大头针给扎在盒底上。所有的虫子，除了两三只蝴蝶死了以外，都还活着，在挣扎。

“这只蟋蟀还活着呢！”彼佳惊讶地说，“它是昨天早晨被我捉住的，直到现在还没死！”

“是谁教你把虫子扎在盒子上的？”扎依金问。

“奥尔迦·基利洛芙娜。”

“应该把奥尔迦·基利洛芙娜自己照这样扎死才对！”扎依金恶狠狠地说，“快把它拿走吧！虐待动物是残忍的行为！”

“上帝啊，他受到多么糟糕的教育。”他在彼佳走后心里想。

巴威尔·玛牧威耶维奇已经把疲劳和饥饿忘记，专心考虑孩子的命运了。这时候，窗外白昼的亮光渐渐暗下来。可以听见别墅的住客们傍晚洗完澡，成群结队地回来了。不知什么人站在餐厅那敞开的窗子外面，喊道：“有人买蘑菇吗？”

他喊完，没有听见回应，就光着脚啪嗒啪嗒地走开了。可是后来暮色越发浓重，薄纱窗帘外面的天竺葵的轮廓已经看不清楚，傍晚的清爽空气开始从窗口涌进来，这时候砰的一声，前堂的门开了，一阵急促的脚步声和谈笑声传了过来。“妈妈！”彼佳尖叫道。

扎依金从书房里往外看，瞅见了他的妻子娜杰日达·斯捷潘诺芙娜，她身体健康，面色红润，跟往常一样。跟她一起来的是奥尔迦·基利洛芙娜，这是一个干瘪（biě）（干瘦，不丰满）的金发女人，脸上长着很大的雀斑。另外还有两个陌生的男人：一个年轻，高身材，长着一头棕红色卷发和很大的前喉核；另一个身材矮壮，脸像演员一样刮得很光，铁青色的下巴看上去有些歪。

“娜达丽雅，烧茶水！”娜杰日达·斯捷潘诺芙娜喊道，衣服沙沙地响着。“听说巴威尔·玛特威耶维奇回家来了！巴威尔，你在哪儿啊？你好，巴威尔！”她一边说着，一边跑进书房里来，嘴里呼呼地喘气。“你回来了？很高兴……我们的两个业余演员跟我一块儿来了……我们走出去，我给你介绍一下。喏，那个高一点的叫柯罗梅斯洛夫……他唱戏唱得好极了。另一个个子矮一点的斯美尔卡洛夫，他是个真正的演员……朗诵得很精彩。哎呀，我好累啊！刚才我们排戏去了。排得可好啦！我们要演《有长号的房客》① 和《她等他》② ……后天就上演……”

“你把他们带回来干什么？”扎依金问。

“不能不如此呀，我亲爱的！喝完茶以后，我们得把台词背一背，唱一下。我是跟柯罗梅斯洛夫合唱的。对了，差点没想起来！你，亲爱的，打发娜达丽雅去买点沙丁鱼、白酒、干酪，另外再买点什么别的吧。他们多半要在这儿吃晚饭。哎呀，我好累啊！”

“哼！我可没有钱！”

“那可不行，我的心肝！那不合适！别害得我难为情啊！”

半个钟头以后，娜达丽雅奉命去买白酒和冷荤菜。扎依金喝完茶，吃了整整一个法国面包以后，就走到寝室去，在床上躺了下来。娜杰日达·斯捷潘诺芙娜和她的客人们又说又笑，开始背台词。巴威尔·玛特威耶维奇很长时间，都听见柯罗梅斯洛夫用鼻音念台词，斯美尔卡洛夫用演员腔大呼小叫。念完台词，接着就是长久的谈话，中间夹杂着奥尔迦·基利洛芙娜刺耳的尖笑声。斯美尔卡洛夫凭真正的演员身份，用自负而激昂的口气解释台词。接着是合唱，合唱后就是觥筹（gōng chóu）交错（形容许多人相聚饮酒的热闹场面）的和鸣。睡梦中听见他们怂恿斯美尔卡洛夫朗诵《女罪人》③，听见他假意推让一阵后开始朗诵。他压低了喉咙念，不住地捶自己的胸口，痛哭，用沙哑的男低音放声大笑。……扎依金眉头紧皱，拉过被子来蒙上头。

“你们得走很远的路，天又黑，”过了一个小时光景，他听见娜杰日达·斯捷潘诺芙娜的说话声。“你们何不就在我们这儿过夜呢？柯罗梅斯洛夫就在这儿，客厅里，这张长沙发上睡下，您，斯美尔卡洛夫呢，睡在彼佳的床上好了。彼佳可以在我丈

① 由法国作家C·包依利夫改编的一个法国轻松喜剧。

② 一个法国轻松喜剧。

③ 俄国诗人和剧作家A·K·托尔斯泰（1817—1875年）的一首长诗。

夫的书房里睡……真的，你们就住下吧！"

最后，时钟敲了两下，一切才安静下来……寝室的门开了，娜杰日达·斯捷潘诺芙娜走了进来。

"巴威尔，你睡着了没有？"她小声说。

"没有。怎么了？"

"你，亲爱的，到书房里去，在长沙发上睡吧。这儿，你的床，我让奥尔迦·基利洛芙娜睡了。去吧，好人！我原想把她安排在书房里睡，可是她不敢一个人睡。你就起来吧！"

扎依金坐起来，披上家常长袍，拿着枕头，慢腾腾地往书房走去。他摸黑走到长沙发跟前，点燃火柴，却看见彼佳躺在长沙发上。男孩没有睡着，睁大眼睛瞧着火柴。

"爸爸，为什么蚊子在夜里不睡觉？"他问。

"因为……因为，"扎依金喃喃地说，"因为我和你在这儿是多余的人……连睡觉的地方都没有！"

"爸爸，奥尔迦·基利洛芙娜的脸上为什么长着雀斑呢？"

"哎，别问了！你惹得我不耐烦了！"

扎依金想了一会儿，就穿上衣服，到街上去透一透新鲜空气。他瞧着清晨的灰白色的天空，瞧着停滞不动的浮云，听着长脚公鸡懒洋洋地鸣叫，开始幻想明天他进城去，在法院里下了班，回到家去睡一大觉。忽然，街角上出现一个人影。

"一定是守夜人……"扎依金暗想。

可是他走近以后，仔细一看，才认出这个人就是他昨天碰到的穿红褐色裤子的别墅住客。

"您还没睡觉？"他问。

"是啊，不知怎么睡不着……"红裤子叹道，"我在欣赏大自然……我家里，您知道，来了客人，是坐夜班火车来的……那是我的岳母。跟她一块儿来的还有我的侄女们……都是些挺好的姑娘。我非常高兴，不过……天气很潮湿！您也是来欣赏大自然的吧？"

"是的，"扎依金说，"我也来欣赏……不过，您可知道，附近有什么酒店或者饭馆？"

红裤子没有回答，抬起眼睛望着天空，陷入了沉思……

读后感

灵魂的侵蚀

——读《变色龙》有感

灵魂，是上天赋予人的特质，它是人类所独有的，而环境对灵魂有着重要的影响，高尚的环境可以使灵魂得到进化，而低俗的环境则会令灵魂受到侵蚀。

小说《变色龙》借用蜥蜴这种动物善变的特征，巧妙揭露了俄国警察制度的反动和虚伪，批判了它反动的实质。说明了在当时的社会背景下，只有拍马逢迎、巴结卑屈的奴才相才能适应环境的需要在社会中生存下来。

善变的主人公“奥楚蔑洛夫”是音译，意译就是呆傻、疯癫的意思，作者借此来讽刺、嘲笑和否定奥楚蔑洛夫这类人在社会生活中的价值和意义。一个下层百姓的命运还不如有权势人家的一条狗，警察“判案”可以完全不依据事实和法律。法律在统治阶级眼里，不过是一纸空文。沙俄统治何等黑暗与腐朽！

奥楚蔑洛夫不仅仅是一个普通的、孤立的警察，更可以说是当时沙皇专制主义下警察的代表，是沙皇专制警察统治的化身，是典型的“狼嘴狐尾”。奥楚蔑洛夫打着遵守法令的官腔，干着献媚邀功的勾当。可以毫不夸张地说在沙皇专制主义社会，这样的警察是随处可见的。奥楚蔑洛夫这类警察可以说是沙皇专制主义的牺牲品，在那个压迫成风的社会背景下警察们只能选择成为统治阶级的奴才，成为沙皇的走狗。

沙皇时代，由于极端的专制统治造成了人们精神面貌的病态，贫穷落后、愚昧麻木、无聊透顶，却又不甘沉寂的人到处都是。社会处处都充满着麻木的气息，人民骨子里都充满了欺压别人的病菌。人类的灵魂在受到前所未有的侵蚀。

在现实社会也存在见风使舵、媚上欺下、趋炎附势的丑恶嘴脸，他们带着有色眼镜去看待他人。面对平民百姓时，他们故意摆出一副威严的态度，面对权势与利益时，他们又摆出一副谄媚的嘴脸。

为了我们的灵魂，呼唤高尚，抵制庸俗吧，让灵魂纯净如水晶。

性格决定命运

——读《小公务员之死》有感

《小公务员之死》是契诃夫的一部批判现实主义的作品，文中讲述小公务员切尔维亚科夫看轻歌剧时，打了一个喷嚏，便疑心唾沫星子溅到前排的将军脸上，怕引起将军的记恨，然而他的过虑和多种形式的道歉使得这位将军从原本不在意直至最后愤怒，主人公越发猜疑将军对自己有了更加不好的看法，极端地往坏处想，从而郁郁而终。

读了这篇小说，我思索良久：为什么切尔维亚科夫要反复地向将军道谦？也许是出于基本的礼貌，喷嚏的唾沫喷到别人身上，确实需要道歉。也许是错将将军的不在意理解为很在意、没原谅，故而反复道歉。可以推测，如果这个将军真的发怒的话，这个小公务员会得到很大的惩罚；这个惩罚从小公务员的结局来说可能比死还要恐怖。

为何他会有如此的命运呢？我想，他的结局完全出自于他个人的性格。

有这样一句谚语：走自己的路让别人说去吧！不要总以为全世界的目光都集结在你身上，文中小公务员虽每天小心工作、谨慎言行、安分守己、尽职尽责。但是他在生活中太过于小心，太过于钻牛角尖，一直活在自己的“套子中”，做事说话没有自己的主见，胆小怕事，我想他应还有一个癖好，那就是怕强欺弱。人人都打喷嚏，说句道歉就够了，为何他要在第二天和接下来的时间里不停地登门道歉，扰乱了将军的正常生活？他能不愤怒吗？惹将军发脾气了，仅仅一个“滚”字就使切尔维亚科夫心理更加扛不住，最后只得身心俱惫，以死收场，至于吗？人嘛，别把自己看得太重或太轻，做人，不要太累。原本善良、好心却非得弄巧成拙。

“上善若水”、“厚德载物”都在阐述着一种为人的道理，那是一种极高的道德境界，是一种君子般的谦谦美德，能容纳万物。学会了做人，才可以正确地做事，才会有正确的思想，才会有厚积薄发的成功。小公务员不懂得这样的道理，因此他郁郁而终。

“性格决定命运”，面对纷繁复杂的社会，人要学会调节自己的心灵，锻造健康的性格。

他疯了吗？

——读《第六病室》有感

“谁也不能保证一辈子不讨饭和不坐牢。”读过契诃夫的《第六病室》后，这话深深地警醒我，“人有旦夕祸福”，谁也不能保证明天的自己会怎么样。人生的魅力可能就在于此，你永远不知道明天的海水会冲来什么，永远不知道这世上让人疯狂的事情到底有多少。

脏乱不堪的精神病房即第六病房里住着五位困苦无依的“疯子”，在发出闷臭霉味的医院里，伊凡·德米特里·格罗莫夫被当做一名被害妄想症的患者。

但是，伊凡本是一位优秀的知识分子，他出身贫寒，爱憎分明，对荣华富贵不感兴趣，他向往的是高尚的情趣与美德，哲学家一样的智慧与交谈，以及真正公正的社会秩序。社会的浑浑噩噩和达官贵人的腐化生活使他义愤填膺。然而，他没有力量去改造世界，但又不能无视外界的黑暗，他对世界的印象完全变成了仇恨与恐惧，于是他选择了逃避，整日生活在自己虚构的危险中，他终于"疯"了。

为何他会"疯"呢？也许这需要从当时黑暗的社会去找答案，老百姓"谁也不能保证不讨饭、不坐牢。"与黑暗的社会相比，他的谈话，他的声调，都让人感觉到一种异常优美的东西。恰恰是这样的"疯子"，考虑着人的卑鄙，考虑着践踏真理的暴力，也考虑着最为深刻的社会问题。他是"疯子"，却能以自己的美德感染身边的病友，使矮小老头莫谢伊卡也变得乐于助人，愿意给同伴们端水、盖被子、送礼物，无所谓信仰。他对所有的人体贴周到、彬彬有礼的行为比任何所谓的贵族都要高尚和真诚得多，尽管他面对的对象仅是他那可能一辈子也不会出去的病友，却始终如一。

他有着对社会不公、黑暗势力的敢于反抗、直言不讳的精神，充满着热情、智慧和理性，他具有明智、犀利的眼光与思想，因此，他怀着被迫害妄想症，总担心有警察便装来抓捕他，于是被虚伪的人称为"疯子"，被黑暗的社会强制为精神病人，不得不在暗无天日的第六病房中度过三十三岁以后的年华。

他真的疯了吗？这真的需要时间去沉淀、历史去证明。

黑色幽默——会变色的人

一次偶然的机会，我有幸读到了《变色龙》这部小说，它让我认识到了形形色色的人，感受到了沙皇统治下的黑暗。

小说的内容富有喜剧性，故事的情节与描写颇为有趣，《变色龙》讲述的是一件发生在街上的小事。首饰匠赫留金被一只狗咬伤了，奥楚蔑洛夫警官处理这件事。开始，警官答应要处死这只狗，严惩狗的主人。但当人群中有人说这是将军家的狗时，警官立刻换了脸色，指责赫留金惹事。后来又有人说那不是将军家的狗，警官马上又变了嘴脸，又说要严惩这只狗和它的主人。

奥楚蔑洛夫警官那变色龙似的两面派嘴脸叫人难忘。有人说那不是将军家的狗时，他摆出一副警官的神气，有人说那就是将军家的狗时，他就和颜悦色，说小狗乖巧懂事，是赫留金惹的事。他就像一个变色龙，遇到势力比自己强的人便阿谀奉承，像狗见了主人一样伸出流满口水的舌头，谄媚巴结，结果是遭到人们的鄙夷和唾弃。

奥楚蔑洛夫在短短的几分钟内，经历了五次变化。作品以很快能适应周围物体的颜色，很快地改变肤色的"变色龙"作比喻，起了画龙点睛的作用。作者通过这样一个滑稽的故事，把讽刺的利刃对准沙皇专制制度，有力地揭露了反动政权爪牙们的无耻和丑恶。"变色龙"——奥楚蔑洛夫已经成为一个代名词。人们经常用"变色龙"这个代名词，来讽刺那些常常在相互对立的观点间变来变去的反动阶级代表人物。

作者只用寥寥几笔，就极其简练、深刻地为我们勾勒出一个灵魂丑恶、面目可憎的沙皇走狗——警官奥楚蔑洛夫的形象，寄寓着一个发人深思的主题。而随时根据权势变来变去的“变色龙“警官奥楚蔑洛夫正是沙皇封建专制独裁统治下的黑暗的忠实代表。

契诃夫短篇小说《苦恼》读后感

这篇小说的主人公是在十九世纪的俄国一位受到残酷剥削的车夫，他为了维持生计，被迫早出晚归，拉着他那匹瘦得只剩下骨头的马，在寒冷、昏暗的大街上穿行。

使我感受颇深的是一段车夫与车夫对骂的镜头，“你往哪里闯，鬼东西！鬼把你支使到哪啊？靠右走！”文中的另一个车夫显然是和小说的主人公一样贫穷的，但他丝毫没有对同是天涯沦落人的对方感到同情，反而看到一点点小错便破口大骂。也许，他们心中的情感已经被赚钱吃饱肚子的心态占领了，人穷志短在这里得到了体现。

另一个让我有所感触的是主人公有满肚子的烦恼，但没有人肯听他说。小说以《苦恼》为题，我想也是为了突出这一点，无穷无尽的烦恼贯穿小说的始终。一旦有人上了这位车夫的车，他就想与别人分享心中的苦恼。“我那个儿子……这个星期死了。”“多半是得了热病吧……他在医院躺了三天就死了……这是上帝的旨意呦！”虽然他不想把这个话题说得太沉重，但从话语上我们仍可以感到他悲伤的情怀。而他得到的回应是什么呢？“赶你的车吧，赶你的车吧……”“大家都要死的，得了，赶你的车吧。”显然，人们对他的叙述不以为然，根本不想听。“你驾车，我给钱，我没有兴趣和你聊。”这也折射出当时社会人与人之间的冷淡，没有情感，只有钱——尽管只是一点点。人的高贵、尊严，就被这点少得可怜的钱埋没了。

还有一个场景，不是关于车夫的，而是准备乘车的三位乘客正在争论的场景。车，只有两个位置，而人，却有三个——必须有人站着。就为此，三个人经过了长久的争吵、变卦、责难之后才决定：让一个驼子站着，因为他最矮。然而按我们现在的逻辑，驼子属于“老弱病残”理应坐着。这足以表明，在这个黑暗的社会里，剥削，不只是富人对穷人的专利，穷人和穷人之间也相互剥削，没有剥削人的成本，怎么办？那就从日常生活的小方面欺负别人。

整篇小说都充斥着“苦恼”这个主题，处处透露出一个贫穷车夫的苦恼，然而对于整个社会来说，难道对他人漠不关心、互相攻击就是一个和谐的社会吗？答案是否定的，我想这应该是整个社会的苦恼。

中考真题

1. （2012·四川峨边）下列说法不正确的一项是（　　）

A. 我国现代文学家鲁迅，在作品中塑造了很多著名人物形象，其中藤野先生、闰土、孔乙己都是其小说集《呐喊》中的人物。

B. 俄国作家契诃夫的《变色龙》运用夸张手法描写了奥楚蔑洛夫对小狗态度的多次变化，淋漓尽致地刻画了一个谄上欺下，见风使舵、趋炎附势的小人形象。

C. 小说塑造人物的方法是多种多样的。其中有外貌和心理描写，也有动作和语言描写，而对胡屠户与众人则主要采用了语言描写。

D. 散文在写法上往往从细小处落笔，在细微的描绘中见精彩。朱自清的《背影》一文就采用了这样的写法。

2. （2010·辽宁大连）下列关于作家、作品的表述，错误的一项是（　　）

A. 宗璞的散文《紫藤萝瀑布》和冰心的散文《谈生命》，都表达了作者对生命的独特体验。

B. 范仲淹，北宋政治家、文学家，他的《醉翁亭记》，表达了“先天下之忧而忧，后天下之乐而乐”的济世情怀。

C. 从表达方式角度，诗歌可分为叙事诗和抒情诗。北朝民歌《木兰诗》和唐代诗人杜甫的《石壕吏》都是叙事诗。

D. 吴敬梓的《范进中举》、契诃夫的《变色龙》均使用夸张、对比等讽刺小说常用的手法，塑造了性格鲜明的人物形象。

3. （2010·四川广安）下列各项表述不正确的一项是（　　）

A. 千古名句“海内存知己，天涯若比邻”表现了作者乐观豁达的胸襟和对朋友的真挚情谊。

B. 《记承天寺夜游》、《岳阳楼记》、《醉翁亭记》的作者分别是苏轼、范仲淹和欧阳修，他们都是宋代著名文学家。

C. 俄国作家契诃夫的短篇小说《我的叔叔于勒》，揭露了资本主义社会人与人之间赤裸裸的金钱关系。

D. 《藤野先生》精选若干材料，多方面表现了藤野先生的伟大人格，颂扬了他对中国人民的友爱之情。

新题预测

1. 契诃夫的小说《　　　》已成了见风使舵之人的代名词；《　　　》成为因循守旧、害怕变革者的象征符号。
2. 契诃夫是19世纪末俄国__________文学流派的代表人物。
3.《小公务员之死》中的小文官竟然丧命于自己的喷嚏，请说说你的理解。
4.《胖子和瘦子》在写法上最突出的特点是什么?
5. 世界短篇小说三大巨匠指__________、__________、__________。
6. 别里科夫既然能辖制全城，为何从科瓦连科家里回来不久就一命呜呼了呢?
7. 契诃夫的小说《　　　　》中女主角娜佳的出走，会让你想到易卜生的戏剧《　　　》中的娜拉。
8. 契诃夫在小说《　　　》中，以客观、冷静的笔法，描绘了俄国农村的赤贫、落后和愚昧。
9. 在沙皇专制的俄国，善于思索并敢于直言者被当做疯子囚禁起来。这就是契诃夫在佳作《　　　》中独巨匠心的控诉。

参考答案

中考真题

1. A（《藤野先生》是散文集《朝花夕拾》中的人物）
2. B
3. C

新题预测

1. 变色龙　套中人
2. 批判现实主义
3. 《小公务员之死》是一篇极具讽刺意味的短篇小说。庶务官切尔维亚科夫事后被将军的一声“滚出去”而吓死过去，这样的结局让人感叹“小人物”的不幸和软弱的同时，又钦佩契诃夫这位幽默大师犀利的文笔，小公务员的死除了与他自身的胆小和对上级的谄媚有关，更离不开的是专制黑暗的社会。

   小文官因为自己的喷嚏无意中溅到了将军的身上，而执著地先后五次道歉谢罪，精确地刻画了他可悲的屈从和可鄙的奴性，更将当时社会存在的极端恐怖所造成的性格扭曲、精神异化荒诞地反映出来，鞭挞了当时俄国社会严重的等级观念，具有深刻的社会意义。
4. 前后对比。瘦子在得知胖子是三等文官前后，神态、语言和动作都发生了翻天覆地的变化。前后形成鲜明的对比，生动形象地揭露了瘦子阿谀奉承、趋炎附势的市侩嘴脸。
5. 法国的莫泊桑　俄国的契诃夫　美国的欧·亨利
6. 因为他感到自己十几年来极力维持的旧秩序已经岌岌可危，他从科瓦连科姐弟自由不羁的言行中，感到了新思想不可遏止的冲击，知道了专制统治的大势已去。
7. 新娘　玩偶之家
8. 农民
9. 第六病室